單讀 One-way Street

死亡日志

伍祥贵　　著

上海文艺出版社

序一

读《死亡日志》

老伍身体底子极好，好运动，没有不良嗜好，性情达观，得知老伍罹患肺癌，且是晚期，十分意外。我们这一家，跟老伍、晓亚一家，可算通家之好。他们儿子兵兵和我们女儿香香是小学同学，我看着兵兵长大，一向喜爱有加——漂亮、聪明、好学，温和而坚定。晓亚、老伍都心大，兵兵八岁的时候，就允他随我们一家三口游历欧洲。我们旅行到加州，住在他们家里，老伍好厨艺，每天好吃好喝招待。这些往事翻腾出来，啊啊，全是高高兴兴的事，一时竟想不出怎么去安慰病人。不安慰也罢，到了他和我这把年纪，兴衰生死见得多了，深知天命无常。我们这一代人在"饿饭年代"长大，食能果腹衣能蔽体就算好日子，老伍幸运，后面这十年、二十年，日子过得蛮宽裕，一对儿女既优秀又孝顺，夫妻之间同心同德，虽说要命的病来得早了几年，倒也算不上格外可悲。

自从诊断为绝症，老伍就开始写死亡日志，一篇一篇发在他的病友圈里、朋友圈里。我借助这些篇什跟随老伍的带癌生活，没错，是生活，而不是勉强活着。"我会争取活好每一天，不是为了苟延残喘而苟延残喘，我会像一个健康人一样去活，也许比他们更积极地活。"活一天活好一天，老伍付诸实践，病越来越重的近两年里，高尔夫没少打，挤出治疗间隙四处旅行，寒冷的阿拉斯加、暖风拂面的夏威夷——只享受了半小时热带，轻装就得上了死去活来的重感冒，他练书法、学站桩、学法语，用人工智能软件创作图画，赶上GPT新潮，时不时一段高科技对话发来启蒙一下我这个技术盲。最后那两天，他还在跟晓亚讨论食谱，"活着重要，如何活着才更重要"。

我喜欢老伍的文字，单说第一篇，篇幅不长，美国的就医过程、老伍和家人的互动、僵卧病床上的那份难受、老伍的生活态度以及死亡观，写来自然而然清清楚楚。尤喜欢这些文字自带诙谐，顽皮得活蹦乱跳，于是，这些完全纪实的文字既不琐碎也不枯燥。这里那里，常有独到的观察和体悟，发人感慨，启人思索——却没有一句半句是在教导别人。说喜欢老伍的文字其实不确，这些都跟"文字功夫"关系不大，主要来自心性。谦虚的自信贯穿在老伍的人生态度之中。

今年春天，老伍的病情恶化，我起了个念头：把这些篇什拢起来做成一本小书，让更多读者读到。这些文字，老伍是用心写的，用生命写的，是他慢慢告别这个世界的独特方式；在老伍的癌症病友圈里，在更广泛的读者圈里，已经招来成千上万的读者。癌症病友由此结识彼此，积极讨论病情和疗法，获得支持和鼓励，吐诉各自的孤独、不解、绝望与期盼，分享对生和死的认知。提升生命认知，就是提升生命。读者的反馈（见随书附赠的别册）——哭和笑、安慰、献计献策、鼓励、自励——和老伍的文字一道，呈现出人心的丰富和贵重。死是咱们早一天晚一天都要迈出的一步，我们怎么迈这一步，浓缩了我们曾怎么走过这一生。

我去询问晓亚和老伍，得到正面的回复。于是我找到出版人罗丹妮，她读了几篇，立即应下来。事后我才知道，丹妮的父亲和老伍同岁，去年底刚刚因肺癌离世，对这些文字有格外的感触。

出版人紧赶慢赶，第一个版本于5月25日来到晓亚手里，她立刻转发给老伍，然后去给老伍买鳕鱼。就在这个当口，老伍失去了呼吸，接下来，走了。死亡结束了这部《死亡日志》。此前的几个星期、几天，老伍仍然在写作。这足够让人惊奇。我自己算是勤于写作的，但一场小病就会让我身心怠惰，提不起精神更提不起笔。而老伍在最后这些日子里，从里到外没有哪里不受折磨，但他仍然在写，写下他的身体变化，写下对人生的最后反思，去读读吧，写得仍然清楚、诚挚、俏皮。他感谢每天都来看视他的专科医生，"有人关怀始终是温暖的，即使是临终关怀"。

我从来不觉得写理想就比较崇高，写死亡就比较深刻。死亡不是个愉快的话题，但老伍并不曾皱着眉头一脸严肃。我们读者也不必皱着眉头一脸严肃。流泪固无妨，笑又何妨？把《死亡日志》当作一个故事来读又何妨？一个写得精彩的故事。老话说，逝者已逝，生活还在继续。当然，现在的生者也会逝去，不过，这并不改变，我们曾生存一场，曾经爱、被爱，曾经兴致勃勃登山游水，曾经身陷绵长的苦恼，曾经谈论死亡，回忆逝去的亲人。

前几天，晓亚回国，我们见了面，谈论已经长大成人的孩子，谈论房子与装修，当然，也谈到老伍。她断断续续说到孤独。亲情和友爱始终簇拥老伍，他深深感动、深深感激，然而在更深处，"在我的内心深处，孤独是根深蒂固的。一有机会就会冒出来，挡都挡不住"，向死亡坠落，其孤独深不可测。这孤独隔开濒死者与生者，生者——哪怕最亲密的人——也因此同样无助地孤独。晓亚没有说很多，这里也无须重复她说了什么——我听到的，是在停顿、沉默中听到的，是在我们共同经过的已经消散无踪的往事中听到的。写下这些日志，愿意让人读到这些日志，是老伍应对孤独的一种自我救助，"把生命的脆弱一点一点展现在世人面前，也许我走得会没那么孤单"。读到这些日志，又何尝不是我们的自我救助？生命脆弱而短暂，也只有脆弱的短暂的生灵才会遥相感念。

无会不成别，若来还有期。

陈嘉映

序二

一代人的挽歌

当你老了，头发白了，睡意昏沉
当你老了，走不动了
炉火旁打盹，回忆青春

1

2023年5月23日晚，远在异国他乡，和癌症搏斗两年余的伍祥贵老伍给我发消息，希望我为他即将出版的新书《死亡日志》作序。

平素极少答应此类事情的我，毫不犹豫地应了下来，并请他把写好的文稿合辑发我，待仔细读过后深入交流。最后，老伍发了两个憨笑的表情。

一天后，老伍溘然长逝，享年69岁。

虽然同为黔人，又恰好同庚，但我和老伍之前并不认识。大约是十年前，我前往美国考察时，在高尔夫球场上认识了他，他是我所见过的美籍华人里，对美国了解最为通透的人。随后多年里,他成了我在美国的球友兼"超级秘书长",随我一同行走美国。

2019年,我和老伍最后一次见面。在美国最南端加利福尼亚半岛尖的天涯海角,我们曾朝夕相处了七八天,临行前,我和他约好明年一起游遍美国。

即使是疫情期间,他也会偶尔很兴奋地对我讲:"王老师,我在俄勒冈州发现三四个特别好的球场,下次你来美国,我们一起去。"偏僻的俄勒冈州是老伍曾经工作和生活过的地方,他甚至已经把攻略都做好了。

没想到暌违三年,疫氛终散,老伍却撒手尘寰,竟已是"君埋泉下泥销骨,我寄人间雪满头"的光景了。

2

虽然只是相逢于花甲,我对老伍的印象很好,在他憨厚木讷的"美国闰土"外表下,有着一个丰富润泽的灵魂,和一段跨越江山湖海的传奇故事。

用一首《虞美人·听雨》来描述老伍的一生,可谓恰如其分:

少年听雨歌楼上,红烛昏罗帐。
壮年听雨客舟中,江阔云低、断雁叫西风。
而今听雨僧庐下,鬓已星星也。
悲欢离合总无情,一任阶前、点滴到天明。

年轻时的老伍，也曾鲜衣怒马。作为80年代四川大学外语系的研究生，老伍可谓天之骄子，虽然那时他的眼镜片已经和瓶子底一样厚，但因才情出众，言语温柔，一派绅士风度，因而颇受文艺女青年的欢迎。即使在成家之后，依然还有女孩专程跑到贵阳，希望和他再续前缘。时过境迁，当我以调侃的语气说起这些往事的时候，老伍只是憨憨一笑，并不辩解。

穿了皮衣，告别红颜，准备远涉重洋的老伍

壮年时的老伍，也曾行走天下。和那个年代很多学外语的人一样，他选择了"洋插队"，从贵州群山中出走，作别红颜，远赴美国，并在激情洋溢的大时代里站稳了脚跟，也曾任过IBM的中国区高管，而后又下海创业，很是风光过一阵子。

闲暇之余，老伍喜欢旅游，作为背包客的他，曾匍匐在那些以亿万年计的古老荒原，或是在阿拉斯加雪野帐篷里守候极光，又或是在墨西哥的古城里漫步。或许正如老伍自己所说：他的一生其实就是一趟旅行，虽然颠沛流离，但总乐在其中。

2020年，咳嗽了几个月的老伍去医院检查。彼时尚在疫情期间，老伍一个人去医院，一个人做手术，一个人被宣判命运——肺癌晚期。

按说到了这般年纪，生死是寻常事，但与绝大多数人不同的是：在最后一段旅程中，老伍选择用文字来记录一切。

不同于其他癌症记录者，老伍将自己的文章命名为《死亡日志》，很多人认为这个名字太过压抑，希望能改改，老伍却觉得，这是他和死亡的一次正面接触，"无悲无喜，既然躲不开它，战胜它更是妄言，那就坦然地、心平气和地和死亡并行一段，直到它彻底夺走我的生机"。

作为朋友，虽远隔重洋，但我还是经常关心老伍的病情进展，也知道他作为"小白鼠"，参加了新型的抗癌药物实验。令人稍感欣慰的是，癌症通常会使许多人陷入精神的委顿。但老伍洋洋洒洒的三十多篇《死亡日志》，把一段沉重的生命过程表达得轻松、诙谐、通透。很多朋友本是抱着安慰的心态去读，却在不知不觉间被老伍的文字所抚慰。

正如老伍自己所说，他既没有"向死而生"的豪气，也没有"万念俱灰"的沮丧，虽然也有对生命的珍视和挽留，但更多是平静的审视。人生犹如书籍，总是一页页翻过，写到行将收尾之际，更不能马虎潦草。老伍这种老派知识分子的素养，进一步升华了这部《死亡日志》的认知价值。

3

有人说，人类的文明是一部由勇气谱写的赞歌。但我始终觉得：生死间，慷慨易，从容难。

作为奔七之人，每每寻亲问故时，我也难免生出"访旧半为鬼"的苍凉感。同龄人谈到死亡，言谈间也多有避讳，仿佛只要不去想，就能躲开那日渐迫近的终点一样。

站在生与死的分野，老伍在死亡日志的倒数第二篇——《"为何是我"以及"为何不是我"》中，谈到了对宿命这一永恒话题的思考。

得知自己病入膏肓后，起初老伍很委屈：

从生活习惯上看，他从不吸烟，小酌亦不过量，绝少熬夜，酷爱运动，在确诊肺癌之前，做十个八个引体向上轻而易举，上一次住院还是五十年前动阑尾手术。从心态上而言，老伍虽然没有明确皈依哪一种宗教，但一边认真学习各种经典，一边坚守基本的道德底线，不敢胡作非为。一路走来，常怀感恩之心，和朋友相交时，也多为大家带去欢乐。

"为何是我"这一问题，曾让老伍辗转难眠。直到最近和一位医生聊天，谈到"为何不是我"，如五雷轰顶般，击中了他的内心。

"为何是我"的潜台词是怨气，但你不该谁就该呢？谁就一定应该呢？人生而平等，死亦如此。这才公平。"为何不是我"就平和多了。接受事实，不管它如何残酷。没有谁比你更应该，也没有谁比你更不应该。没有抱怨，没有推诿，既来之，则安之，其他思虑都于事无补。

多年来，我对生死看得都比较淡。对于"生"，我一直提倡"三生有幸"，生活丰富多彩，生命饱满而有价值，生亦是顺带的结果。

生命是种体验，幸福是种感觉。想要以有限的生命去体验无限的生活，唯一的办法就是不重复，每天有看不尽的高山，涉不完的大河，每天的太阳都是新的。老伍在临终前和我的对话里，也希望我把他作为"三生有幸"的一个研究样本，应该说，他做到了。

至于对死亡的态度，我更欣赏"鼓盆而歌"的庄子和"托体同山阿"的陶渊明，知生死之不二，达哀乐之为一，勘透了生死之间的界限，方能乐死而重生。病恹恹做乌龟状，即使长命百岁，又有什么意义呢？

4

除了生死间的思考，我在这本《死亡日志》中，还看到了知识分子的命运转折，家国的沧桑变迁，一代人行将谢幕的挽歌。

萧瑟秋风今又是，换了人间，一幅长达四十年的漫长画卷在眼底徐徐展开，它蕴蓄着最深刻的情感、最莫测的转折、最激烈的碰撞和最彻底的反思，而画卷的底色，正是一个时代的风云变幻。

无论是老伍还是我,抑或是更多的50后,我们是极具典型色彩的一代人。

出生于五六十年代的我们,大多经历过改革开放前的困顿与贫瘠,在人生最美好的年华,过着浑浑噩噩的日子,在飘摇的政治斗争中苟存,那种痛彻骨髓的绝望也造就了一代人的坚韧性情。

壮年时,我们也曾意气风发,青春作赋,伴随一道春雷炸响,奋力一搏,搅得周天寒彻,奔流激荡的大势为我们这代人提供了改写命运的无限可能,传奇与落魄同存,英雄与氓流共舞。大起大落、大悲大喜、大开大阖、大忠大奸,命运的强烈反弹与转折,吃不尽的苦和享不尽的福在我们身上交汇。

到了晚年,一生风云过眼,风雨如晦,午夜梦回之时,穿越幽邃的时空隧道,或许还会想起很多早年的峥嵘往事,但已是物是人非了。前些年,我曾看过一个小视频,一群白发苍苍的同龄人们,泣声合唱《我们这一辈》,唱得撕心裂肺,凄楚感人,好像命运把太多的苦难和无常加诸于我们这代人身上。相比之下,我更欣赏老伍的人生观,乐观豁达,淡定以对,在时代的起承转合中,大闹一场,潇洒离去,也算无愧时代,无愧平生了。

王志纲

目录

序一　读《死亡日志》/ 陈嘉映 ·················· i
序二　一代人的挽歌 / 王志纲 ·················· v

＊ 2021年 ＊

① 确诊肺癌 ·················· 003
② 会哭的娃娃有糖吃 ·················· 018
③ 手术报告 ·················· 026
④ 无缘靶向治疗 ·················· 032
⑤ 我老爸的《死亡日志》 ·················· 036
⑥ 扩散已否 ·················· 044
⑦ 满血升格 ·················· 048
⑧ 活着不是为了治病 ·················· 051
⑨ 首次化疗 ·················· 066
⑩ 化疗副作用 ·················· 072
⑪ 要想癌症好，美女朋友少不了 ·················· 079

⑫ 饿，是幸福的标志 ·············· 091

⑬ 化疗中期疗效——喜忧参半 ·············· 097

⑭ 风平浪不静 ·············· 102

＊ 2022年 ＊

⑮ 最后一次化疗 ·············· 113

⑯ 化疗有效？ ·············· 156

⑰ 乌鸦嘴 ·············· 159

⑱ 没脾气 ·············· 168

⑲ 小白鼠 ·············· 175

⑳ 偶像 ·············· 180

㉑ 该吃吃，该喝喝 ·············· 191

㉒ 癌症周年 ·············· 198

㉓ 药物试验与站桩 ·············· 219

㉔ 生命的旅程 ·············· 229

㉕ 卷土重来 ·············· 236

㉖ 别了，小白鼠 ·············· 242

㉗ 饮鸩止咳 ·············· 252

✳ 2023年 ✳

㉘ 又见秃瓢，再次感冒 ······ 259
㉙ 插管还是不插管？ ······ 264
㉚ 重症监护病房（ICU）（上） ······ 271
㉚ 重症监护病房（ICU）（下） ······ 278
㉛ 解脱 ······ 288
㉜ 三进三出ICU ······ 295
㉝ 临终关怀 ······ 304
㉞ "为何是我"以及"为何不是我" ······ 312
㉟ 第四轮化疗 ······ 320
㊱ 转院 ······ 326
㊲ 生前追思 ······ 333

✳ 外篇 ✳

葬礼 / 穆晓亚 ······ 341
远行 / 穆晓亚 ······ 351

跋 / 何光沪 ······ 361

2021年

死亡日志①

2021年7月23日　06:44

确诊肺癌

　　咳嗽好几个月了。一直没认真对待。一是因为这是老毛病，大约七年前第一次犯，每年大概都会有一次，只是时间有长有短，长的如第一次，也是好几个月。咳得厉害的时候简直感觉全身都快散架，气都喘不过来，家庭医生也找不出毛病根源，胡乱开了些药，总不见好。最后看了一个专科医生，吃了他开的药，莫名其妙就好了。后来虽然每一到两年都会咳嗽，但就没那么厉害了，大部分时间一两个星期就过去了，药都不用吃。两三年前又有一次拖了两三个月，吃药好像没什么用，后来稀里糊涂也扛过去了。这次赶上"新冠"，不想去医院添乱，就自己随便弄了点咳嗽药应付。过了三个月还不见好，且有加重的迹象，加上自己也打了疫苗，就约了去见家庭医生。家庭医生看不出个所以然，又把我推给肺部专科医生去处理。

　　和专科医生约好看病时间的第二天晚上，我做了一个梦。梦见专科医生告诉我，我患了癌症，大约还有十二个月的生命。听了医生的话，我似乎也没有太大的反应，只是在想，我只有十二个月了。我怎么度过人生中最后的十二个月呢？我最想做的是什么呢？

环球旅行，原本一直在我的计划之中，好像这是我唯一必须去做的事。那明天就动身吧，能走多远走多远，直到生命的终点。而且我想，我要记录我生命最后日子的一切，把它展示给世人。想想也蛮有意思的。把生命的脆弱一点一点展现在世人面前，也许我走得会没那么孤单。标题我都想好了：死亡日志。忠实记录一切，包括文字、图片与视频。

我醒了，再无法入睡，梦中的一切是那样清楚。我想，如果真有那么一天，这还真是个不错的选择。浪迹全球，死在路上。我的思绪顺着梦境前行。我想在我最后的日子里，我儿子能陪我游历半年会是我最渴望的事。在病情恶化之前，我应该会有半年的好日子，因为我目前的身体状况非常好，我不希望儿子看到我垂死的样子。

但我最后还是否定了自己的期望。儿子有自己的生活，如果我这样做，会打乱他的生活。他刚上大学，有学业，有女朋友，让他跟一个即将死去的人做伴，对他太不公平了。他是个好孩子，如果他知道我的状况，他一定会同意陪我。但我这样做就太自私了。另外，我也害怕生病后会神经过敏，如果他不经意的言行，让我误认为他嫌弃我，于他于我都是伤害。我想要走就一个人走，绝不拖累任何人。

这个梦的影响太大了，随后的几个星期，我提不起做任何事的兴趣，只是靠惯性在重复处理过去遗留下来的一些杂事。原本计划要做的一些事都放下。我在想，不管一年还是多少年，我终究要走的，那我该做些什么？这件事对我有意义吗？那件事值得我去做吗？归根结底，生命的意义在哪儿？我莫名其妙地来到这个世上，走后如微尘，一阵风吹过，半丝踪迹都没有。

人生无聊，但亦无奈。既然已经没选择地来了，总得苟延残喘，总得去做点什么。做点什么呢？

拍了X光片又做了CT，左肺叶有一块阴影，专科医生的诊断是我得了肺炎，于是给我开了一些消炎药以及止咳药，并让我两周后复查。只是由于他出去度假，复诊的时间变成了一个月。

吃药后好像有些好转，但也只是有些而已。复诊时又做了X光片检查。

复诊后第二天，专科医生来电，说新的X光片和之前的X光片相比，没有好转迹象，阴影依旧。

然后他顿了一下，说他怀疑不是肺炎，有可能是癌症。因此，他要我去做一个肺部切片检查。

我都有些蒙了。我的梦怎么这么灵敏，比医生厉害。我的"死亡日志"好像真的可以推出这件事我还真有点兴趣做。反正总不能躺着等死。

不过，还是等确诊了再说吧，现在推出来别人会说我哗众取宠。

过去没在美国认认真真看过病，现在才知道其效率低下。医生总那么忙，预约至少一星期以上。为了做切片检查，我的肺部专科医生把我又推荐给一个外科专科医生，一个小小的切片手术，又得走个大圈，先去看了医生，然后等待医疗网审批，才能做手术。

手术前不知怎么我的家庭医生又通知我做抽血检查，还做了"新冠"检测。不知道为什么不是外科医生做这些？最终不是还得外科医生动手吗？

后来才明白是医疗网的要求，大约是不太信任外科医生，自己确定一下我是否应该手术。

随后外科医生处通知我和一个医院联系，约手术时间。这个医院让我把一些过去的检查结果送过去，他们的医生得先做研究，过几天再通知我何时手术。等过了预定通知我的时间，还未收到医院的消息，我打电话问询，说已经和我的医生联系过，让我直接联系我的医生。

我的外科医生的助手居然说她不清楚，来来回回，终于弄明白了。这个医院要求重做CT和X光检查，另外，我在家庭医生处才做的检查也得重做。医生助手说她在等医生的决定，看下一步如何进行，再通知我。

这样又过了几天，医生助手通知我，医生决定换一家医院做手术，问我的意见。我说我的唯一要求就是尽快做。什么医院无关紧要。这回还就真快了。7月15日上午通知我，第二天就做手术。而且当天下午必须先去医院做"新冠"检测。于是我匆匆赶往医院做了一个快速检测，医生说没有消息就是好消息，如果没有问题，她就不通知我，明天我按计划到医院做手术。

预定早上八点半做手术，但我必须提前两小时到医院开始做准备。头天晚上，麻醉师打电话给我，交代了一些注意事项，主要是半夜十二点之后，不能再进食，喝水都不行。

我记得我的肺专科医生告诉我，这是一个小手术，就是抽取点样本供检测，在医院待一个晚上就行了。我想，手术这么早，也许做完手术休息会儿就可以回家了。所以，本来我原定下午打球，我告诉朋友我可能打不了，但并未彻底回绝，没有完全放弃下午打球的希望。

手术当天，清晨六点起床，我虽然估计当天就能回家，但还是带了一个充电宝，怕万一真要住院，其他没有可以，这手机没电就麻烦了。用一刻钟时间匆匆洗漱，六点四十左右到达医院。先是在医院办公室填了一堆表，完事后护士把我领到手术准备间。

手术准备间是个大办公室，里面有好多护士。在靠近一个门口的地方，有一个小隔间，用帘子稍微隔开，里面有一张病床。医院的护士让我躺下，问了一大堆已知或未知的问题，往电脑里敲入数据。让我自己用湿纸巾擦拭全身，她只帮我擦拭背部，然后换上一套纸长袍，我开始穿反了，应该是穿围裙的方式，背后开口。我惊讶的是这个纸长袍上竟然有一个接口，可以插上热气管，调节温度。

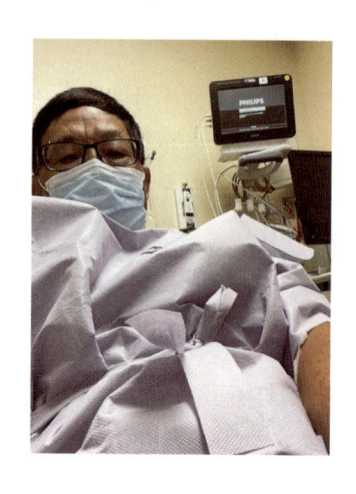

手术用保温衣

八点左右，我的手术主刀医生出现了，就是那位外科专科医生。美国医院除住院医生外，基本不养外科医生，这些医生和医院签约，医院负责提供设施及基本的护理服务，医生自己动刀。这时我才明白这好像不是一个小手术，不只是切个片这么简单。首先，得切除我肺部的阴影部位（肿瘤），把肺清理干净，然后清除肺部的积水，最后再做切片检查，看是良性还是恶性。切片结果大约一星期出来。这是开肠剖肚呀，这也叫小手术？他跟画图纸似的，用笔在我身上画了两个圈，标记出做手术的地方。也就是说，我得挨两刀。

我的手术主刀大夫：鲍威尔（Powel）医生。他就用手中的铅笔在我身上画了几个圈

我彻底打消了今天能回家的奢望，就给我儿子发了个短信，说有个小手术，今晚不回家。昨天我只是告诉他，我今早得去医院看个病。没告诉他我来做手术。

麻醉师也来了，他和外科医生是老搭档，经常一起做手术，也非医院雇员。我和他前一天有个电话交流，这次只是聊几句无关紧要的话。然后还来了一个专门的手术护士，也是个体户。

我被推到了手术室，手术室看上去有点凌乱，挺大的，我就注意到手术室中央的一张床，床顶硕大的无影灯。我躺在手术台上，手术医生好像重述了今天的手术内容，然后麻醉师把一个连有管子的树胶口罩套到我的嘴上，我呼吸到管子传来的空气，好像无臭无味。恐怕也就只有几秒钟，我人事不省。

十一点左右，我醒了。已经在一个有好几张病床的大房子中，好像有些病床上也有人。我这才知道，手术早已做完，医生、麻醉师和护士不见踪影。估计这是术后观察室。我被告知一会儿就有人把我送到病房。

除了那个带管子的树胶口罩，整个手术过程我半点印象都没有。五十年前，我做过阑尾手术，那叫一个印象深刻，当时是半身麻醉，手术刀划破我的皮肤时，不疼，但你能感觉到刀锋划过皮肉。当医生碰到我的肠子时，疼得我龇牙咧嘴，只能大口大口拼命呼气缓解一下痛苦。等手术结束，麻醉消除时，又是一阵撕心的疼痛。

这回可好，连打针的微痛都没有，做梦时被刀捅都会有痛感，这简直比做梦还爽。也没有预期的麻醉过后伤口疼痛的感觉。科技的进步还是惊人的。虽然我不想自己去体会这种进步，但终归是好的。

来到病房，已经过十二点。医院把我的衣物也送来了。我儿子起晚，看到我的信息后，回复我时我已经在手术室，他也不知道究竟发生了什么。无巧不巧，我刚掏出手机，我女儿的电话来了。她就住我们附近，正好当天要出去旅游一周，走之前回到家里，听她弟弟说我手术，她马上打来电话，问究竟什么情况？

我的病房，窗外景色很好

在此之前，我没有告诉家里人任何关于我可能得了癌症的消息。我想在事情水落石出之前，还是别让任何人担忧，于事无补。我老婆在国内，若她知道，除了干着急，也帮不了什么忙。儿子女儿虽然在身边，但又能帮我什么呢？这个消息只会给他们的生活添乱，让他们生活多了一点阴影而已。实在瞒不住再招供吧。但现在恐怕真瞒不住了。所以，我让他们都到医院来。

手术医生来了，他说手术很顺利，整个手术时间大约一个小时。该切的切了，另外拉了一根管子，慢慢从肺里把积水排除，所以，我的两个伤口，一个是切除肿瘤用，另一个就是放管子，现在管子还连着，在排泄肺积水。至于是否有癌细胞，他说医院的肿瘤专家有点担心，但具体结果估计等周三能确定。这话听起来差不多告诉你80%是恶性的了。

女儿和儿子来了。我告诉了他们部分真相，说我可能是癌症。但我还是没有告诉他们医生的担忧，再等不到一周，到时候悉听天命。我只是向他们强调，到了必须做决定的时候，如果我头脑清醒，我会自己拍板，但如果我已经失去知觉，他们得帮我决定，让我早走，不要让我承受生不如死的苟延残喘。对我来说，苟延残喘让自己痛苦，亲人受罪，社会添堵，百害而无一利。人生几十年，早晚得走，何苦眷恋一时一刻。其实，如果我在手术台上一睡不起，也不失为美事儿。

女儿哭了，儿子也哽咽。我最怕的就是眼泪了。在知道自己有可能患癌症的这几个月里，虽然心情不是那么好，但没有掉过一滴泪，眼眶湿润的时候都没有。我只好拼命开导他们，也告诉他们因为同样的原因，我尚未告诉他们母亲，等最终尘埃落定再说不迟，现在真没到时候。

医院管床的住院医生来了，听说我只住一天院，他有点吃惊，说通常这种手术得住三到五天，但若主刀医生说行，那他有自己的理由，等明天早上起来看手术恢复情况再定。

手术过后，甚饿无比。我习惯了三餐，少一餐都不行，今天早饭没吃，早饿了。护士说只能吃流食，医院给我送来一小盒汤，一小杯果汁，一小杯果冻。我几分钟时间把所有东西吃得半滴不剩，但越发饿了。比不吃还饿。管床护士人挺好，出去和医生沟通了一下，把我的流食改为正常食品，并给了我一张菜单，任我点。我赶紧点了份香煎三文鱼，配薯条。点菜快，上菜可就慢了，至少半小时后才送来，我都快饿晕了。又是吃得一点不剩。吃完才感觉饱了，这时大约已经下午四五点钟了。护士看我这种饿鬼投胎样,下午六点左右提醒我,医院餐厅晚上七点不再接单,让我提前订晚餐。我这时是真撑了,不再想吃。护士六点半左右又来催我订餐。虽然我一点食欲都没有了,但想到白天的惨状,还是订了,多总比没有强。这回反而希望它来得越晚越好,订的是轻食,依然吃完。只是不知道是饿得太厉害还是吃得太猛太多,抑或兼有,有一会儿胃痛得翻天覆地,压过了伤口的疼痛,差点求救医生。

由于左腰上插了根管子导流肺积水,我只能躺着不能动。白天好像还没什么,伤口也还不算疼。但晚上就难受了。一个姿势基本一动不动,整个脊背的酸痛,超过了伤口的疼痛。但更让人哭笑不得的是撒尿的问题,白天水喝多了,加上吊盐水,尿特别多。上不了卫生间,护士给了一个壶让我自己躺床上尿。从小被培养不尿床,如今真让你尿还尿不出来,好容易才挤出一点点,根本尿不干净。于是整个晚上都在和尿斗争,平均一个小时就得和尿壶斗智斗勇。上半夜好一点,下半夜困死。疼痛,憋尿,困倦,真是生不如死。想起伊斯特伍德的电影《百万美元宝贝》,女主角瘫痪在病床上,最后恳求男主结束她的生命,以解除她的痛苦。我算是体会了。如果长期如此,死真的是最好的出路。有一次我实在觉得不爽,就偷偷地拨掉腿上的两根线,那其实是按摩器,一直不停地按摩你的腿肚子,以免因不动弹导致腿部血凝。我刚下地,想站着尿一壶,突然警声大作,一伙人跑进来,我赶紧说不碍事,但他们说咋能不碍事呢?我才知道我全身有好几个传感器，一旦有异常就会引发警报，我这站在地上，还以为我摔下床了。这下真把尿给吓回去了，只好乖乖躺回去。

病房就我一个人，一个护士加一个护工，负责各种杂事。每隔四五个小时，有专人来让我呼吸五分钟的喷雾剂，扩张我的肺，以便呼吸，同时让我做一个呼吸练习。不用亲属照料，倒也省事。除了我自己要求吃一颗止痛药以及想睡觉要了一颗安眠药，没有其他的药物辅助。

尚未天明，有人把移动X光机推到病房，给我做了一个X光检查。不到八点，我的手术医生来了，检查一下我的伤口，换绷带。他让我看窗外，别看他的动作，然后我突然感觉剧痛，叫出声来。原来他就这样不管我的死活把插在我肺部的管子给拔出来了。这个挨千刀的。

我问是否今天出院，他说待会儿再照一张X光片，如果一切正常，下午可以出院。然后让我周一和他的办公室确定复诊时间。估计下周四或周五。他会和我的肺专科医生以及肿瘤专科医生确定我今后的治疗方案，好像我已经是他砧板上的肉，跑不掉了。

过了一会儿，移动X光机又来了，拍完片走人。我点的早餐也到了，什么事等吃完东西再说。今天吃得清淡些，就来了一份Pancake（松饼）。

没了腰间的管子，我想下床走走，满打满算，一个姿势躺了一昼夜还多，背实在难受，怎么挪动都不管用，毕竟只有那么一点点活动空间。我拖着盐水瓶，在医院的过道一步一步挪动，虽然扯得伤口疼，但比起傻躺着还是舒服些。绕一圈可能还不到两百米，已经很累了。然后在卫生间舒舒服服地坐着尿了半天，好像从来没这么舒服过。什么时候要求这么低了，就是舒舒服服地尿。

回到床上躺下，护士把我的盐水瓶也拆了，全身再无任何羁绊，虽然还不能翻身侧卧，但至少能稍微侧往右边，不会让所有压力集中于背部。

住院医生来了。告诉我一个好消息，说他用短信和手术医生联系，问我今日能否出院，手术医生就给他发了一个动画图标，两个大拇指。他让我看他的手机上的图标。这时才上午十点钟。我说何时能走，他说任何时候都行，他去给我写一份出院通知以及相关的注意事项就可以走了。于是我赶紧给儿子发短信，让他来接我。儿子还算懂事，通常这时都是他睡懒觉的时候，今天他特意等我的消息，很快回复了我。

有一个蛮有意思的小插曲，一个中年妇女到病房来问我是否为independent living，我一下子没弄明白什么叫作independent living，后来才弄明白她其实是问我是否为孤寡老人，是否有亲人来接我，如果没有的话，她们可以安排人送我回家。她们好心，我领了，但干吗这么拐弯抹角，直接问我是否live alone不就行了，非得用一个Independent显得我更有尊严似的。

护士来了，带来一个小夹子，里面其实就两三页纸，交代我出院之后的注意事项，记得其中一条是四到六周内不得乘飞机。还有一张处方,让我去药房买些止痛药,爱吃不吃。签个字,表示收到。至于这次住院花了多少钱,不知道。

进出也就一天多一点,但这一天真不是人过的。

回家当晚差点让我后悔。临睡前突然有一阵发冷,然后喘不过气来。出院文件就说如果出现喘不过气的情况,得马上和医院联系。我都差点给医院打电话要急救车了,好在症状缓解。除这一次,其他都还好,正常的术后反应,诸如伤口疼痛,绷带周遭麻痒。我的咳嗽情况大为改善,但时不时还会咳几下,抽动伤口,痛得无以复加。不过相比麻痒,痛还算可以承受,痒则让人发疯,我只想直接把绷带给拆了,自己重新包扎,但我儿子不同意。我只好在痒得太难受时把绷带边缘偷偷地撕开一个个口子,缓解一下。

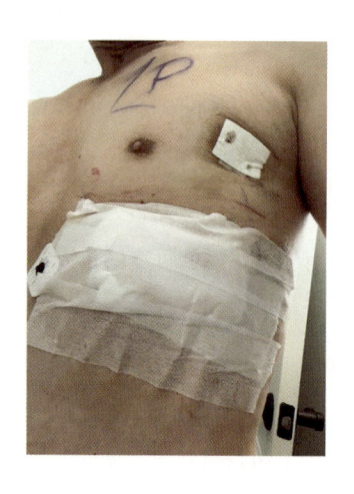

伤口。不知医生写的LP代表什么。好像跟在猪身上做标记差不多

和手术医生联系好了，周四上午十点半接受宣判。

医生说，肺癌。目前还需做更多的研究去确定其属于第几期以及是否有转移，唯一能确定的是，肿瘤面积相当大，属于最严重的那种。医生说通常从三以上分级，共五级，三、四、五、六、七。七以上就不再分了。我的面积达10.5厘米。

不出所料，果然是癌症，但我也没想到这么严重。估计转移的可能性也不小，肿瘤边缘都发现了癌细胞。

下一步是如何治疗。首先要确定是否转移，脑部扫描是第一步。还要确定是做化疗（chemotherapy）还是免疫治疗（immunotherapy），后者副作用较小，但不一定适用于所有的癌细胞，所以得先确定它是否可用于我身上的癌细胞。我下一步是找一个癌症专家帮我处理这些事。外科医生推荐了几个专家。除非再做手术，我不用再见这个医生了。他人很好的，感觉手脚也挺利索，看他办公室的很多本地杂志封面，貌似是小镇名医。

人真的是有旦夕祸福。在同龄人中间，我的体质一向拔尖，打球背包走十八个洞（相当于十公里负重走路）基本不带喘的。几十年基本不进医院。这一下不但进去了，不知道还能否走出来。

听天由命了。

死亡日志②

2021年7月27日　09:24

会哭的娃娃有糖吃

"会哭的娃娃有糖吃",这回我对这句话有了深刻理解,对我而言,变成了"会哭的老者有汤喝"。

我在朋友圈里这么一哭闹,马上收获了各式各样的靓汤。

首先是好邻居送来的他们精心烹制的香喷喷的排骨萝卜汤、老鸭汤,据说这老鸭是用水果蔬菜喂养大的,不喂通常的饲料。

然后是药汤。我的岳父是著名的老中医,但我一向对中医药敬而远之,戏称害怕"虎狼药",从来没有吃过老岳父开的药。这回他听说了我的事,马上和他的弟子们仔细敲定药方,让我立刻服用。

怕药苦，朋友推荐喝药后用水漱口，再来一勺蜂蜜。我做好充分准备。结果这药还真不苦

然后是各种精神鸡汤。这一个很激励人："战胜癌症，人的精神很重要，我于1985年得了结肠癌，右半结肠被切除了，我在贵医附院住院时你都来过的；1986年又是腹膜后肿瘤，在上海中山医院做的手术；2007年又是肾癌，右侧肾脏被切除了，之后这些年靠游泳提高自己的免疫力。带着一个肾脏，我2018年横渡过马六甲海峡，今年上个月20号父亲节那天，我横渡琼州海峡给我父亲献礼。我在学校有一个外号，叫肾斗士。"

但有些鸡汤好像不靠谱，比如这个："做任何事都要讲一个'度'：35摄氏度，不靠谱，度数偏低，对CA细胞无效；75摄氏度，同样不靠谱，度数太高，CA细胞逃逸；能有效杀灭CA细胞的只有53摄氏度（正如我们的家乡土酒通杀CA细胞，任何洋酒、红酒、啤酒、伏特加等都不靠谱，尤其是美国的）。"

但更多的是五花八门的迷魂汤，而且表达方式多种。

有图:

老伍双肺
如蝶翻飞

老赵 2021
0724 吉日

有诗体:

旅途!
就从中国为起点吧!
从这里出发——

这里,是生你养你的土地!……
这里,
我们的相宝山!向你敬礼!
记忆中,有我们共同的朗朗书声!
有老同学
永远的情谊!……

有论文体:

祥贵之作,以太史公编年为体,以检查治疗为经,图文并茂,十分耐读。作者虽详叙病史,但处处透露其独特之思想与宽阔之胸襟，幽默轻松之中，尽显大家风范。余读获的是丰富的知识，豁达的胸怀，虽无雷锋日记那样的革命情操，但充满人性的真谛、对家人的炽爱、对社会的正视和坦然的心态。长篇微信，一气呵成，文笔流畅，如见其人。满满的正能量和书卷之气，令余佩服至极。人皆患病，无论大小，最终归宿皆同，即使寿者过百，对于人生，其实差别不大。为后世所记住的，并非其寿命，而是其传世之精神。话说回来，如今医学进步迅猛，肿瘤早非绝症，在华治愈率颇高，成功案例俯拾即是，遑论美国。文中所揭鲍威尔医生之轻松随意，也显示出其超技与自信。美中医疗制度之优劣，在作者笔下自然展现，也长见识。期待读到《死亡日志》②③……直至我们共同西去。待到祥贵痊愈，踏上周游世界之旅，余当尽绵薄之力，以颂祝福之愿！

有"文革"体：

宜将剩勇追穷寇，背包打遍亚非拉。亲爱的伍哥，我挺你！

但我最喜欢的，还是小迷妹的追星体：

伍哥哥好帅，上次听晓亚说你想去法国待几个月，我就说要报名去打扰，现在周游世界的计划加上我👍🎤！"

调侃归调侃，但朋友们在我哭喊后表现出来的真挚友情，让在医生宣布我的病情时基本波澜不惊的我，几次眼眶湿润。除了大家的慷慨解囊，以及各样激励性质的文字，这几天很多朋友更切实地帮我分析病情，研究下一步的治疗方案，国内医疗界的朋友也表示他们的国内资源向我开放。有朋友甚至不管现在的疫情以及中美之间的旅行限制，坚持要到美国来照料我。这些都让我感觉到人间的真情。其实现在大家天各一方，很多朋友已经多年未见，但当我碰到这点儿事，马上伸来这么多双无私的手。

我在此向大家郑重地说一声：谢谢！

总之，我袒露病况好像效果不错。这一段留言也让我觉得继续写下去多少有点意义："伍叔，素昧平生，小老乡一枚。今早翻到您的这篇文，心路历程，让我感动，可我不哭，我就贡献了一点蚂蚱肉。我是为人儿女，好像一瞬间，父母就走过了生命最高峰，正在面临下坡路段。我其实特别胆小自私，面临大事，也许无法体谅父母的心情。感谢您的真实。真心期待能看到您创造奇迹。"

所以，我会继续写下去。

有好几个朋友对我的标题有异议，认为太过压抑，希望能改改。我也认真思考了几个可能的题目，但始终找不到一个更为恰当的标题。死亡一词，于我而言，是个中性词。我很早就对死亡有兴趣,当年在为博士论文选题时,我其中一个选题就是"电影中的死亡主题"。

伯格曼的《第七封印》:
死神的大披风非常拉风,
但并不狰狞可怖

《死亡日志》①发出后,我从朋友们的反馈中惊讶地发现,其实好些人因为这样那样的病情,一直在和死亡打交道,我只是新入道而已。因此,《死亡日志》是我和死亡的一次正面接触,无悲无喜,既然躲不开它,战胜它更是妄言,就让我坦然地、心平气和地和死亡并行一段,直到它彻底夺走我的生机。

因此,标题就暂时不打算改了。

最近几天伤口恢复得很好。走动起来伤口有些微微疼痛,医生开的止痛药我基本没吃,但为了晚上睡眠好些,每晚吃一粒帮助睡眠的止痛药。睡得很好,晚上十一二点上床,一觉睡到早上七八点。第二天精力充沛。手术后八天,身体感觉良好,就去高尔夫练习场活动了一下身子骨,不敢用劲,会扯着伤口疼,半挥杆,效果不错,还有些心得体会。

生病的另一个好处是儿女更懂事了。女儿虽然和我们住同一个小区,但平时很少回来,总是说自己太忙。现在天天回家蹭饭。只是不来则已,还呼朋唤友地来。

还有一个收获就是感觉幸福简简单单，一点小事就能让人爽歪歪。十来天只能右侧躺以及仰面躺，突然可以左侧躺了，即使不能躺久，伤口压着还是有点疼，就已经幸福感充溢，好像从来没有左侧躺过。洗澡也是，手术后每天只能用湿毛巾擦拭身体，当那么多天过后第一次让水从头浇下，全身顿时舒坦无比。

这些感觉是病人的特权，没生病的人还真体会不到。

死亡日志③

2021年8月1日　07:30
手术报告

　　周一（7月26日）去见了我的肺专科医生，尹医生（Dr. Yeam），他是第一个怀疑我得了癌症的大夫。他对我的手术做了较为详细的解释。总的来说，情况不是太乐观。简而言之，肺上的癌细胞到处都是，只是不确定是否转移到其他器官而已。他认为癌细胞在我的身体里也许都几年了，坏事也是好事，不会突然大爆发。不过，他说他不是癌症医生，别听他的。听癌症专科医生的。

　　他把本来只是给医生的手术报告给了我一份。

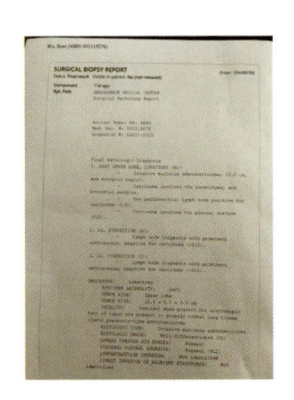

手术报告

报告的主要结论是：

最终病理诊断
1、左上叶，肺叶切除术（A）：
　　浸润性黏液腺癌，10.5厘米
　　癌涉及实质和支气管边缘
　　1个支气管周围淋巴结癌阳性（1/2）
　　癌涉及胸膜表面（pl2）

简而言之，我患的是肺腺癌，据朋友说亚裔人的肺癌以腺癌居多。另外，手术切除面积为10.5×5.5×3.0厘米，够大的。

这只是我能勉强读懂的。通过一位朋友的朋友医生的解读，我才发现更多的信息。

"病期比较晚，……如果只能放化疗，预后不会太好，五年生存率在20%左右，如果能够靶向治疗，效果可能会好一些。"

这听起来比较让人郁闷了。只是我看整个报告没有提及晚期的问题呀，经过朋友医生的进一步解释，我算明白了一点。

在报告中有这么一句：
　　TNM分类：pT4　pN1　AJCC第八版

我压根不明白这是什么意思，也没去深究。但就是这句话暗藏玄机。

"肺癌分期依次是I、II、III、IV期,他的情况T4N1就到了IIIa期,资料里面还看不到是否有远处转移,如果有那就是IV了。"

所以,我只有20%的活命机会。

和一个朋友聊起我只有20%的机会,他说20%的概率很高了,很多事成功的概率只有百分之几。他是炒股的,据他说炒股只有1%的人成功,99%的人就送钱给这1%的人。你必须是这1%的人才能在这个行当混。因此,20%太宽松了,一定能赢。虽然这个理论听起来很牵强,但挺鼓舞人心的,1%和20%毕竟不是一个量级的。

下一步的治疗终于缓缓启动。下周三及下下周二,我将分别做脑部的核磁共振检查(Brain MRI)与全身扫描(PET Scan),这两个检查的目的是确定是否有转移。不过,尹医生说别太相信PET Scan,不太准。另外,下周三也终于能去见我的癌症专科医生了,将和她讨论我的治疗方案。

最近还出了一个灵异事件。我在后院的小水池里养了七八只小鱼,大的5~6厘米,小的2~3厘米,已经养了好长时间,每次我撒鱼食,看它们抢食挺有意思。但我大前天喂食它们还活蹦乱跳的,昨天我发现鱼全失踪了,当时我想也许它们藏起来了。今天再看,一条没有。活不见鱼,死不见尸,不翼而飞。鲤鱼跳龙门。不知是暗示我将失踪还是病将消失。希望是后者。

小鱼失踪现场

　　管不了这许多。周四，手术后正好两星期，下场打了一场球。怕扯动伤口，不敢全挥杆，全场无论用哪一根杆，都半挥，距离因此大受损失，基本上我得比平常加大一到两号杆。除了三杆洞，基本没有标准杆上果岭。不过，最终成绩并不差，八十八杆，这是我平常发挥出色的时候才有的成绩。这是一个标准杆七十一的球场，6500多码，难度中等。平常打到这种成绩，就很满足。以我现在走路还抖得伤口痛的病体，完成这样的成绩，足以自傲了。不过，这也证明我平常打球是错的。打得远当然好，但若东倒西歪，失分反而更多。前九洞我打了四个帕，没有一个标准杆上果岭，都是一切一推完成的。轻轻松松，球道正中。那天唯一丢了一个球，就因为最后一个洞，五杆洞，我想三杆上，争取抓个小鸟，谁知就短了一码，掉水里。如果不贪心，打保守一点，保帕应该不难。欲速则不达。

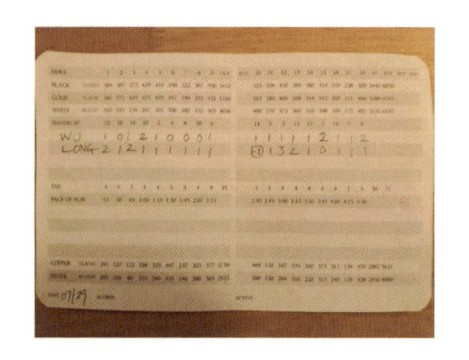

计分表

老婆从国内赶回来了。在机场折腾了几个小时,我担心她会带来太多的中药,被机场抓到。原来是等行李,也不知道什么原因拖那么久。只是中药比我预想的要多得多,我们家都可以开药铺了,有草药,有艾灸,有药丸,有成药,有补品,堆满了一桌子。估计过几天,我全身就会带药味儿了。老远就告诉他人,这是个药罐子,离他远点儿。早知道我就给机场报个点儿,让他们给没收了。

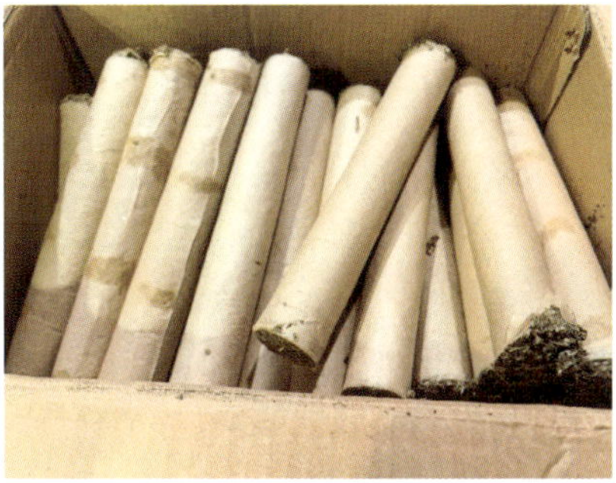

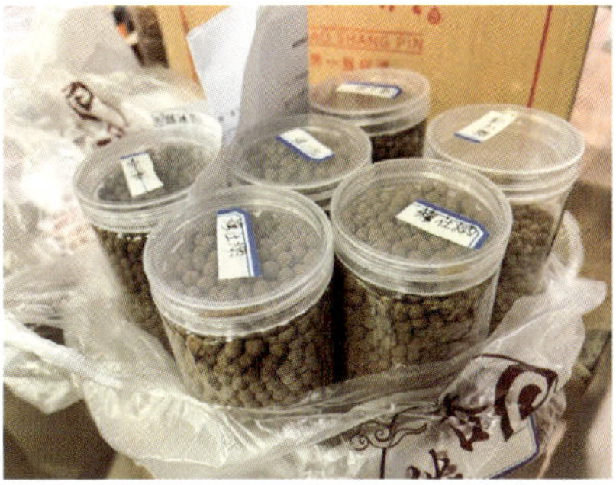

死亡日志④

2021年8月8日　06:44

无缘靶向治疗

我都害怕去见医生了，每次听到的都是让人沮丧的消息。周三（8月4日）第一次见我的癌症专科医生，查鲁医生（Dr. Charu），一位来自印度的女医生，在美国行医也有二十多年了。人看起来挺好的，但也许是她的病人太多，我们等了差不多一个小时才见到她。这种情况我是第一次碰到，一般来说，只要是预约好的，前后等十来分钟正常，一个小时就有点夸张了。过两个星期，我还要看另一个癌症专科医生，在这两个医生之间选一个陪我治疗。

刚开始闲聊了几句，她问了我一些问题。她有点印度口音，但总的来说交流没什么问题。随后她告诉我，我的基因检测结果出来了，EGFR（表皮生长因子受体）、PD-L1（程序性死亡配体）、ALK（间变性淋巴瘤激酶）、ROS-1（肉瘤致癌因子），均为阴性。刚开始我认为这是好事，但随即明白，由于这些基因均为阴性，就没有适合我的靶向药物，靶向治疗与我无缘，我唯一的选择只有传统的"鸡尾酒"放化疗（chemotherapy），不管是癌症病毒还是正常细胞，通杀。

不过，得等下周五，等我的脑部核磁共振扫描结果与全身扫描结果出来后，确定癌细胞有没有转移再出详细的放化疗方案。初步的方案是一个疗程的化疗，共四次，每次三周。然后是四到六周的放疗，每天做。

从查鲁医生处出来，紧接着去做脑部核磁共振扫描。第一次接触核磁共振设备，蛮新奇的。但其实什么都看不见。操作员说噪音很大，先给我塞了耳塞，再套上耳机，让我选择想听的音乐。然后我躺在一个狭窄的半圆空间里，透过头顶的折射镜，可以看到机器外面。检查时间大约二十五分钟，每隔几分钟变换一种声响，没有任何不适，只是操作员预先说了尽量保持不动，以免影响检查质量，一动不动多少有些紧张感。等我差不多适应，昏昏欲睡时，完事了。24～48小时出结果。

查鲁医生好像蛮负责的，晚上九点多还给我打电话，问我一个问题。

有些朋友（包括医生朋友），建议不要做化疗。做还是不做，这还真是个问题。查鲁医生建议做，因为不做的复发概率远远大于50%。

时运不好，风雨来得骤，看来恐怕是得做。我女婿和我一起去看医生，但由于疫情，医生办公室只允许一位亲人陪同，他就在外等候。他说你可以做的，因为他在等我们期间一直在观察，出出进进的病人大都老态龙钟，相当一批人坐轮椅来，他认为如果他们都能扛得住放化疗，我气饱力壮的更没问题。这句话挺鼓舞人心的。

做与不做，下周五再说，先开开心心过好这一周。

即使最终决定做，我会把时间定在九月份以后。疾病不是信心能左右的。我担心我一旦开始化疗，即使死不了，但若来一阵风就能把我吹倒也是可能的。至少目前我想去做一件事，这件事需要相当的体力。在发现这个倒霉的病之前，我就和朋友商量好去做的。如果不是疫情，早完成了。过去，这只是一个正常的旅行计划，如今，成了我的遗愿清单（bucket list）。

这事属于我的全球旅游的一部分：去俄勒冈州打球。俄勒冈州靠太平洋有个地方叫作班登（Bandon）。这里有一个班登沙丘高尔夫度假村（Bandon Dunes Golf Resort），里面有五个高尔夫球场。在《高尔夫周刊》（*Golfweek*）评选的2021年美国百佳公共球场中，这五个球场的排位分别是第二名：太平洋沙丘（Pacific Dunes），第四名：老麦克唐纳德（Old MacDonald），第六名：班登沙丘（Bandon Dunes），第八名：羊牧场（Sheep Ranch），第十名：班登小道（Bandon Trails）。美国有上万个球场，这五个球场全部挤进前十，相信必有其独到之处，才能脱颖而出。当然，也可能是度假村贿赂《高尔夫周报》换来的。这个问题等我回来再提出我的判断。

打几天球本来应该也不算个事，美国通常都是开车打球。将车开到高尔夫球边上，打完继续开车到球的落点挥杆。因此，对体力的要求不是太高。但班登沙丘的球场比较拧，他们不提供球车。他们声称开车打高尔夫球不是正规的高尔夫球传统，自己走路打球才是高尔夫正道。走一场问题不大，连续走五天对于正常人也是个挑战。我这才做完手术不久，若再加上化疗的摧残，恐怕是没体力完成这个挑战的。因此，我把这件事给办了，如果今后再也没这个体力，我起码少了一个遗憾。

有人说我乐观坚强，其实我真的不乐观。从这件事你们就可以看出，我对于治疗是没有信心的。但正因为我不乐观，通常都往最坏处想，因此，当坏消息来临时，我早有心理准备，才能处之泰然。或者毋宁说是麻木。对于我来说，我努力过了。但最终判决在于老天，这不是我能左右的。

我唯一能做的，就是坚持走五天，打好每一场球。几个朋友陪我一起去，我还要把他们都打趴下，不会因为他们陪我就手下留情。

只是现在美国人出不了国，国内旅游火爆得厉害，高尔夫度假村一房难求。我们虽然订到了球场，却没地方住。不仅是度假村内没房间，球场周边像样一点的酒店也全部爆满，我们好容易找到一个马马虎虎的酒店，最后一天还得换地方。

死亡日志⑤

2021年8月13日　06:07
我老爸的《死亡日志》

　　我有一个傻闺女，一向大大咧咧。名校MBA毕业，在大公司干了几年，说不好玩，辞职回家。然后鼓捣出一个"旅游顾问"的头衔，开始帮人做旅游规划。我嘲笑她，一个高中生就能做的事，你白念大学了，更别提MBA，简直糟蹋。而且，在大公司工作轻轻松松到手的薪水，远超她作为个体户辛辛苦苦没日没夜苦干的收入。面对我的明嘲暗讽，她一句话就给我怼回来，"我愿意，我喜欢"。她还经常自吹有很多人羡慕嫉妒她的生活，因为她干的是自己喜欢的事，自己还可以满世界周游。她结婚好几年了，我催她早点生孩子，但她竟然用"我自己还是孩子，还没玩够"来搪塞我。去年整个旅游行业因疫情受到重创，她的业务大幅下滑，但不妨碍她自己玩，一年之中在墨西哥就待了半年。我们住同一小区，但她总是那么忙碌，没时间回家，我得抓住她好吃的特性，告诉她做了她喜欢吃的东西，这样的贿赂才会让她回来。

　　自打她知道我的病情后，她基本每天都回来看我，至少会打电话问我的情况。一下变成乖乖女,让我都有点不习惯。几天前,她在Instagram发了一篇《我老爸的死亡日志》,让我更加了解了这个傻闺女。她的中文一塌糊涂,基本就是一中文文盲,她是借助谷歌翻译看的《死亡日志》,连猜带蒙。我发觉我的《死亡日志》好像真有一点作用,起码帮助我女儿走出了我病情的阴影,让她能直面这一困局。因此,即使就为了我的女儿,我也会继续写《死亡日志》。

这篇文章发出来后,三百五十多人做了评论,女儿说这是她所有发表的东西中反应最为热烈的,很多评论者与女儿素不相识,但都表达了他们的慰问之情以及伸出援助之手。

这篇文章也许对于父母了解下一辈是个帮助,所以我把这篇文章从英文翻译为中文供大家参照,原文也附上。

My Dad's Death Log

Doing what I always do here: run away, numb it, smile with optimism, deal with it when it becomes unavoidable. No need to stress or be a buzzkill for others if it'll work itself out. I'm even masking this somber post with a happy photo. I am my father's daughter.

My dad kept his cancer a secret from everyone until the day I left on this Tahoe trip a few weeks ago. He only fessed up because he had to stay overnight at the hospital after they removed a portion of his lung. He didn't want us to know about the operation and "ruin my trip". He naively thought he would be able to make his regular tee time that day.

My brother and I walked into that room and saw him hooked up to tubes like WTF. He joked about being so hungry on a liquid diet and calmly said it could be cancer, but that the results wouldn't be definitive for a week. We were blindsided, caught up in our own lives, had no idea he was even sick. He had known the high likelihood of it for months but didn't want to burden us with worry.

I wanted to be mad but I was too scared and broken. I wanted to be strong but all I could react was to cry like a weak little daddy's girl. I almost didn't go to Tahoe but I knew he would've felt worse if I had stayed. I trusted my brother to be there for the post-op and even convinced myself the surgeon got it all out.

The day after I returned, the result of the lobectomy came back: advanced lung cancer - it had spread. I got the text while at a work lunch near San Diego. Imanaged to keep it together, smiled for photos, and ugly cried the entire drive back. I couldn't control bursting into tears at the slightest triggering thought for a week. I was a wreck.

I didn't want to talk about it in fear of my emotions and ruining anyone's day. I only told those when I couldn't hide it anymore. Their caring support and empathetic stories were comforting. It gave me solace to think about how we would all inevitably go through this, how some sadly have already, how grateful I am to know so many compassionate people, how fortunate I am to have this time with him.

What allowed me to come to terms with it the most was his daily positive outlook and reading his "death log". He admits the title sounds morbid, but it's not meant to be. He's a thoughtfully poetic writer, without getting much into feelings or the philosophical. His bluntly honest but poignant diary of death has been read by thousands, with strangers commenting how it's helped them process their own situations and grief.

He optimistically writes about going on a worldwide adventure. He says daily life is boring and he wants his remaining time on earth exploring it. That he doesn't fear death and doesn't want anyone to feel sorry. It's inspiring, but I'm mostly afraid he won't get the chance to fulfill this travel bucket list.

Hence, "My Dad's Death Log" - to share his spirit and his story, to tell it from my perspective so others won't feel alone. For myself, to be open, to not have to keep reliving it and the pitiful sorrow because we've been conditioned to be uncomfortable talking about it. And as much as we want to prolong it, as painful as it is, death of a parent is a part of life. I imagine the reverse would be worse.

Science: so much to be hopeful for. Perhaps he could die in months, or he could defy the odds with the technology we have. They've removed 10.5cm of one lung. Good thing he has two and the other is healthy! Bad thing - it's in the lymph nodes, airways, and outer tissue. He isn't a smoker and has always been in good health.

Next week, he goes in for a PET scan to see if it has spread to other organs. Today, an MRI to check impact to the brain. Until those come back, none of the doctors can provide prognosis or a potential treatment plan.

I'm trying to be stoic as my dad concluded his first death log: "resigned to his fate".

我老爸的《死亡日志》

一如往常，做我一直在这里干的事情：逃避，麻木，乐观地微笑，在避无可避的时候才去面对。如果事情会自行解决，则无须加以强调或成为他人的热门话题。我甚至用一张欢乐的照片来掩盖这篇沉重的帖子。我是我父亲的女儿。

我父亲向所有人隐瞒了他患癌症的消息。几周前的一天，当我正准备离家开启我的塔霍湖之旅时，才得知这一噩耗。他瞒不住了。因为在他们切除了他的肺的一部分之后，他不得不在医院过夜。他不想让我们知道他做手术，担心因此"毁了我的旅行"。他甚至天真地认为他还可以在那天按原定计划去打高尔夫球。

我弟弟和我走进病房，看到他到处插满管子，真他妈见鬼了。他开玩笑说流食让他饥肠辘辘，并平静地说他可能得了癌症，但最终结果大约一周后确定。我们粗心大意，忙于自己的生活，甚至都不知道他生病。他知道自己很可能患癌症已经好几个月了，但瞒着不告诉我们，不想让我们担心。

我想生气，但我超级害怕，心都碎了。我想坚强些，但我唯一的反应就是哭得像个爸爸的软弱的小女孩。我差点没去成塔霍湖，但我知道如果我留下来他会感觉更糟。我信任我的弟弟会照顾好手术后的爸爸，甚至说服自己外科医生已经完全切除了癌变部分。

我回来后的第二天，肺叶切除的结果出来了：肺癌晚期——已经扩散。我在圣地亚哥附近吃工作午餐时收到了这条短信。我努力控制自己，在镜头前强颜欢笑，但在整个开车回家途中，哭得不成人样。在随后的一个星期，哪怕一点点小事都会触发我的泪腺，整天以泪洗面。我无法控制被最微不足道的小事触发的忧伤而泪流满面。我被彻底摧垮了。

我不想谈论这件事，我害怕自己的情绪会破坏别人的好心情。只有在我隐瞒不下去的时候才告诉一些朋友。他们的关怀支持和感同身受的故事给我慰藉。想到我们都将如何不可避免地经历这一切，那么多悲伤的事已经发生，我多么感激认识这么多富有同情心的人，我多么幸运能在这个时候和他在一起，我对此感到宽慰。

让我最终接受这件事的最大功臣是他每天积极的看法以及阅读他的《死亡日志》。他承认这个标题听起来令人很沮丧，但并不尽然如此。他是一位深思熟虑的诗意作家，不作过多的情感或哲学阐述。他坦率诚实但富有张力的死亡日记已被数千人阅读，有些与他素昧平生的人告诉他这些日记如何帮助他们应对自己的处境和悲伤。

他乐观地写着去世界各地冒险的愿望。他说日常生活很无聊，他希望利用自己在地球上的剩余时间去探索这个世界。他说他不惧怕死亡，也不希望任何人感到难过。这很鼓舞人心，但我最担心的是他没有机会去完成这份旅行遗愿清单。

因此，"我老爸的《死亡日志》"——分享他的精神和他的故事，从我的角度讲述它，这样其他人就不会感到孤单。对于我自己来说，要保持开放，不一再沉浸在可怜的悲伤中，即使我们不太习惯平静地谈论父母的伤病与死亡。尽管我们想延长父母的生命，尽管很痛苦，但父母的死亡是生命的一部分。我想反过来会更糟。

科学：有太多希望。他可能会在几个月内死去，但他也有可能借助我们拥有的技术来击败疾病。他们已经切除了一个肺叶的10.5厘米。好在他有两个，另一个很健康！坏事——癌细胞存在于淋巴结、气道和外部组织中。他不抽烟，身体一直很好。

下周，他要进行全身扫描，看看它是否已经扩散到其他器官。今天，做核磁共振检查对大脑的影响。在这些检测结果出来之前，没有一个医生可以提供诊断或潜在的治疗计划。

我努力保持坚强，如同我父亲在结束他的第一篇《死亡日志》时所说："听天由命。"

死亡日志⑥

2021年8月16日　08:57
扩散已否

    上周四（8月5号），我做了脑部的核磁共振；本周二（8月10号），又做了全身扫描。这两个检查都是确定癌症是否有扩散转移。检查通常在24~48小时出结果。但我没有急着去查询检查结果，早一天或晚一天知道无论是好消息还是坏消息好像也没那么重要，而且我一个门外汉，那些检查术语于我而言似懂非懂，恐怕误读的可能性也很大，还是等医生的正式解读吧。

    周五（8月13号），一个在西方不吉利的日子，我们去见了查鲁医生。当初定这个日子的时候，我女儿有点犯嘀咕，但往前一天怕结果没出来，往后呢又会拖到下周，不得已选了这一天。我自己倒无所谓，死猪不怕滚水烫。

    和查鲁医生谈的时间不长。她向我解释了两个检测的结果和她的看法，果然如我所料，有些检测内容我自己是读不出来的。我还捐了点血供研究之用，一共七管，得好多鸡蛋才补得上吧。

    回到车上，我老婆穆晓亚（因"新冠"，诊疗室只让一个家人陪同）问结果是什么。我说好坏消息参半，问她先听好消息还是坏消息。她选择先听坏消息。

坏消息是我左右肺都有一些斑点或阴影，左肺的阴影也许是手术后伤口尚未痊愈留下的，右肺的阴影就不明原因了。对比手术前的肺部CT扫描造影，那时是没有这些阴影的。因此，必须再做一个专门的肺部CT检查，弄明白这些阴影的问题，才能制订下一步的治疗方案。好消息则是脑部未见异常，其他器官也没有发现异常。也就是说，现在癌细胞没有转移到其他器官。至少在一定的时间内，我还不会傻，这是迄今为止最好的消息了。

只是一只靴子落下，另一只又悬起来了。治疗方案还得等做完肺部CT后再说。一周后再见医生。

回到家，儿子和她母亲同样选择先听坏消息，真是母子同心。

手术至今将近一个月。这一个月来，感受到亲友各种各样的关爱。

有和风细雨型的：每日或数日一句简单的问候，无关病情，但温情脉脉。

有具体入微型的：详细追踪我的每一次检查，帮我推敲分析，比我自己还上心。从中医到西医，给我灌输了很多知识。

有旁敲侧击型的：比如用美色勾起我的生命热情。

有简单粗暴型的:"说这么多,伍哥不许见上帝,等我来美国一起喝大酒。不然老子捶死你,并且把你当年泡妞的故事传世界。"

有崇尚偏方型的:最多的偏方是53度白酒。"说句悄悄话,对于防癌术,我和巫峡看喝酒是生而知之,从国和周昇看喝酒是病而后知。既然老伍哥已然失去不治已病治未病的机会了,就听永辉的建议吧,把治疗费改成买酒钱,用53度家乡水来亡羊补牢!""突然觉得,从国所谓放下,最典型的场景,就是酒至半酣时,是听人劝克制得住,还是随性所至,喝到哪点算哪点,整死哪个算哪个!后者虽然后果有万般不好,比如呕吐,比如失态,比如骂人,比如摔跤,但那股豁得出去的心力,恐怕正是克制癌细胞的精神力量。"

有自创理论型的:一朋友为我洋洋洒洒写了两篇文章,完全基于他自己独创的"上健康"理念。第一篇让我虽懵逼,但还有敬畏感,"先静心,去人欲,明天理。读进去,冥想体验,用'眼耳鼻舌肤'之外的超感去体验,杜绝有形有意有言有语的思想意念，用无形无意无言无语的觉悟潜意识去感应。入得本体，两个能量变化产生。一是与欲望牵挂同在的暗能耗漏洞堵住'止损'，二是人天同频可获得天地能量输入。一头开源，一头节流。伍哥能量算法扭亏增盈"。第二篇就让我脸红了，敬畏感顿失，"老伍哥现在最需要的，是脱光尘世的衣服，光鲁鲁（贵州方言：赤裸裸）投入自然的怀抱，身心灵如蘸辣子水一样蘸一蘸天地的元气，顺便抖掉身上的癌垢，一纵身又以当年牛逼哄哄第一次搂抱伍夫人的激情燃烧装逼青涩，昂首挺胸回到亲人朋友之间"。

还有太多太多，但不管哪一种表达方式，我都能感受到亲友发自内心的关爱。这一段时间，我说得最多的就是谢谢。但谢谢两字根本不足以表达我对大家的关爱的感恩之心。

死亡日志⑦

2021年8月22日　05:12

满血升格

"恭喜你,你已经从三期升级为四期。"医生说。昨天,前后见了两位癌症专科医生,一位是查鲁医生,这是第三次见她。另一位是Dr. Huang,黄医生,在美国生长的中国人。第一次见黄医生,黄医生比较年轻,再加上娃娃脸,看上去像才从医学院毕业,其实已经有二十年的从医历史。感觉他更加认真负责,再加上他还能用中文沟通,我计划今后就让他作为我的癌症治疗医生了。

前面引述的医生的话当然是我杜撰的,医生不会这样幸灾乐祸。可惜事实如此,两位医生都认定我属于四期,由于右肺出现结节,而这些结节在数月前的CT中并未发现,虽然医生也不能断定是恶性的,但表示严重关切(Real Concern)。医生一般不会把话说死,但我相信就是恶性,我不必自欺。在几个月的时间内,就已经扩散,恶性的可能性更大些。当然,现在也不能完全排除右肺的结节也是原生性的,不是从左肺转移的。

因此,原先考虑的三期治疗方案:化疗加放疗,得改为四期治疗方案，可能会放弃放疗，变成化疗加免疫治疗。据医生介绍，美国治疗三期和四期分别有标准方案。黄医生说他要进一步分析我的所有检查结果，下周给我一个治疗方案。

中文的美的确奥妙，在用拼音输入"四期"的时候，跳出来的选项包括"死期"，四期等于死期。三期也接近"丧期"，至少是"丧气"。

关于"死期"，医生说根据统计，四期病人中位成活期是18~24个月。至于我位列中位、下位还是上位，只有天知道了。医生不知道，我更是懵逼。

对于自己无法操控的事情，我选择听之任之。从医生处出来，晚餐和全家人一起按原定计划出外就餐，也不管什么医生不让喝酒的规劝，整了一大杯啤酒，虽然没有53度助兴，聊胜于无。大家放心，我不是喝闷酒。和家人一起，其乐融融。

我现在是"三好学生",吃好,睡好,运动好。我一向胃口超好,基本什么都可以进胃。眼下被加上诸多禁忌,比如不能喝酒、茶、咖啡,不能吃红肉、碳水化合物等等,但总的来说,老婆开了小灶,这样汤那样汤,各种补品,还是没把我的胃口弄坏,依然顿顿狼吞虎咽。睡眠方面,我一直差点儿,入睡没问题,但经常半夜醒后再难安睡。现在借助一些安眠药物,基本上一觉到天明。运动方面则继续老习惯,每周下场两次,其他时间则尽量到练习场挥挥杆,每周也有两三次,因此,差不多每天都有运动。绝对的三好学生。目前正在争取"喝好"的权利,早日成为"四好"学生。

明天前往"班登"打球的计划照常进行。驱车前往,单程约1600公里。

至于治疗嘛,等我回来再说吧。

死亡日志⑧

2021年9月4日　02:56
活着不是为了治病

病后第一次远足，目标是俄勒冈州班登沙丘高尔夫度假村的五个排名美国《高尔夫周刊》百佳公共高尔夫球场前十的球场。分别是前文提过的太平洋沙丘，老麦克唐纳德，班登沙丘，羊牧场，班登小道。

太平洋沙丘

选择8月22号出行，是为了送儿子去学校报到。驱车大约七小时，到达他的宿舍。五个小伙子住一个套房，五间小小的卧室，但有一个大大的起居室，有冰箱、炉灶、卫生间，房间外还有共用的阳台，可以远眺大海以及旧金山市区高楼。现在的孩子真幸福，想当初我们上大学时基本都是八人一个房间，四个高低床打发。

平常自己没注意，看照片和身旁的小伙子们一对比才知道自己一脸病容，以后得避免和年轻健康的人照相。

扔下儿子的行李后，距晚餐还有两小时，抓紧这两小时的时间去伯克利大学的高尔夫练习场，活动一下筋骨，顺便润润喉咙。

23号预定早上八点出发，设定的闹钟是七点半。但还不到六点半，朦胧中听到一声响动，以为是闹铃，惊醒。再努力也无法重新入睡。坐起来试图冥想。用各种方法进入抱元守一状态。可惜思绪太复杂，根本无法抱元守一。我试图集中思绪在呼吸上，"吸，呼，吸，呼，……"，但不知怎么地就联想到了"媳，妇，媳，妇，……"。反过来也一样，"呼，吸，呼，吸，……"，变成了"夫，媳，夫，媳，……"。六根不净的人，真是不可救药。未能抱元守一，活生生整成了"抱媳妇"。

从伯克利前往班登，有两条路：一条大道，经5号州际高速，行车时间八小时多一点；一条小道，经101沿海高速，将近九小时。不到一小时的差距，当然选择风景更佳的小道，即使这条线我已走过不下十次。沿101高速进入俄勒冈后，时断时续地沿海边蜒伸，和加州的1号公路有一拼，其美景不下于后者，可惜风头一直被后者压过。

俄勒冈海岸

人算不如天算，大约下午四点左右，就在我们经过红木国家公园不久，还有一个小时左右就可进入俄勒冈州欣赏俄勒冈精彩的海岸时，被人拦下，告知前方因路段塌方，正在修理，要七点才能放行车辆。

红木国家公园

如果我们绕道，得多花四五个小时。算了一下，还是原地等待好些。幸好路边就是海滩。可惜海水冰凉，不敢下水。石缝间抓了几只小螃蟹，被朋友就啤酒当场生吞。

虽然被天算计，但人是活的，堤外损失堤内补。偌大的

沙滩，是最好的打沙坑的练习场。于是，赌局开始。几轮下来，不知不觉就到了该离开的时候。

这件事倒给了我一些启示。有些时候事出突然，非自己所能左右，但如何因地因时制宜，不在一棵树上吊死，就看自己的智慧与心态了。

等到可以通行，进入俄勒冈境内太阳已经落下，赶夜路到达旅馆，这次无缘俄勒冈的美景。回去翻看过去的照片吧。

俄勒冈海岸景色

疫情导致国际旅游极端困难，于是美国国内的旅游火爆得一塌糊涂。这五个球场均属于班登高尔夫度假村，但度假村一房难求。哪怕是班登市的旅馆，无论高端还是低端，全部售罄。我们好容易在距球场半小时之外的库斯湾，找到一个汽车旅馆，Motel6。而这都是半月前就预订的，我过去旅行通常是哪儿天黑哪儿歇。Motel6是全美最低端的汽车旅馆连锁，其名源于房价六美元一晚。虽然早过了六美元时代，六十美元应该是其合理价位，但如今每晚竟然敲诈我们一百六十多美元。

酒店抢人，但餐馆非常亲民，尤其海鲜食品，比起洛杉矶地区，简直天差地别。所以，我们天天吃海鲜大餐。酒店可以宰游客，但餐馆的主流食客还是当地人。

最初我们计划四人打球，每人五场，每天一场，共二十场球。按这个计划订好了场。但临近出发时我一个朋友死活要求加入，说他好不容易在老婆那儿请到几天假，过了这村就没这店了。决心之大，说他不打都没关系，就陪我们在球场走走。住房没有也没关系，他自带铺盖睡车上。碰到损友，我们也没办法，只好抽签，每人让出一场，这样每人只能打四场。

不过最后还是让我们找到了解决方法。球场规定如果一天连续打两场，第二场半价。前四天我们都是下午开球，上午还可以打一场。虽然不一定能订到自己想打的球场，但毕竟解决了我们场次不够的问题。我们中间，打得最多的居然干了八场。

一天两场，意味着得拖着自己的球包走大约二十五公里，对体力是很大的考验。班登球场一概不提供球车，必须走路打球，他们认为走路才是高尔夫球的正宗传统。

朋友们照顾病人，让我每天打一场，只需要走12～13公里。第一天我自己拖包打，突犯腰疾，挥杆时剧痛，走路也得小心翼翼。我都怀疑自己能否扛得下连续五天。

从第二天开始，我要了个球童帮我背包，我的挥杆也改为半挥，尽量减轻腰部的负担，情况有所好转。第三天情况大为改善。最后两天基本就没问题了，但我依然不敢全挥，生怕腰疾恶化。不管怎样，五天，每天12～13公里，我扛下来了，远没有想象的那么恐怖。当然，球童帮了大忙，球包扔给他，我自己就负责打球，走路，轻松多了。球场也鼓励使用球童，但不是硬性规定，可以选择不用。但多数人选择用球童，除了帮你背包，他们会告诉你许多球场的诀窍，否则，自己瞎摸索会犯许多不必要的错误，毕竟多数人都是第一次在这几个球场打球。因此，建议以后去班登打球的朋友一定先预订球童，虽然他们号称有四百多位球童，但旺季常常订不到。

球童和我。美国球童很潇洒,我让他第二天继续跟我,他说抱歉,他自己要打球

班登俱乐部的五个球场,除了班登小道在森林中,其他都在海边,基本洞洞见海,景色美轮美奂。不过美则美矣,肆虐的海风却让击球增加很大的变数。上午还好些,下午风速可达每小时40~50公里。如果击球过高,可以看到高尔夫球在空中往回飞,跟抛回旋镖似的。

五天五场球,最后一天上午开球。打完球后,驱车三个

"记录我生命最后日子的一切，把它展示给世人。"

"把生命的脆弱
一点一点展现在世人面前，
也许我走得会没那么孤单。"

何光沪
陈嘉映
王志纲
推荐

老话说，逝者已逝，生活还在继续。当然，现在的生者也会逝去，不过，这并不改变，我们曾生存一场，曾经爱、被爱，曾经兴致勃勃登山游水，曾经身陷绵长的苦恼，曾经谈论死亡，回忆逝去的亲人。
——陈嘉映

**2021－2023
三年，37篇死亡日志
一个人的生命最后历程**

* 随书附赠别册《我们也来写老伍》

好在我们系所在的区域属于学校最初的地盘,数百上千年的树林,上百年的教室,依然如故,往事历历在目。

刚好相差三十年

但依然有所变化,在树林边缘,原来有一个雕像,表现最初来到西部的白人(Pioneer)。当初我觉得好玩,曾留影纪念。八年前带儿子来学校,也留影。如今雕像已无踪影,估计是近期政治正确的牺牲品。果然,雕像是在2020年6月的一次示威游行中被推倒的,同时遭殃的还有另一个相同主题的雕像。理由是这些雕像美化了白人对印第安人的迫害。这个雕像于1919年建立,一百年后,换了人间。

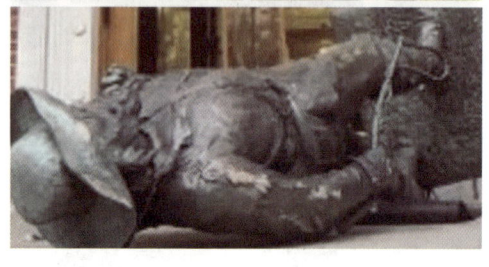

图上左：我三十多年前刚到学校时；
图上右：八年前带儿子游校园；
图下：被拖拽倒地的雕像

　　离开学校，直接往回赶路。本来可以一口气赶回家，但朋友们意犹未尽，中途停在加州首府萨克拉门托。第二天一早起来，再打一场高尔夫，为此行画上一个逗号。到了洛杉矶，再去餐厅美美地饱餐一顿，才算完美地为此行画上句号。

笑得好开心。发现一个诀窍，晚上照相可以掩盖病容

来回九天，驱车三千余公里。好在这次全程不用我开车，坐着玩手机，一点没负担，不累也不无聊。班登球场待了五天，每天走路12～13公里，除第一二天腰疼折磨人之外，好像也没感觉太累。最后一天开车打，就更没感觉了。

回来一过磅，发现比出发前增重了。对于他人，增重恐怕不是好消息；对我而言，却是大大的好消息。

我好像生来就应该在路上，生病也如此。

死亡日志⑨

2021年9月18日　03:07

首次化疗

2021年9月16日，首次化疗。

本来两周前就应该做的，但由于我换了一个保险医疗网，医生送上去的治疗方案得由现在的医疗网重新审查批准，故此推了两周。而且，还可能再拖。由于我有一定的自付额，医院可以帮我向一个第三方机构申请补贴，那我自己就基本不用出钱了，只是从申请到批下来还得两到三周。我赶紧说，拉倒吧，我砸锅卖铁自付，你们马上给我治病。

早上八点三十五到达诊所，办完手续。大概九点就开始治疗过程。我是第一个到达治疗室的，因为我今天在这儿得待七八个小时。进门可见一个架子，上面放满了各种免费的营养食品及饮料，旁边还有一个饮水机。治疗室有四五个女护士，一个男护士主要负责配药。室内若全坐满病人，可以同时容纳十一个病人输液。今天前前后后全部病人就八个。大多待两三个小时就走了。只有我从头待到尾，走时还剩一个最后来的病人，也差不多快结束了。

所谓化疗其实就是输液，只是药物成分不同罢了。

我输的药物分为三大类，并按此顺序输液。

1. Premedication（化疗前用药）：今天一共用了五种药，泰诺、地塞米松、乙酰胺、苯海拉明和法莫替丁。口服泰诺两粒，后四种药物全部混合在一起输液，输液时间15～20分钟。化疗前用药的目的是减小化疗药物的副作用。

2. 免疫治疗：今天用了两种药。一是阿特珠单抗，主要作用是抗PD-L1基因。二是阿瓦斯汀单抗，用于治疗非小细胞肺癌。前者输液时间一个小时，后者九十分钟。

3. 化学治疗：这是治疗的核心，也是副作用的主要根源。使用了两种药，一种是紫杉醇，一种是卡铂。前者输液时间三个小时，后者四十五分钟。

不少于六个半小时的输液时间，加上前后及中间的衔接，我早上九点进入治疗室，下午五点离开，在里面整整待了八个小时。

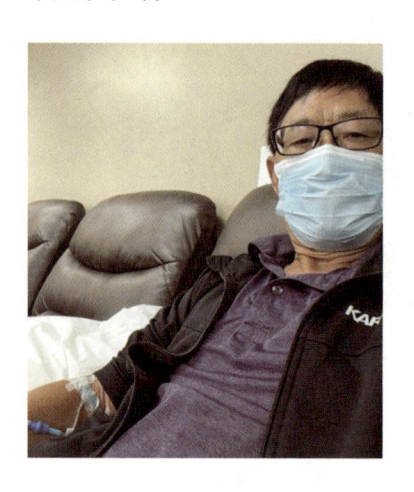

在这八个小时里，我假寐了大约一小时，护士原本说我会睡好几个小时的，可惜我就是没有睡意。头一天晚上我就没睡好，本来想借此机会补补瞌睡的。大部分时间花在IPad，上YouTube看电视剧，还有刷手机。本来也想借用这些时间写点东西，但右手被输液管占据，护士叮嘱少动右手，以免妨碍输液，动作大了输液会自动停止。于是我就东张西望，观察新进入治疗室的每一个病人。大家好像都已认命，没谁表现出悲伤情绪。有两位大爷话还挺多，和护士们相谈甚欢。只有一个韩国老太太在护士给她注射什么药物的时候，痛苦地大声呻吟，护士当即停止注射。

最有趣的是一位从头到脚都是刺青的大哥。他一进治疗室，大咧咧地躺下，先让护士给他几罐营养汁喝下，然后护士给他抽血，用一个不小的塑胶袋接取，抽了有100~200毫升，还在继续抽取时，护士发现他的血压迅速下跌，赶紧停止抽取，四个护士围上来采取一系列措施。等他稳定下来，护士问他，今天吃饭了吗？回答吃了。吃了什么？麦当劳汉堡。喝了什么？啤酒！喝了多少？六瓶！多大的瓶？16盎司(473.18毫升)！护士们都无语了。我不知道为什么抽那么多血，但注意到一位护士把已抽取的血用一个垃圾袋包起来，扔进一个貌似垃圾箱的桶里。我真是服了这位刺青哥，藐视癌症到了这个地步，不服不行。

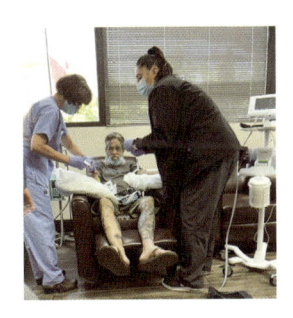

估计这位刺青哥是个没家人管束的大爷，可能也没人能管住他。而我非常听从老婆的吩咐，一周可以少许喝一到两次，但只能是红酒，53度绝对不碰。在我的背包里，有老婆亲自烧制的可口饭菜，虽然少了点我所喜欢的辣椒，但比起那些营养汁儿，口感不可以道里计。对于我来说，口感超过一切，营不营养，不在考虑范围内。本来我还在犹豫何时吃饭，但看见刺青哥这样，饥饿感油然而生，赶紧掏出饭盒，一顿狼吞虎咽，也不管排骨的香味是否充溢这个不大的治疗室。

我自己的整个输液过程总的还好，没有多少不适。只是在开始输化疗药物"紫杉醇"一刻钟后，胃部出现强烈的胃烧灼感，延续10～20分钟后缓解。我当时没有告诉护士，硬扛过去了。在化疗全部结束后，护士向我解释与化疗有关的知识以及各种注意事项，我才告诉她这个情况。她说我应该早告诉她们的，遇到这种情况，他们会立即停止输液，让我有个缓冲。这就是副作用的迹象，她们要尽可能减少副作用的影响。

对于副作用，我做好了充分准备，做最坏的打算。因此，在过去的八天，连续打了六场球。昨天本来没安排的，但想到今日化疗，担心从此挥不动球杆，临时决定加打一场。

做完化疗回家后，感觉挺好，完全没有任何不良反应，吃饭也香，于是又去练习场纠正自己的动作去了。

不过，护士说了，副作用因人而异，有些人啥事都没，有些人很快就出现，而有些人过了一两周才发作。

我就不知道自己属于哪一类了。

死亡日志⑩

2021年10月7日　12:06
化疗副作用

三周前,我做完第一次化疗的当天,感觉还好。我说,化疗好像没想象的那么恐怖,也许今后才知道"锅儿是铁铸的"。

在过去的二十天,我才真的体会到"锅儿"果然是"铁铸的"。有时候自己都怀疑自己是否有足够的体力与毅力撑得下去。

以下是我每日的记录:

副作用:

第一日:化疗当天,晚上头疼,凌晨三点入睡。练习场练球。

第二日:些许恶心,白天听从医生的叮嘱大量喝水,但喝太多,晚上起来三四次小便,没睡好。练习场练球。

第三日:恶心继续,吃药。下午全身酸痛,貌似重感冒症状。坚持打了大半框球。睡八个小时。

第四日：感冒症状减轻，依然恶心，吃药。上午感觉轻松些，到下午又出现重感冒症状。练半框球。还有一症状，体内一股阴风肆掠，横冲直撞，感觉阴风如刀，切割自己的手脚关节。

第五日：晚上入睡较为困难，但后来睡得还可以，晚上十点左右上床，早上八点起床。和昨日相似，上午恶心，但重感冒症状减轻。傍晚练球，虽仍感疲倦，但比头一天好了许多。

第六日：昨晚睡得很好。早上起来依然有些恶心，但感觉好多了。下午打球，天气奇热，100华氏度，打完十八洞。感觉疲倦。

第七日：昨晚睡得很好，一觉到天明（八点）。恶心仍在，但更加轻微，不吃药试试。练球。

第八日：昨天没吃恶心药，今日继续。打完全场十八洞，但后九洞有力不从心的感觉。

第九日：一切均好。晚上练球。

第十日：一切均好。下午似乎有点感冒迹象，全身有酸疼感，有点发冷。晚上睡觉出了两身汗。没吃药。这次的感冒迹象是真感冒，和前几天的感冒症状有区别。没吃药。没练球。

第十一日：虽然昨天出了很多汗，今天感冒仍在。体现为全身酸痛与无力。吃完晚饭不到八点就上床。生病以来除手术那天，没有这么早上过床。吃了感冒药，很快困倦，又出了一身汗。晚上十一点起来换了汗湿透的衣服。没练球。

第十二日：早上八点左右醒来，疲倦，想再睡，但八点后手机不断在响，因为我设计的时间是八点后才能让信息进来。无奈起床，但其实在床上已躺了十二个小时，有点像个病人了。今天发现明显掉头发。看来光头指日可待。全身酸痛无力。沙发上躺了一天。没运动。

第十三日：和昨日相似，全身酸痛无力，上下楼梯都觉困难。下午三点左右，突然觉得发冷。不吃感冒药，改吃两粒止痛药。已经好几天没运动了。今天本来按计划下场的，取消了。但最后还是去练习场挥了几杆。昨晚又出了几身汗。

第十四日：早上起来，感觉轻松多了。今天是开始化疗后第一次见黄医生。他估计我的症状多半和感冒有关，理论上来说，抵抗力最弱的时候就是化疗后的第十天，而我出现感冒症状，正是第十天。我今天也捋清了几个问题。一是我的化疗这一波是六次，每次三周，加起来就是十八周。而且，化疗结束后，免疫治疗继续进行。这下子我的旅行计划就完全被打乱了。医生说如果必要，他会安排让我的治疗间隙长一些，比如三周改为四周，但若拉长到两个月就不行。至于我现在的化疗效果，做完第三次后会做检测评估。不过今天也不全是坏消息。医生对我的基因进行了全面筛查，发现我有一个基因突变，erbb2。而且这个基因有一个正在做三期临床试验的靶向药。只是我得等目前的化疗做完，如果有效，就暂时不碰它。看来医生是把它作为"死马当作活马医"的最后一招。回家后我查阅了相关资料，果然是针对已经做过"卡铂"化疗的肺癌患者。

身上出现红斑，微痒。

感冒总不好，下午又趋严重。去做了"新冠"检测，以求心安。全身酸痛无力，没运动。

第十五日：光头的日子逼近，今天头发一抓一把，跟薅落叶似的。洗澡时顺水冲下的仿佛无尽的头发，让我想起"无边落木萧萧下"。虽然今日还是吃了止痛药，但感觉比昨天好些了。今天本来有球约聚，推了。恐怕坚持不了。晚上还是去练习场活动了一下。

红斑蔓延至全身。微痒。

第十六日：今天全身的酸痛减轻了些，但身上的痒，尤其腰间严重了些。

虽然全身仍有酸痛，今天坚持没吃止痛药。

今天在练习场打了一整框球，看来体力恢复些了。

第十七日：今天感觉好多了。中午打了九个三杆洞，走路。有点累，但毕竟走下来了。

但感觉咳嗽严重了些。这可不是好兆头，肺里面的癌细胞还是很活跃。

头发现在所剩无几，可以说是四毛，四把毛。极为难看。还不如光头。

最近几个晚上吃的是医生开的安眠药，他开的是最低剂量（6.25毫克）。能入睡。但睡眠依然浅。梦多。

第十八日：咳嗽，比较严重，嗓子稍显沙哑。

睡眠不深依然是大问题。

第十九日：身体基本康复，全身不再酸痛无力。以为早已死光的小鱼今晨突现一条。乘着精力尚可，把水池彻底清洗一遍。

简而言之，这二十天可以大概划分为三个阶段。

第一阶段：化疗后一周。这一周左右的时间可以明确感到化疗药物在身上的反应，恶心，全身疼痛，还有在身体各个关节肆虐的冷风。化疗后第二天开始有明显反应，到第四五天接近高潮，然后逐渐好转。虽然身体难受，但总的来说能撑得住。吃医生开的缓解恶心的药，止痛药则是一般的柜台药。

第二阶段：化疗后第二周。这一周目前比较让我困惑，我不知道是直接的化疗副作用还是因为我感冒加上免疫力低下，全身剧烈疼痛，感觉身体表面无处不痛。前一周的疼痛尚可忍受，这一周就让我叫苦不迭了。另外，全身无力。疼痛加无力，我上下楼梯都不能一步一梯级，得两步一梯级地挪。止痛药管不了多大事，只能起安慰作用。大部分时间躺在沙发上看电视，动不了，也不敢动。真是度日如年。全身的毛发也在这期间大部分掉光。

第三阶段：化疗后第三周。越往后感觉越好，最近两天基本和常人无异了。而且还出现了两个好兆头。

一是前两天由于头发掉得太多，我找了一顶帽子戴上。这顶帽子我早就有了，也不知道是谁给我的。帽子上绣有几个英文字母，NEGU。我过去时不时会戴这个帽子，但从来没深究过NEGU是什么意思。但那天我无意中发现这几个字母里面有小字。这才发现NEGU是Never Ever Give Up（永不言弃）的缩写。冥冥中早预示我有此灾劫，但"永不言弃"。

另一个是昨天早上起来，看到一条两个月前我以为已经不翼而飞的小鱼，依然活蹦乱跳。虽然我还是不明白这段时间它去了哪里，但去而复返，不失为转机。

在这期间，我努力成为"三好老生"。吃好，睡好，运动好。不管恶心与否，胃口如何，我每天拼命往肚子里面填食品。效果还是好的，这几周我的体重都维持在67公斤左右。睡好有点困难，我睡眠一向不大好，睡觉又不像吃饭那样可以靠意志去操控，只好尽量按时上床，同时服用安眠药物辅助。总的来说，大部分时间睡得还行。睡得浅，我靠量，每天睡不低于八小时。运动则视体力决定。如果我能动，尽量去活动。不去运动的时候基本上是实在全身酸痛无力，真的是心有余而力不足的时候。

明天又要进入下一轮，难道每轮都得经历这三个阶段？想想就不寒而栗。而且，至少还有五轮。

死亡日志⑪

2021年10月30日　07:16

要想癌症好，美女朋友少不了

10月7日，第二次化疗开始。

早上八点半到治疗室，下午四点半离开，又是一整天。

和上次一样，分三组给药：第一组，化疗前药；第二组，免疫药；第三组，化疗药。但给药顺序有变化。上次是一，二，三。这次改成二，一，三。

二、一两组给药很顺利，没有任何不适感。但刚上第三组化疗药物几分钟后，后腰部位开始出现抽风似的强烈波动，不痛，但非常难受，持续了几分钟，我一直犹豫要不要通知护士，但想想她们的处理方法也许就是放慢点滴的速度，或者暂停，这样反而会增加我在治疗室的时间。我从平躺姿势改为坐姿，身体稍微前倾。居然马上好了。

总的来说，这次化疗过程除了这点小插曲，其他一切都好。化疗前药给完后，我就有些犯困了。此前我看了几个小时的电视剧。这时已是中午，肚子也有点饿，干脆吃了午饭再睡。老婆准备了一大盒大虾凉面，正常人恐怕都吃不完，但我硬是把它干掉了。只不过凉面那个辣，让所有的化疗不适感一扫而空，我的口腔感觉就是火炉，我一口接一口喝水，就想浇灭这火炉。

吃饱喝足，困死了。一觉醒来，几个小时没了，输液接近尾声。

这次化疗真的顺利。上次化疗结束后感觉有点恶心，这次好像一点没有。

回家后整了一块不少于一斤的牛排，恐怕像我这样能吃的正常人也不多。可惜老婆抠门，我死缠烂打，才被允许喝了两小杯红酒。除了酒限量供应，每天换着花样整好吃的，西菜中菜都有。我的烹调理念是：西菜中吃，中菜西吃，不伦不类，适我口味。

图上左：烤牛排；
图上右：鱼子大虾；
图下：鲍鱼捞饭

化疗后第二天没有任何反应，和正常人无二。从第三天起，身体开始有各种不适，比如恶心，手脚麻冷，肌肉疼痛，疲乏无力，但均在身体能承受的范围内，不用依靠任何外在的药物压制。

脑后出现红斑，麻痒。我干脆把剩余的头发全刮干净，光头，比起四撮毛看上去顺眼多了。洗澡时，触摸到那些过去被毛发长期覆盖而今却寸毛不长的地方，感觉跟抚摸幼儿吹弹能破的肌肤似的，又是一种人生体验。

化疗后第十天，出了个问题。手术以后，我的左鼻孔总是有鼻涕，每天得清理好多次。开始时鼻涕无色，但慢慢开始带血丝，进而血的比例越来越高。右鼻孔鼻涕也出现带血情况。这一天早上则突然流鼻血不止，和鼻涕无关了。我担心从此恶化。好在仅此一次，过了这一天，鼻涕比往常突然就少了许多，只感觉鼻孔内干燥，鼻涕虽然还带血，但那种不受控制流血的现象不再发生。也不知是福是祸，等和医生见面时再讨论吧。

化疗后两周，本指望身体该往好的方向走了，但突然全身酸痛无力，估计是又着凉了。那天早上为了拍大烟山的日出，起得早，有点冷，在屋外待得太久，尤其是脚上只穿了双拖鞋。

第二天早上起来，全身酸痛加剧，走路只能慢慢挪。吃了两颗止痛片，这是这次化疗以来第一次吃药以抗副作用。后来又出现强烈的恶心感。

这一天是这次化疗后最难受的一天。

随后几天都还好。根据上次的经验，最后几天基本和正常人无异，我想这次算扛过去了。

但人算不如天算，在下一次化疗的前三天，又出现了比较严重的酸痛无力。半夜，发现口腔疼痛。早上吃早餐就惨了，咀嚼疼，吞咽疼，对于一个饕餮来说，还有什么比想吃而吃不下更惨的呢？一日三餐，就只能吃面条，还必须细嚼慢咽，每一口都是折磨。好在口腔疼痛来得快，去得也快，前后延续了一天半，就扛过去了。

第一次化疗，分成三个阶段，第一周副作用不严重，第二周最惨，第三周恢复。第二次就分两段，前段好，后段差，而且越往后越差。这有点不合常理。理论上说，化疗后十天左右，免疫能力最低，然后开始回升。我则每况愈下，反着来。不过总的来说，这一次的反应比第一次要轻些。

正是基于第一次化疗的情况，我想在以后每次化疗的三周间隙中，争取出去七到十天，不能走太远，短途旅行还是可以的。所以，我的化疗后第一次出行选择去看望我一个在俄亥俄州哥伦布市的老朋友，然后一起去大烟山国家公园（Great Smoky Mountain National Park）看彩叶，归途再去看望一个在纳什维尔上学的朋友的孩子。

看朋友结人缘，访自然结地缘，天缘则看自己的造化了。

我这个老朋友，李敏儒博士，是我四十年前的研究生同学，长我几岁，但心态比我年轻多了，我说他"老成但不持重"，不断地给人来个惊喜或者惊吓。而且话之多，和他在一起，就没其他人说话的份，他的大嗓门永远滔滔不绝。

前后四十年。恩师石璞先生、李梦熊先生和我们师兄弟三人

他在俄亥俄州立大学获博士学位，然后去新西兰当教授，再重返俄亥俄州立大学工作，前前后后在哥伦布待了几十年，再加上他和人自来熟，人称"哥伦布及时雨"。他知道我喜欢打高尔夫球，问我想不想在哥伦布打两场球，我其实担心到时候没体力打不动，就给他下了个套，说非缪尔菲尔德高尔夫俱乐部（Muirfield Golf Club）不打。缪尔菲尔德是俄亥俄州排名第一的私人球会，"金熊"尼克劳斯的主场，在全美也是名列前茅的著名球场。球场每年最大的赛事活动就是美国高球协会的"Memorial Tournament"（俄亥俄纪念赛）。历年的冠军基本都是高球名人堂成员。要想成为球场会员，你得有钱（昂贵的会费及月费），有耐心（排个三年五载拿到会籍算你运气好），有关系（现有会员两人以上推荐），还得有球技（超过单差点基本没戏）。非球场会员想打这个球场，必须由会员邀请陪打。我想他一个高尔夫球杆都

没摸过的人，哪儿去找这么一个球场会员愿意带我上场？而且我在哥伦布也就只待三天四晚，给他的运作空间很小。

缪尔菲尔德球会的媒体发布厅，扮演一回得奖者

无知者无畏，他广撒英雄帖，大海捞针，看着他一个个的空网，我一边偷着乐，一边告诉他放弃无谓的努力。可他还是固执地捞。

这根针还真被他捞上来了。跟电影一样，在我即将登机的前一晚，通知我有人可以带我下场。

在Ray的镜头下，我好像很会打球的样子

到达哥伦布市后，敏儒同学不管我们已经坐了五个小

时的飞机，直接把我们拖到球场。接待我们的是一个叫Ray的美国人，敏儒同学的一个朋友——哥城高球爱好者刘皆春——的朋友。Ray神通广大，这个球场按理只能走路打球，但他专门为我们准备了两辆球车。他当我的球童、导游、摄影师，预先给我定制了球场的刻有我名字的球包牌。打球期间尽职尽责地告诉我球场情况，果岭速度，帮我看线，修整我打过的沙坑。打完球带我们参观球场的媒体发布厅，还请我们喝球场最著名的奶昔，热情得好像我是亿万富翁，花大价钱让他为我服务。但我后来才知道他是名副其实的亿万富翁，他不仅是会员，还是球场赛事的赞助商，所以才有那么大的面子。打完球分手，故事还没结束。几天后他把给我拍的照片精心整理后发电子版给我，等我回到家，他冲洗放大的实体照片以及他温馨的信已经寄到。

新朋友Ray

对于一个素昧平生的人，一个朋友的朋友的朋友的朋友，Ray待人的热情让我特感动。有时候想想，生病不完全是坏事，它让我体会到没生病时忽略的许多东西。

我们在外吃过晚饭回到敏儒同学家，我累得不行了，躺沙发上休息。就听敏儒同学在边上对着手机大呼小叫，而手机里传出好几个人的声音，我想他又在组织他们哥市的什么活动了。然后就听他喊，"祥贵，快过来"。我虽然嘟哝，"你们哥市的活动，拉我凑什么热闹"，但也拗不过他，坐在他边上。

我一下傻了，手机里是四个美女。时间迅速回放，当年我在川大（四川大学）的时候，认识四个川大和川师（四川师范大学）的女学生，她们意趣相投，结成四姐妹，真是情同手足。关键是她们对文学的热爱，不是绝大多数大学生的青春期躁动。毕业这么多年，她们四人依然在文学的道路上耕耘，不离不弃。好在功夫不负有心人，她们在各自的领域里都成绩斐然。

当年敏儒同学和我与她们四姐妹多有交集，毕业后时断时续地有些联系，但都是分别的接触，再没同时见过她们。如今一下看到她们四位，往事扑面而来，历历在目。然后她们一一发言，那些发自肺腑的话语，让我拼命忍住才没掉泪。真的，如果不是这场病，我哪儿听得到这些真挚的声音。

这四姐妹，加上我老婆，马上就组织了一个"五朵金花加油群"，为我鼓劲。我要不好好治病感觉都对不起她们。我一个老同学，也是我的抗癌前辈，说他的抗癌经是：要想癌症好，美女少不了。我呢，加两字，"要想癌症好，美女朋友少不了"。

这就是敏儒同学给我的惊喜之一。他不仅把她们拉在一起，甚至还提前做了彩排。

随后几天，他又整了几次惊喜。关键是他就没把我当病人看，一点怜老惜残的感情都没有，每天把我弄出去，不把我累瘫了不让我回来。

幸好，他的夫人小彭烧得一手好菜，非常适合我的口味，这样我才坚持住，没有被他累趴下。

终于，我们出发前往大烟山。敏儒同学的儿子专门请假陪同四个老家伙，全程开车。我们租住在一个民宅中。民宅在一个山脊上，可以俯瞰下面的山谷。门口常有熊出没。我们在那儿待了三晚，敏儒同学和他儿子竟见到两次熊。我无缘。

这次到大烟山国家公园的主要目的是看彩叶，可惜我们到早了几天，估计还得等一周彩叶才能大面积出现。今年天气偏热，树叶变色的时间推后了两三个星期，按照过去的经验，十月中就应该层林尽染，但现在只有20%左右，我们只有脑补高峰时的胜景了。

尽管如此，公园内人很多。第一天我们打算去大烟山最高处，但要想登顶，得停车在很远的地方，走至少半小时以上才能到达。我可走不动。虽然这一天的副作用反应不算大，但两腿发软，不能走远。我们于是打道回府。

第二天副作用骤然加剧，全身酸痛无力，有一会儿胃特别恶心，这是这一轮化疗以来反应最大的一天。我们继续游览大烟山。头一天阳光明媚，现在则时雨时晴，阴天的彩叶没阳光下好看。我基本大部分时间都坐在车上，同伴下来观景拍照，我岿然不动，以不变应万变。

整天断断续续地下雨，雨后云雾蒸腾。我们再次去到大烟山最高点。由于下雨，也因为接近日落，人没那么多，车可以直接开到山顶的停车场。从停车场到山顶还有一个旋梯。大雾弥漫，能见度极低，气温也极低，加上山风，冷得不行。但最重要的是我体力虚弱到极点。艰难地挪动了十米左右，我就断然决定回车上休息。朋友们照顾我的情绪，也说太冷不爬了，爬上去恐怕什么也看不见。回程到稍微低矮的地方，看着山间云雾缭绕，也算一睹大烟山据以成名的"烟"（Smoky）。只不过我成长在高原地区，以前也去过不少的名山大川，这种景色见多了，倒也不觉得多么惊艳。

离开大烟山后，我们直奔号称美国乡村音乐之都的纳什维尔。名不虚传，音乐就是纳什维尔的魂。晚上，整个市中心到处都是音乐声。大街上的一辆辆观光车上，一群群喝得半醉的人伴着音乐乱舞，人行道上人群摩肩接踵，酒吧里就更不得了，疯狂的人们随着酒吧驻唱歌手蹦跶。这儿的酒吧绝对碾压其他城市的酒吧。一栋四五层的大楼，每层都有现场表演，大半夜了依然鼓乐喧天。

关键不管是室内还是室外，就没见一个戴口罩的。这是个快乐的地方，也是个疯狂的地方。

还有其他城市即使晚上疯狂，上午基本是安静的，在消化头一晚的喧嚣。但纳什维尔就没有消停的时候。我们大清早出来吃早点，餐厅内依然有乐队现场表演，吃饭的，喝酒的，喝咖啡的，看演出的，各得其所。

化疗开始后的第一次旅行结束了，虽然副作用时不时出来骚扰，但收获良多，远超预期。老朋友的友谊越加醇厚，新朋友的关爱无处不在。Ray只是一个比较突出的例子，敏儒同学还给我介绍了他另外的一些朋友，都给我以鼓励。

一朋友给我转发了一篇文章，标题是"不要浪费你的癌症"，颇有启发。正是癌症让我有机会审视自己，从不同的角度看见他人。我看见了他人身上更多闪光的地方，看见了生活中更多可爱的角落。这些发现不论是否会增强我的生命意志，但至少让我感觉生活非常美好，在这个世界上多活几天好像也是不错的选择。

死亡日志⑫

2021年11月17日　15:24
饿，是幸福的标志

我有个怪癖，喜欢微微有点饿的感觉。因为只有感觉微饿的时候，粗茶淡饭就都成了美味佳肴。尽管我老婆总是说我无聊，我依然孜孜不倦地追求"饥饿感"。食、色，性也。色不敢乱，稍稍放纵一下食，情理之中。

但自从开始化疗以来，我就不再知道"饿"的滋味。虽然饭量没减多少，但更多是为了营养，为了体重不减轻，硬往嘴里塞食物。吃什么都是"味同嚼蜡"，基本上没有享受可言。不过，比起好多吃点东西就吐得昏天黑地的病友，我除了偶尔的恶心之外，真算福人了，所以也没有什么怨言。

没想到幸福不经意间就来了。第三次化疗后的第八天下午五点左右，我突然感觉饥肠辘辘，压都压不住，赶紧吃点零食填填肚子，然后抓紧时间做饭。两个月了，这是最好吃的一餐，那叫一个香，整了两大碗米饭，还意犹未尽。

我是幸福点很浅的人，感觉"饿"就很满足。如今"饿"失而复得，更是美得不得了，倍加珍惜。

癌症好像一个放大镜，让病人重新审视自己的生活点滴。病人会发现，哇塞，我们平常视为理所当然的东西其实珍贵异常。可惜等我们意识到它们的可贵时，它们或许已经从指缝间滑落。

总的来说，第三次化疗是三次化疗中副作用最轻的一次。

化疗当天，仿佛延续几天前的纳什维尔的乡村音乐之旅，治疗室的背景音乐居然选择了乡村音乐，欢乐又带点忧伤。输液整个过程比较顺利，只是在最后输化疗药物时，有短暂的头晕。另外，整个输液的时间比上次少了半个小时。护士说，随着我对药物的适应，她们会调整点滴的输送速度，每次输液时间都会比上一次缩短半小时。

在随后的三周里，除了吃过一次恶心药以及两次止痛药之外，基本都是硬扛过去的。我大致掌握的规律是：因为输液时专门输有抗副作用的药物，治疗当天及第二天平安无事。第三天到第十天是最遭罪的时候，以后抵抗力又缓步回升，中间有些反复。

第三次的副作用主要是手脚发麻，严重时感觉双腿仿佛通电，抽风不止。另外，双腿真的如灌铅，步履蹒跚。腿麻也不知有无药物，我全靠硬扛。有一天实在难受，澡盆里用热水泡，稍有缓解。由于晚上不断抽搐，影响睡眠。

手脚发麻的现象延续了整个第三次化疗期间，好在只有几天（集中在第一周）比较严重，其他时间基本不影响正常生活。

三次化疗后应该有一次CT检查，对比化疗前的CT检查，看看化疗的效果。不巧的是，约定的检查时间，技术员临时告假，不得已换时间，推后一周。本来计划等第四次化疗时，同时看医生，听他解释CT检查结果，这下计划打乱了，等和医生见面时再商量如何处理了。

这次的短途旅游选择了拉斯维加斯。拉斯维加斯离我们比较近，四个多小时的车程。三个邻居加球友的朋友和我们一同前往，还有住在拉斯维加斯的两个朋友，以及正在拉斯维加斯的女儿女婿，也算热闹。

保险起见，上午匆匆打了流感疫苗，下午赶赴拉斯维加斯。

到达拉斯维加斯后，大家都饿了。晚饭本来计划去所住酒店内一家一般般的餐馆填饱肚子了事。但就在前往这家餐馆的路上，经过一个很好的日料店，行前我们数次试图预订这家店，但一直订不上，总是满座。死马当活马医，我进店问问有无座位，居然被告知虽然饭店大厅没位，但饭店的酒吧厅刚好有一空桌，餐桌是为酒吧设计的，比较低矮，但他们会提供和大厅一样的服务。喜出望外，我们一口应承就在酒吧厅就座。高兴之下，要了一瓶清酒，也没注意到是1.7升的。好久没开怀畅饮了，不知不觉地可能就喝多了。

乐极生悲，晚上怎么也无法入睡。头疼，手臂疼（没想到打流感疫苗居然会出现这种副作用），然后前列腺跟着一起捣乱，一晚上起来n次上洗手间。第二天的球赛又是大清早，越想越睡不着。一晚上睡了不到一小时。要不是约了拉斯维加斯的朋友一起打球，我肯定就不去了。

早上起来，左手臂一动就疼，真不知道这球咋打。坚持去了球场，心想实在不行，就开车陪他们打吧，我看看就好。谁知一到球场，不知是临行前的两颗止痛药起了作用，还是球场本身有治疗效果，病痛好了大半，手臂的疼痛好像也不影响挥杆。最后虽然成绩不理想，但坚持打完，没预想的惨。

拉斯维加斯号称"罪恶之城",其实除了赌场之外,并不比其他大城市更加罪恶。过去我基本每年都会去至少一次,参观一年一度的消费电子展,陪朋友打球等等。虽然每次去都住在赌场,却很少上赌桌。偶尔赌几把,大都是和朋友们凑个热闹。

除赌场外,拉斯维加斯另一个吸引人流的是各种各样的会展。一个大型会展的参展人数多达数十万。也只有拉斯维加斯有这样的能力在有限的时间与空间内吞吐这么大的人流。为了服务好蜂拥进入的人流,拉斯维加斯的旅馆业、餐饮业、娱乐业早已做好准备,已达到绝对的世界一流。五星豪华酒店一家挨一家,家家有自己的特色;米其林星级餐厅就有十多个;拉斯维加斯的各种演出更是令人叹为观止,从各个赌场的驻场秀到各类超级明星的出场,应有尽有。我自己就在拉斯维加斯看过张惠妹、刘德华和王菲的演出。

现在年纪大了,不再追星。到拉斯维加斯主要是打球,看展。赌城有上百个球场,其中好几个超级棒,但也超级难预订。去年疫情暴发前我们好不容易订了一个叫作"影溪"(Shadow Creek)的球场,但当我们的车到达球场门口,他们死活不开门,说不允许私家车进入,他们去赌场接我们的车没接到我们,就意味着我们放弃。真是牛哄哄。

这次因为疫情，没敢往人太多的演出场地去凑热闹，改为去游览赌城边上的一个自然保护区，红岩峡谷（Red Rock Canyon）。从照片上看去，红岩峡谷好像不怎么样，一块红色巨石而已。但当我们身临其境，才体会到它的壮观。整个红岩峡谷绵延二十公里，汽车在山脚行走，旁边是以红色为主的五彩巨石形成的山岭。可以看到有些人在攀岩，但看上去跟蚂蚁差不多。

死亡日志⑬

2021年12月10日　07:15
化疗中期疗效 —— 喜忧参半

我的这一轮化疗疗程总共六次，做完第三次后，医生让我去做一个对比性质的CT扫描，和化疗前做的一次半身扫描进行对比，以此检查化疗是否对我有帮助。由于几方面的原因（保险公司的审批，医疗影像公司的预约，我自己的旅游计划时间冲突），导致直到第四次化疗期间才做了扫描。结果出来后，医生的助手给我简单说了一下结论。等到第五次化疗和医生见面，医生做了稍微详细的解释。

影像专家的观察结论是：

1. Decreased left hilar mass measuring: $3.5 \times 2.1 \times 4.8$cm, previously $5.3 \times 3.7 \times 6.62$cm.

左肺门肿瘤感染面积减少：$3.5 \times 2.1 \times 4.8$厘米，之前为 $5.3 \times 3.7 \times 6.62$厘米。

2. Increased numerous bilateral ground glass nodular densities, suspicious metastasis.

双侧磨玻璃结节密度增加,怀疑为转移。

3. increased interstitial changes and airspace opacification of the left lung base. This again may represent progressive lymphangitic spread of tumor.

左肺基底部间质改变和气腔混浊增加。这再次可能说明肿瘤的进展性淋巴管扩散。

4. mildly decreased left pleural effusion.

左侧胸腔积液轻度减少。

5. No evidence of abdominal or pelvic metastasis.

未见腹部或盆腔转移。

单纯看影像专家的结论,1、4、5算好消息,癌细胞感染面积明显减少。2、3就属于坏消息了,结节大量增加,还有肿瘤的进展性扩散。听起来就像是癌细胞收缩了自己的地盘,但在这个缩小的地盘里面,全是它的精华,抱团,更难对付了。

我的癌症医生黄大夫却有自己的理解,他首先问了我化疗后这段时间的身体状况,我告诉他应该是好一些。我的癌症症状其实就是咳嗽,过去整天不停地咳,后期咳嗽还带有大量的浓痰，睡觉时也不停歇。我每天晚上通过一个软件检测我的咳嗽情况。手术后有所好转，但每天晚上大约还咳嗽三十次上下，最近明显好转，每晚一般不超过十次，上周平均每晚咳嗽两次。

黄大夫认为，癌细胞感染面积以大约50%的幅度减少，这说明化疗对我肯定是有一定作用的。只是我文科生的数学实在不好，看着那两组数据，我有点抓瞎，不知道50%怎么出来的。求解。

关于结节增加的问题，黄大夫有不同的理解。他认为现在不能就此断定癌细胞密度增加。他用了一个术语"假性进展"（Pseudo Progression）。他说CT扫描看到的新增加的结节是毛玻璃状态，也就是说，是模糊的。这种模糊的结节有可能是免疫治疗的成果。

我的治疗其实是化学治疗与免疫治疗齐头并进的。每次化疗药物和免疫治疗药物同时输液到我体内。只是因为化疗反应大，就抢了所有风头。我也不知道免疫治疗究竟有何作用，就很少提及。

黄大夫说，免疫疗法是调动自身免疫系统对癌细胞进行攻击，在攻击早期会使得癌细胞增大，看起来就像结节，但其实是假象，所以影像模糊，呈毛玻璃状，这种现象称之为"假性进展"。他说他首先了解我现在的身体状况，就是在进行判断，如果我身体比化疗前糟糕，那这些结节就可能是新增恶性结节；如果我身体比化疗前好，那这些结节就可能是"假性进展"。因此，虽然现在不能确定是后者，但同样不能断定这些毛玻璃结节就是癌细胞的扩展。他其实是偏向"假性进展"的，但他说等两个月后，做完最后两期化疗+免疫治疗，再做一次肺部扫描，都不用做对照性扫描了，看看最终结果。

当然，我希望真的是"假性进展"。两个月以后再听判决吧。现在谈高兴和沮丧为时尚早。

顺便报告一下第四次化疗+免疫治疗的副作用反应：

和第一次化疗一样，免疫给药和抗副作用给药没事，化疗给药有几分钟后脊骨处抽痛。

化疗第二天：按过去的常规应该没事，但这次双腿发软，全身酸痛，还有就是全身发冷。吃了两粒止痛片，下午稍好。

化疗第三天：依然全身酸痛无力。讨厌的是口腔又出现溃疡，难以吞咽食物。幸好这次备有相关药。挺管用，到第二天下午基本就没事了。

化疗第四天：早上起来胃剧烈疼痛，必须大声呻吟以减轻痛楚，好在只延续了10~20分钟。吃了两粒止痛药压制。

化疗第五天：全身酸痛无力，躺了一天。右手指尖麻木，半夜剧痛。

以后几天时好时坏，但总的来说不算严重。

为了加强自己对于"新冠"的免疫力，第十天去打了第三针加强针，打针后的第二天右臂剧痛，抬不起来。下午全身酸痛，应该是加强针的副作用，不是化疗副作用。也许是化疗后抵抗力下降导致加强针的副作用严重一些。第三天副作用减轻了些，手臂可以稍微抬起，去高尔夫练习场活动了一下，仅用左手挥杆，反而体会到如何更好地使用腰部力量。

按照这几次化疗的副作用反应情况，我的大致计划是前十天向副作用称臣，老老实实在家躺着。后十天安排旅游、打球等等。但这次被两件事打岔了。一是前述的"新冠"加强针，但更主要的是正好碰到感恩节期间，我儿子放假回家，他又没有足够的时间陪我们出去，只好在家过节。不过有十多个朋友在我家一起过节，虽不能放开喝酒，也还不错。另外，除了在练习场活动身体，抽时间下场，打了一场球，球友们为了让我高兴，故意输给我。还去参观了一个博物馆，好莱坞博物馆（Hollywood Museum），虽然这个博物馆谈不上如何惊艳，但如果你喜欢美国电影，看看你知道的电影中出现过的一些东西，倒也不错，而且就在星光大道上，可以顺带一游。

死亡日志⑭

2021年12月29日　10:10
风平浪不静

在总共五次化疗中，第五次是反应最轻的，也就是说，受罪最小的一次。

在化疗药物输液时，有几分钟的头脑晕眩，其他时间无任何不良反应。

在随后的二十天里，前七到十天糟糕一些，后面十天基本无大碍。

当然，反应好坏，是相对而言。即使到了第五次化疗结束的最后几天，手指间的麻木感依然明显，多走几步路双脚脚底就麻木无感了。对于手脚麻木的情况，前两次和医生沟通过，他已经调低了相关药物的剂量，但好像收效甚微。

这次还有一个贯穿始终的问题，差不多每天都会流鼻血。这件事也和医生沟通过，他说化疗药物容易导致流血，但为什么是鼻血，他也没有给出一个比较明确的答案，只是让我喷点盐水和抹点凡士林。我觉得好像帮助不大，就任由它去了。等化疗停止后，看能否改善再说。

而且每次也会有些意料之外的麻烦，前两次是因为打感冒针和"新冠"加强针导致的副作用，这次则是突如其来的牙疼，而且是在反应最严重的那几天。全身的疼痛无力，手脚的酸麻抽搐，本来就让人特别难受，加上牙疼火上浇油，真不是人过的日子。

不过，这次化疗周期的后半段日子，的确比前几次好多了，起码没有必须躺下的时候。

利用这点时间，去了一趟墨西哥的海滨城市恩塞纳达（Ensenada）。上一次去墨西哥的另一个城市圣卢卡斯角（Cabo San Lucas）是2020年初，"新冠"疫情还在太平洋那边，美墨人民根本没想到等待他们的将是什么样的灾难。

恩塞纳达文化中心

恩塞纳达离我们家大约三个小时车程。从美国驱车进入墨西哥，比进入国内一个小区还容易，除了边界路面上一些小圆包，会要求不能开太快之外，基本可以长驱直入，没人检查证件。我们过去经常跑墨西哥边境城市蒂华纳（Tijuana）吃个午餐什么的，非常方便，边境上从来没有碰到过麻烦。但这次我们的车被墨西哥边境警察拦下了。我以为是抽查，但后来才知道是因为我一直在录像，没注意到边境不准拍照的提醒。警察让我删掉我录制的视频，也就放行了。有惊无险。

美墨边境

我们这次是两家人一起前往。在恩塞纳达的一个高尔夫度假村租了一栋漂亮的海边别墅。性价比超高，四晚上总共大约五百五十美元。这儿的管理似乎比边界严格，大门门卫盘查一次，居住小区门卫再询问一次。居住几天后，发现邻居都是美国口音，大部分是美国的退休人员。看来是美国人的又一个后花园。

别墅前院

唯一不便的是，这个度假村离恩塞纳达市中心有二十来分钟的车程，买点东西比较麻烦。同行朋友夫妇厨艺精湛，火锅、饺子，信手拈来，害得我们进出五天，就在外面吃了两餐，而且还是在两个小朋友的抗议声中才得以为之。每天饭后喝茶打牌。感觉就像换了个房子居家过小日子，完全没有在异国他乡的感觉。

后院晚霞

在外的两次大餐，一次是在一个酒庄。恩塞纳达，相当于美国的纳帕谷，是墨西哥葡萄酒的主产地，酒庄林立。游览酒庄，是去恩塞纳达的必游项目之一。我们去的这个酒庄，是由一个个充气小房子形成的度假区，还有一个高尔夫球场，我原本计划在这儿打球带品酒吃饭的，但有人不想起早赶路，就把球局废了。酒庄自己的葡萄酒尚可，饭菜也还行，但说不上多精彩。只是服务到位，本来就没几个客人，感觉就是VIP待遇。

酒庄标识

另一次是在市区一家餐馆吃大龙虾。恩塞纳达号称墨西哥的大龙虾之都，盛产太平洋大龙虾。太平洋大龙虾与缅因州（大西洋）大龙虾有着明显区别，前者个头比后者要小些，而最根本的区别是前者的前爪非常小，后者的前爪则能有身体总重量的一半。因此，太平洋大龙虾的肉全在身上。论肉质，比缅因州大龙虾要细嫩许多，入口微带甜味。再加上产量较小，在美国，太平洋大龙虾比缅因州大龙虾贵了一倍。但恩塞纳达的东西真是便宜，我们点了一堆包括大龙虾在内的海鲜，还有玛格丽特鸡尾酒，平均每人花费不到四十美元。

烧烤大龙虾

太平洋大龙虾（图左，温水大龙虾）与缅因大龙虾（图右，冷水大龙虾）

既然住在高尔夫度假村，少不了打球。球场景色绝不亚于我过去打过的诸多海边球场。球场洞洞见海，有一半球洞就沿海岸而建，不小心就会把球打进海里。有时候甚至感觉拍击礁石而形成的浪花会挡住球路。还有一个优点是打球的人超少，感觉我们就是包场。不像在其他地方同样的海滨球场，你只要打得稍慢，球场的人就会来催你，以免你堵住后面打球的人。我们四人打球，有两位初学者，所以我们打得超慢。有一天我们打九个洞，就花了三个多小时，完全没人管我们。但这也是问题所在，由于打球人少，维护就没有那么细致，球场显得比较粗糙。而且本来有二十七个洞，现在只开十八个洞。

球友

与大海较劲

这次旅游还值得一提的是骑马。墨西哥人真实诚,说让我们骑马两小时,那就真是让我们在马背上足足待了两小时,从山里走到海边,在沙滩上颠簸良久,又回到山里。感觉我的膝关节简直要断了,真的是花钱买罪受。不过我好像从来没有骑马走过这么远,其间爬山,下河,海滩漫步,也算人生一种体验。

海边遛马

进墨西哥时因为无视警告被警察留置了几分钟，但基本属于扬长而去的那种，警察连我们的证件都没看一下。但回美就恐怖了，在边境排队等待过境足足四个小时。其实美国警察也就花了两分钟看看我们的证件。我儿子连护照都没带，警察看看他的驾照也就放行了。但实在架不住人多。疫情期间，美国人民可以串门的地方有限，墨西哥就成了香饽饽。反正接近边境前最好少喝水，以免后面的尴尬。

一步一挪

明天开始下一波（这个疗程的最后一次）的化疗，希望不要太多折磨。

2022年

死亡日志⑮

2022年1月19日　08:39

最后一次化疗

严格来说这是本疗程（一个疗程六次化疗）最后一次化疗，以后还会不会再受二茬罪或是更多茬罪，只有天知道。到时再说吧，至少目前算告一段落了。

这次化疗输液大约是没有太重要的事，主治医生黄大夫没出面，只是让他的助手和我见面，了解上一次化疗期间的一些情况，解答我的一些问题。这次化疗结束后，我还是没有自由，以后每三周得继续输液，进行免疫治疗。免疫治疗的目的主要是稳定化疗的效果。我问什么时候免疫治疗结束，答复是只要有效果，就会继续，没有时间界定。

看来我和输液沙发的关系是剪不断了，我原计划的旅居生活得重新规划。原来打算每个旅居地待三到六个月，现在就只有三周，最多四周，医生说若有必要，他可以多给我一周。好在据说生物治疗反应小，不影响我的正常生活，不像化疗期间虽然间隔三周，但能供我支配的时间也就一周左右。

每次化疗输液，护士小姐找我的血管扎针都比较困难，因为我的血管不是很明显，但基本是一针成功。这次却遭罪了，碰到一个新手，花了很多时间在我的两只手上左拍右打，最终确定右手，针扎下去却没找到血管，在我手背上还试图左右转动针头，那叫一个疼，也没成功，最后还是放弃了。换到左手，这回好像找到了血管，我都看到血流到针管里，但当她试图注射什么液体（好像是蒸馏水）进入血管时，又失败了。不得已，换了一个护士。这位小姐姐在我的右手一针成功。只是前几次第一袋药液的输送没什么感觉，这一次却胀痛异常，不知道是否与扎针不顺有关。好在这次是先输化疗前用药，一袋药的输液时间不长，大约十五分钟，胀痛消失。剩下的将近六小时输液基本无感。前几次在化疗药物输液期间，总会有这样那样的不适，这回完全没有。大约是先输化疗前用药，再输生物治疗药物，等输化疗药物时化疗前用药已经产生作用。

化疗输液第二天开始有反应，主要是全身酸痛无力，但这次的强度比以往要轻，只是这一次没有起伏，前几次时好时坏，坏的时候挪动步伐都艰难，好的时候基本没事。这一次基本每天复制前一天，没有最好，也难寻最坏，总有几个小时的酸痛，主要是早餐后。通常我会吃两片止痛药缓解。

我每天的症状其实和感冒差不多，流清鼻涕、全身酸痛无力，偶有咳嗽。我都怀疑我是不是感染"新冠"了。毕竟我身边好多朋友这一次奥密克戎中招。有个段子说你周围朋友如果没人感染，只能说明你没朋友。前几次高峰，我都有朋友中招，但没有一次像这次那样倒下一拨人，跟割韭菜一样，好在反应都很轻微，反正日子过得都比我轻松。仅以反应来说，我一次化疗的反应至少等于两次"新冠"的反应，$2×6=12$，我足足算感染了十二次"新冠"。也算个记录吧。

不过总的来说，比起前五次，这一次的反应让人最少受罪。

鼻子流血的情况如上一次，每天都有，轻重每天稍有不同。最后几天（临近下一次输液）明显好转，除鼻涕还带血之外，不再无控制地流鼻血。

这次有一个突发状况。有一天，我感觉手脚麻木冰冷，就泡了个热水澡。不知是因为水温过高还是我泡得太久，也许兼而有之，我站起来后感觉脑部充血，晕眩异常，我紧紧抓住澡盆边的毛巾架，防止自己摔倒，等感觉晕眩感减轻了一些，赶紧躺到床上，大口呼吸，过老半天才慢慢恢复正常。这是过去从未有过的情况，算是此生第一次，在鬼门关溜了一圈。

症状明显好转是化疗输液后的第十一天，也是这次化疗后开始旅游活动的第一天，早上起来准备赶飞机，预计的全身酸痛没有出现。下飞机后租了一辆车，再驱车三个小时到目的地。全程没有任何不适。在后来的几天里，虽然我尽可能地节省体力，少走许多路，但上坡下坎的，每天平均也得步行五六公里甚至更多一点。有时为了抓紧时间赶路，我还得小跑。我自己都感觉在此之前有装病的嫌疑。跟拨动开关似的，启动生病模式，瞬间躺倒；启动旅游模式，立马生龙活虎。

我们这次旅游是全家五口人一起出游，老两口，女儿女婿，加上儿子。目的地是犹他州的五个国家公园，锡安国家公园（Zion National Park），峡谷地国家公园（Canyonlands National Park），拱门国家公园（Arches National Park），圆顶礁国家公园（Capitol Reef National Park），以及布莱斯峡谷国家公园（Bryce Canyon National Park）。这次旅游一是还债，九年前我和儿子第一次游览这五个公园，儿子要求再来，我答应十年之内陪他再来；二是陪老婆和女儿女婿，女婿来过其中的一两个公园，老婆和女儿完全没来过。

这些公园我都去过，有些还不止一次，百去不厌。在这些地方，真正的蛮荒之地，视觉冲击力，绝对令人叹为观止。此外，这里的时间计量得以万年以上为基本单位，动辄数百万甚至上亿年，人类的影子非常模糊。面对它，再骄傲的人，恐怕也难掩自己的卑微与渺小。为了做一对比，我和儿子在九年前合影的同一地点再次合影，九年过去，这个地方恐怕连尘埃都没有损失一点，而我儿子从一个小朋友长大成人，我自己则从健壮的中年人变成行将就木的老头。

不过，也许这只是我一个死老头的无端感伤，年轻人就不这样，我女儿和儿子他们计划在天气暖和一点的时候再来，有很多景观小道，这次因气候寒冷以及时间紧迫没来得及走，包括我九年前答应儿子要走的涉水小道也没去，所以我还是欠着儿子这笔账的。只是能否还清这笔债务，我已经没有信心了。

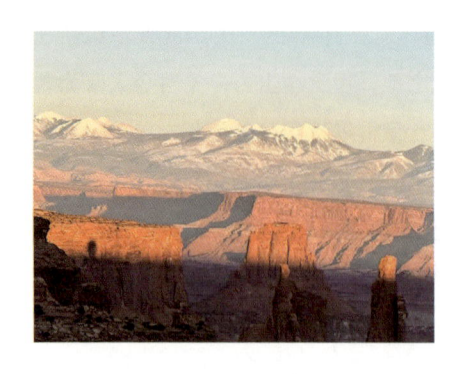

关于这五个国家公园，如果有兴趣多些了解，可以参看我的公众号上的几篇文章（详见下文），记叙九年前，我和儿子第一次游历这些地方的印象与感触，这次就不在细节方面多唠叨了。以下分别是几篇文章的标题：父子游美国犹他州五大国家公园（1）：锡安国家公园；父子游美国犹他州五大国家公园（2）：布莱斯峡谷、圆顶礁、峡谷地国家公园；父子游美国犹他州五大国家公园（3）：拱门国家公园。

父子游美国犹他州五大国家公园（1）：锡安国家公园

伍祥贵　东扯西艺　2021-08-09　09:23

八年前（2013年3月30日～4月6日），我和儿子伍秣兵走了一圈犹他州五大国家公园，迄今记忆犹新。

伍秣兵同学当时在洛杉矶就读小学五年级。老师布置了一个作业，每个学生自选美国的一个州，假定自己是这个州的代言人，制作相关的宣传材料，然后在模拟的展会上宣传自己的州。貌似比较丰富多彩的大州，如加州、纽约州，为捷足者先登，无奈之下，他阴差阳错选择了似乎没多少存在感的犹他州。他之前可以说对犹他州毫无所知，其实我自己除了道听途说犹他州的摩门教可以一夫多妻之外，也知之甚少。小伍同学首先在市里以及学校的图书馆借了大量有关犹他州的书籍。

伍秣兵同学在图书馆查阅资料

然后他写信给犹他州政府，索要相关介绍资料。
这是他第一次写信，信寄出后，天天焦急地盼
着回信。我想这么一个小屁孩的要求，谁会在
意，而且当时美国经济不景气，政府人手紧张，
恐怕他的信会被人随手扔进垃圾箱。这一次，
他恐怕得体会一把没人理睬的滋味了。但出乎
我的意料，犹他州政府居然不厌其烦，真的给
这个小屁孩寄来一大包资料，还附上了一封州
务卿签名的欢迎信，而且无巧不巧，收到当日
刚好是他的生日，那恐怕是当年他最喜欢的生
日礼物了。

犹他州政府寄来的宣传材料

在和他一起翻看这些资料时，我发现该州居然
有五个国家公园，差不多占了美国国家公园的
十分之一。我撺掇他实地考察一下，我告诉他，
读万卷书，还得行万里路，他欣然同意。

终于等到学校的春假（Spring Break），五天

的春假加上前后两个周末，可以攒九天。时间紧点儿。

这次我们计划全程露营。睡袋及其他杂物，堆满了SUV的行李箱。

临行前和小狗Ellie告别

第一天：洛杉矶—锡安国家公园。

七个小时奔驰七百余公里，下午四五点到达第一个公园：锡安国家公园。

该公园是犹他州最早的国家公园，于1919年正式成立，很快成为美国最为著名的国家公园之一，2019年锡安国家公园年游客量已达450万人次左右。虽然还没到旅游旺季，但园内所有露营地爆满。好歹在公园大门外找到一个露营地，条件相当不错，有专门的淋浴间，使用硬币操控，放入两枚二十五美分的硬币，可以洗大约六分钟。对于习惯不下于半小时洗澡时间的小伍同学，刚打好肥皂就没水了。他好一阵抱怨。但在后来几天的露营中，他才发现每况愈下。

这个露营地的景色蛮好，山崖下，小溪旁。

帐篷搭好，天已昏黑。篝火升起，伍秣兵同学负责做晚餐。饿了，什么都香。

是夜星光灿烂。

第二天：锡安国家公园。

清晨的阳光洒在宿营地附近山峦上，映衬出一种五彩的欢乐气氛。趁小朋友睡觉，赶紧开车出去转了一圈。尚未进入公园，就已经觉得不虚此行。锡安国家公园和邻近的峡谷地国家公园一样，都是源于几百万年的水流侵蚀形成的峡谷地貌。峡谷地雄伟壮阔，具有藐视一切的气魄。而锡安虽小了几号，气势依然不凡，但变化更加丰富，更有看头。

我们早上九点进入锡安国家公园，晚上八点回到帐篷，基本上马不停蹄地走，真是够累的。公园太大（占地面积约590平方公里）。主要沿锡安山谷游览。谷底流水潺潺，世外桃源。两旁是被水流经过数百万年切割出来的砂石峭壁，砂岩五颜六色，主要是红，赭，粉，白，高低落差几近千米，既险峻又妩媚。

为了减少园内汽车尾气排放，各景点游览均乘坐园内清洁能源穿梭巴士，只是有些景点来回得走几英里。有一景点叫作"窄道"（The Narrows），位于深谷中，无路，沿溪水前行，有些地方必须蹚水前行，水深处齐腰，全长约二十公里，来回得走几个小时，小伍同学坚持要去，但我们连一双像样的鞋都没有，哪能呢。我好说歹说，答应他今后准备充分些，一定再来一次。讨价还价，最后以十年为限。我们只安排了一天游览这个公园，那是远远不够的。

小伍同学第一次用单反,但拍起照来像模像样,快门按得比我多。不过他自己感叹这儿的风景鬼斧神工,照片实在拍不出那种效果。

晚上回到帐篷,还缠着我和他打牌,打了几盘,我以第二天得早起为由让他睡。他极不情愿地躺下,只是头一着枕,鼾声顿起。可见他之累困。我们今天走了得有二三十公里,而且还上山下沟的。

父子游美国犹他州五大国家公园（2）：布莱斯峡谷、圆顶礁、峡谷地国家公园

伍祥贵　东扯西艺　2021-08-11　06:10

第三天：锡安国家公园—布莱斯峡谷国家公园。

上午九点，离开锡安国家公园，前往布莱斯峡谷国家公园。

经锡安前往布莱斯峡谷的山路非常险峻，路旁就是深谷。我有恐高症，开车感觉两腿发软。锡安国家公园有一个在绝壁上凿出来的长达约1.8公里的观景隧道，靠峡谷的一边不时会开一些岩窗，让人一窥洞外的风貌。隧道建成于1930年，据称是一个建筑奇观，可惜没空地把车停下来仔细观赏。

由于路上拍照花去太多时间，急着赶路，超速，被警察开了张罚单。不过心情丝毫不受影响，在警察开罚单的空档，我还抓紧拍了张路旁的照片，以资纪念。

就在这小土堆旁被开罚单

布莱斯峡谷国家公园离锡安国家公园其实不远,中午时分,我们就到了。

根据以往经验,先把帐篷搭好。这儿和锡安国家公园不同,园内的露营地有的是空地,任你选喜欢的位置。我们帐篷边上的雪还没完全融化,后来我们才知道这意味着什么。也才明白为什么这儿的露营空地这么多。

厨师开始操办午餐

小朋友喜欢在雪地上的感觉

帐篷弄好，吃点东西，我们就开车出去观景。如果说锡安的特点是壮美，布莱斯则以奇诡见长。看着山谷中的奇石阵，仿佛在观看一幕幕精彩的戏剧，这就是著名的露天剧院。只不过也许只有天神才看得懂。当然你可以任随你的想象，构筑你自己的故事。跟云南石林相比，这儿的气势更恢宏。石林接近大号盆景，这儿你却更能感受自然的沧桑。

天神的剧院

昨日累死，今日冻死。黄昏前突然大雪飘来，雪花之大，瞬间体会了"雪花大如席"的景观。来得快，去得也快，一刻钟后又见蓝天，只不过气温陡降。

我和秣兵同学躲进公园内的度假山庄，吃了一顿超长时间的晚餐。吃完又在山庄的壁炉旁待了许久。室内太温暖，室外太冰冷。让我们改住山庄的诱惑太大太强烈。终于，还是面子起了作用的。既然说了全程露营，岂能半途而废。硬着头皮，回到露营地。

我们把所有的厚衣服都套在身上，依然不胜其寒。实在太冷，不敢再住帐篷，把汽车后座放下，正好能放下我们的床垫，我们就睡在了车上。

第四天：布莱斯峡谷国家公园—圆顶礁国家公园。

半夜冻醒好多次。而最让人痛苦的是人有三急。车中已够冷，再让人走出车外实在是酷刑。

早上醒来，车窗上全是冰。

正在斗争是否起床的时候，树林边缘瞬间通红，很快整个树林都红了。想象着日出景色映衬下的露天剧院，我赶紧开车往日出的方向跑，也就几分钟的时间，我们到了，但不仅日出的景色没了，还飘起了雪花。

沮丧还没过去，太阳又出来了，只是已经不再有日出的感觉。

昨天主要远观，今天则下到谷中近看。

从摄影的角度出发，布莱斯峡谷的奇石比锡安更有故事。很多奇石都有自己的名字。

魔鬼的面具

雷神之锤

这些奇石造型千姿百态，值得细细观赏。只是它们由砂岩形成，砂岩的硬度不咋地，容易被侵蚀。说不定哪一天来个地震这么摇一摇，很多造型恐怕就会荡然无存。因此，建议喜欢大自然的朋友赶早不赶晚。

可惜我们时间有限，匆匆走了一会儿就往回赶。我们的下一站是圆顶礁国家公园。

从布莱斯到圆顶礁，走12号景观公路，沿途美景不断。也有颇多惊险之处。有一处地方叫作地狱的脊梁（Hell's Backbone），从名字你就知道它的恐怖。车道两边都是悬崖，开得人心惊肉跳，双腿打战，我目不斜视（不敢斜视）地开过这段路,完全不理睬小伍同学不断地惊呼。

后来经过一座大山,突降大雪,能见度陡然降低,路面很快被大雪覆盖,根本不知道哪儿是路,哪儿是悬崖。小心翼翼地开,虽然SUV四轮驱动,车依然时时打滑。差不多一个小时才开出雪域,冷汗湿透衣襟。

不知是否受路上心情影响,到圆顶礁国家公园后看着那绵延上百公里的高约几百米的石崖,感到特别压抑,绝望。石崖分好几层,每一

层代表一个时期,一个时期就是数百万年。在这儿,时间已经没有意义,根本读不到人类的信息。

好容易看到一些人类的痕迹,但也是废弃了的牧场,倍添悲凉。

但这儿的露营地很热闹，人很多。也没那么冷。露营地坐落在一片花树中。在周围坚硬的山崖映衬下，显得特别柔和。

第五天：圆顶礁国家公园—峡谷地国家公园。

早上起来，昨日烦恼一扫而空，心情大好，拍了一些有点人气的景色。然后奔赴下一站。

这回走12号与24号景观公路，沿途还是美景连连，频频停车拍照。可惜最后为了赶时间，不

再停车，任美景一闪而过。电影《赛车总动员》里的很多镜头，差不多就是直接取材于12号与24号景观公路。

即使不进国家公园，就在景观公路上飙车，也是一种绝妙的享受。

由于路上盘桓的时间太多，到达峡谷地时已下午两三点钟，园内的露营地已满，但被告知离公园不远处，有一名为"盗马贼"的露营地，一般都有空位。

峡谷地非常之大，占地方圆上千平方公里。我们的时间有限，有些好景点太远，只好放弃，选近一点有代表性的景点看看。

峡谷地超级宏伟，从高处俯视下面的峡谷，目力可达上百公里之外，当然，这也是因为空气极度洁净。居高临下，俯瞰数十米宽的两条大河，科罗拉多河与格林河，在山谷内盘旋，只是细若游丝，基本看不到水的影子。远处雪山的白映衬着近处峡谷的褐，层次分明，恢宏壮丽。

父子游美国犹他州五大国家公园（3）：拱门国家公园

伍祥贵　东扯西艺　2021-08-12　03:45

第六天：拱门国家公园。

夜宿"盗马贼"营地。营地在一个很大的树林中，树不高，而宿营地地势较高，视野很好。

到达露营地较晚，懒得搭帐篷，直接住车里。半夜尿急，怕冷，不愿出车。最后忍不住还是出去了，却发觉车外温度和车内差不多，白白斗争了那么久。早上起来，秣兵同学狂叫，说我故意整他，害他冷得半夜起来加衣服。原来，我睡前打开天窗拍星空，忘了关上。我们相当于在露天睡了一夜。好在峡谷地比其他地方暖和多了。

"盗马贼"营地离拱门国家公园就几十公里，我们一大早就赶到拱门国家公园，希望在公园内占到一块露营地，可惜早满。工作人员告诉我们，公园内的露营地得提前数月预订，让我们去公园外的露营地试试。我让秝兵同学在游客中心等我，然后顺着园外的科罗拉多河畔找，跑了大约二十公里，经过两个已经满员的营地后，终于在第三个营地找到最后一个空位。

拱门国家公园号称有2000多个各式各样的岩石拱门，其中有犹他州标志的优雅拱门。所谓拱

门,就是岁月掏空了巨石,形成巨大的空洞。

优雅拱门(Delicate Arch)

窗口(Windows)

景观拱门（Landscape Arch），园内最长的拱门，但也可能最脆弱，随时可能崩塌

双拱门（Double Arch）

在犹他州这几个国家公园中,拱门国家公园的景色最有镜头感。除拱门外,还有很多其他精彩绝伦的岩石造型。最集中的是一个叫作"花园大道"的游览线(Park Avenue Trail),真让人流连忘返。

我们原计划在拱门国家公园待两天，但秣兵同学作业没完成，得留一天给他写作业，临时决定只待一天。因此，除了开车在各景点穿梭，我们整天差不多以小跑的速度，在景点内活动。有一次欲抄近道，却误入荒漠。我和秣兵同学决定成立一个探险队，我提议探险队的名字叫作"Desert Killer"（沙漠杀手），但秣兵同学认为血腥气太重，改为"The Conqueror"（征服者）。

我们把重头戏放在观赏"优雅拱门"上。据称观赏的最佳时间在日落时分，所以我们以最快速度观赏完主要景点后，于下午六点左右向"优雅拱门"进发，从停车场到目的地大约五公里，一路上坡。我自认体力还行，虽然大口喘气，还是一次没停歇走到目的地。秣兵同学却嫌我走得慢，走了二十分钟，甩下我独自跑了，一会儿就没了踪影，最后在山顶等我，问我为什么这么慢，让他等了好半天。

"优雅拱门"耸立在深谷边缘，远眺雪山，气势非凡。几十台相机架在三脚架上，等夕阳的光辉为"优雅门"披上金红色的外套。可惜，乌云始终没有散去。太阳在云层中挣扎了几下，好几次差点突破，最后都未能如愿。伤了满坡的人心。

第七天：返程。

露营最暖和的一晚，基本没有冷意。

睡了个懒觉，早上起来，营地的人都差不多走了，很安静，帐篷边上就是科罗拉多河上游，水流缓慢。我和秝兵同学放肆地向河里放水。

营地边有块指路牌，说大约两公里外有两个拱门。秣兵同学还穿着睡裤及拖鞋，我们决定慢慢散步过去看看。路总的不算难走，但部分路段还是需要借助预先架设的钢缆爬上去。

一路走，我们一路闲聊，秣兵同学说我们的探险队得改名，叫作"Dreamwalker"（梦游者），一是说我们跟梦游者似的穿着睡裤乱窜，二是说我们在追梦。于是，我们的探险队队名正式确定，首任队长伍秣兵，我若和他比赛赢了的话可以取代他。

闲话之间，但见前方一个类似彩虹的巨大拱形巍然耸立，竟是可以和优雅拱门比肩的又一奇观。这样的荒郊野外，我们一个随意之举，竟有此出乎意料的美景，让我们大呼"爽"。另一惊奇随之出现，群山回响"爽"，久久不绝。为了照相，我和秫兵同学分开有一百多米的距离，但我们可以用像面对面一般的音量交谈，不明白为什么传音效果如此之好。

西谚有云，彩虹的终端之下有黄金。秫兵同学到了彩虹的终端，巨石真的像黄金般闪闪发光。可惜上午又是多云，否则彩虹桥会更加漂亮。但我们已经非常满意了，不像昨天在"优雅拱门"，人头攒动，这儿就我们父子俩，想说什么说什么，想干什么干什么。

经过这么一番折腾，我们返程的时间就耽误了，赶紧收拾上路。

出来不远，见一牌子，上书：Indian Writing。停车，按箭头所示看路边高高的石壁上，一排排印第安人不知何时留下的岩画，非常精彩。画作在大约两人高的石壁上，我不知道他们如何刻的。我认为他们搭了架子，而秣兵同学认为当初岩壁下有其他石头。

附近都是同样的绝壁，一群群攀岩爱好者在攀岩，只有这块石壁不许攀。

两大惊喜，完全不在我们的计划中。真是：踏破铁鞋无觅处，得来全不费工夫。一个无奈的寻找露营地的举动，最终居然有如此收获。感谢苍天！

终于又上路了，已过中午。但沿途无尽的景点，又让我频频下车，最后秣兵同学不再允许我下车，因为我们得走将近八百公里才能到达我们今天的目的地拉斯维加斯。我和秣兵同学打赌三美元，我在晚上七点能把他送到拉斯维加斯。他同意，因为他有恃无恐，一是我曾打赌输他三美元，如果他输了不过是还我的钱；二是他看GPS上显示我们的预计到达时间是七点多，况且我们中途还得加油吃饭什么的。最后，我在下午六点半把他送到拉斯维加斯。平均时速达一百三十公里，而且我基本没超太多速。犹他州很多路段最高限速一百三十公里。这是迄今我见过的最高限速。加州的最高限速只有一百一十公里。

在酒店登记时，服务员说我订的房间有五十多平米，问是否升级大一点的，我说，在一个只有两平米的地方待了六天，我现在还不知道怎样使用那多余的四十八平米。一进房间，我和儿子马上进入澡盆，直泡到骨头都酥了。四天没洗澡，头发都打结了。头两天的露营地还有每次六分钟的洗澡时间，后来就每况愈下，最后两天连刷牙的水都不提供，幸好我们带了足够多的饮用水，可以分点来洗脸刷牙，洗澡就免谈了。洗完澡，赶到自助餐厅，吃到翻白眼。

第八天：回家。

过去的七天，我每天把秣兵同学从睡袋中拽出，今天让他睡到自然醒。随后我们又去吃了自助餐，从上午十点四十一直吃到下午一点。本是赚回来了。

回家的路上，我们总结了这次探险。三个词：中文，爽！美式英文，Cool！英式英文，Sweet！（秣兵同学爬山时碰见一群来自伦敦的学地质的学生，和人搭讪，学会点伦敦英语。）我们给出了五个国家公园的排名：第一名，拱门；第二名，锡安；第三名，布莱斯峡谷（我的排名）/ 峡谷地（秣兵同学的排名）；第四名，峡谷地（我的排名）/ 布莱斯峡谷（秣兵同学的排名。他认为风景的话布莱斯可排第三，但那天把他冷惨了，所以只能排第四）；第五名，圆顶礁（我本来用"最后一名"，但秣兵同学反对，说"最后"有贬义，而它并不差）。

我们还给园内的宿营地、观景道、景点等分别进行了排名。

除了观赏风景，我们还了解到原来这些地方是远古的海洋，比恐龙生活的年代还古老。那些各色岩石是因为富含某种矿物质。所以这地方矿产丰富，从煤矿、铁矿到铀矿，蕴藏量都丰富之极。居里夫人当年就来秘密考察过铀矿。不过秝兵同学反对采铀。反对核武器。

结论：时间太短，要看要玩的东西太多。儿子要求一年之内再来，我说二十年。最后经过反复讨价还价，我承诺十年内。

但一晃八年过去了，还没实现我的诺言，前几天我问已经长成大人的伍秝兵同学是否还要去，他说当然，今年来不及了，明年暑假再去。

简单来说，这五个国家公园，加上连接这几个公园的12号与24号景观公路，值得列入你的死前必去的地方清单。我敢保证，你绝对不会后悔走一趟。

这次旅游还有一个小插曲。最后一天在布莱斯峡谷国家公园，旅游已经接近尾声，就在我们准备打道回府的时候，我发现我的手机没了，最后一次使用也就十来分钟前。我顺着最后一次使用的地点来回跑了两趟，遍寻不着。就在我打算放弃的时候，我儿子说找到了。他比我聪明，守株待兔，拨打我的电话，有人接了，说他们在停车场上捡到我的手机。我儿子取了回来。手机可能砸在停车场的硬地上，看上去有一个照相镜头碎了。等我把镜头上的保护罩掰开，发现除了些许擦痕，镜头没事，碎的只是保护罩玻璃。有惊无险。我出游好像有个魔咒，每次都会有个小意外。这一次熬到旅游即将结束，以为会打破魔咒，还是没成功。

死亡日志⑯

2022年2月16日　04:29

化疗有效吗？

距离本疗程最后一次化疗，已经一个多月了。治疗继续，依然三周一次输液。过去输三种药，Premedical（过去我翻译为化疗前用药，因为它是用来减轻化疗药物副作用的，看来不准确。我现在不用化疗药物了，还继续用这种药，看来免疫治疗药物也有副作用。恐怕译为抗副作用药物准确些），化疗药物以及免疫药物。现在只停掉化疗药物，Premedical与免疫药物和过去一样，连剂量都没变化。此外，输免疫药物仍需做血液化验。我一直以为化疗对血糖蛋白的影响大，再次化疗前得知道血糖蛋白是否回到正常水平，才能继续化疗。如果免疫治疗如传说那样对身体影响不大，那为啥还每次抽血检查。下次见医生得问问这个问题。

这次输液和上次一样，输入Premedical时非常难受，胀痛延续了大约二十分钟，直到换成免疫药物，后来的二到三小时就是熬时间了，没有任何不适反应。

医生说化疗结束两个月以后会做一个检查（CT扫描），确定化疗是否于我有用。在做检查之前，我先来一个自我诊断，完全根据最后一次化疗后我自己身体的反应来衡量。

首先，我的总体状况有明显好转，能吃能睡，体力也很好，打一场球走七八千步没有过于劳累的感觉。只是脚掌的麻木依旧，尤其是右脚脚掌，多走一点路就麻木得厉害，感觉砍掉都不带疼的。两手手指也是这样。据说手足麻木的情况得延续一段时间。不过，我不知道这种好转是因为化疗的疗效还是因为少了化疗的副作用，我还真不敢肯定。

另外，毛发开始往外冒。抚摸着软软的胡子，不像过去那样扎手，有种荒诞的感觉。我忘了自己年轻时刚开始长胡子的感觉，但我却记得儿子嘴唇上一撇绒绒的小胡子。我这是返老还童了吗？头发也开始密密地往外长。只是我的问题依然是，毛发从脱落到生长，究竟是化疗的治愈效果还是化疗的副作用终止的结果。

不过我有一点确定又有点沮丧的是，化疗也许在治疗期间延缓了我的病情发展，但好像没有多少治疗效果。我的肺癌最明显的症状就是咳嗽，是长期的咳嗽导致癌症得以发现。手术后咳嗽减轻许多。化疗期间咳嗽虽未终止，但程度与频率都比较轻微。很少剧烈咳嗽，每天次数也不多。我晚上用一个小程序记录我的睡眠状况，其中有我睡眠期间的声音记录。化疗期间每晚的咳嗽一般不超过五次，剧烈咳嗽基本没有。但最近一个月来每晚的咳嗽在十次以上，有时多达二十多次，且多有剧烈咳嗽。白天也常有剧烈咳嗽。因此，就因为这去而复返的剧烈咳嗽，让我对化疗的治疗效果持严重的怀疑态度。

除了咳嗽比较让人讨厌，还有我总出现的感冒症状，流清鼻涕、打喷嚏，反正我衣服口袋里都是面巾纸，以备不时之需。鼻涕还总是带血，清理鼻涕得小心翼翼，生怕弄出更多的血。疫情期间，打个喷嚏总是让人难堪，我尴尬，旁边的人害怕。我总怀疑我是不是感染了"新冠"，但每次检查也都没事。只是感冒症状不见离去，真的是不离不弃。

一切的一切，似乎都在说，大事不妙。

当然，我希望我是错的，大错特错，我犯了经验主义错误。希望即将进行的CT扫描结果大好特好，推翻我的所有怀疑。

死亡日志⑰

2022年3月9日　10:30
乌鸦嘴

2月24日，俄军轰炸乌克兰。

2月25日，医生也扔给我一颗炸弹。中午正和朋友在家喝茶聊天，医生来电话，是关于我周一（21日）所做的CT扫描的结果。

我上一期《死亡日志》⑯中写的希望对自己身体状况判断错了的愿望落空了。乌鸦嘴。如我自己分析，情况不妙，大大的不妙。右肺上的结节比起上次检查（2021年11月）增大，左肺（原发病灶）的癌感染区域也在扩大。

简而言之，化学治疗无效，免疫治疗无效。因此，除了已经停下的化疗，免疫治疗也被叫停。几个月的化疗罪白受了，几个月的光阴白瞎了。

现在还剩最后一个希望。开始化疗前，医生说有一个针对我的癌细胞的临床医疗试验，目前处于试验第三期（大规模试验期），如果我的化疗与免疫治疗失败，再考虑这一试验。没想到这么快就已经面临这一抉择了。通常这就是死马当成活马医的阶段。如今医生问我的态度，我说那就试试呗，反正都到这一步了。至于是否能参加，试验方还得对我进行筛选，看能否符合他们的试验对象条件。当然，我也得衡量一下是否值得当一次小白鼠。

我和医生的下一次约见是3月9日，到时再和他详细讨论吧。

这回事态好像有点严重了。接到医生电话的当天，我女儿正好启程前往巴黎，行前她打电话问我的情况，我只好撒个小谎，说结果尚未出来。儿子给我打电话，我也打哈哈。老婆和我两天后去阿拉斯加，我也打算等从阿拉斯加回来再坦白。让他们知道这个消息，除了徒增他们的烦恼，对我的病情并无裨益。虽然纸包不住火，他们早晚得知道，但能让他们多过几天高兴日子就多几天吧。

有些巧合也让人匪夷所思。我母亲现住在养老院，有早期老年痴呆的迹象，有时候视频聊天，她要想半天才能想起我是谁。但在我接到医生电话后不久，我妹妹告诉我，前天和昨天，我母亲不吃饭，大哭大闹，说我一年多没去看她了，她太想我了。这种事过去从来没有发生过，我母亲一直是那种大大咧咧的人，感觉从来不懂什么叫多愁善感。冥冥之中，她大概有了什么感应。

冰河

这个消息够冷的了,偏偏我这次选择的旅游目的地是阿拉斯加,那儿恐怕是美国最冷的地方,零下30~40摄氏度是常见的。化疗开始以后,我特别怕冷,即使生活在冬季平均气温大约20摄氏度的洛杉矶,也感觉寒冷,晚上经常得打开暖气。只是已经和朋友约好一同前往,27号就出发,不好更改。我做好了不参加很多预先安排好的活动的准备,比如说露天温泉游泳。有朋友两周前才去,看她的照片,虽然温泉池水热气腾腾,但她的头发上却挂满冰碴儿,真的是滴水成冰。我想好我就在岸上给朋友们拍照好了,不下水遭罪。

雪地温泉嬉水

半夜到达阿拉斯加第二大城市费尔班克斯（人口约3.27万），第二天起来的第一站就是泡露天温泉。我原本以为这会是一个很大的露天温泉，我先到池边观察一下，再决定是否下水。但从外面根本看不到温泉，直接就被带进了换衣间。不得已我只好换上游泳裤，不过还是记得带上手机，做好给他们拍照的准备。我战战兢兢地走出换衣间，顺斜坡直接就走进了外面的温泉，只有短暂的凉意，完全没有预想的刀割皮肤的冷冽。全身浸入水中后，更是一点凉意全无，全身舒坦。这时反而产生怅然若失的感觉，说好的冷冽呢？没有那种刺骨凉意，还算阿拉斯加吗？

育空河大桥

我们这次号称"追光之旅"，主要目的是看北极光。据称冻脚镇（Coldfoot）是看极光的最佳点，冻脚镇位于北极圈内，这儿是极光的正中心，极光就在头顶，可看到百分之百的极光，其他地方只能从某个角度看到一定百分比的极光，比如费尔班克斯就只能看到80%。于是我们从费尔班克斯坐旅游车前往冻脚镇，两者相距四百多公里，但由于公路上全是雪，车不敢开太快，需要大约十小时的车程。不过这也让我们从地面上领略了阿拉斯加雪原的风采。育空河，一条全程流经阿拉斯加的大河，河宽可达数百米，全被冰雪覆盖，上面可行驶坦克。还有雪地上开车的艰难。路边就有一辆不久前的翻车，看来车里的人是从车后逃生的。

人仰车翻

到冻脚镇的第二天，我们坐一辆面包车出外看野生动物，去北极圈更深处，来回三百多公里。没看见多少动物，就看见一头野狼和几群麋鹿。但沿途风光比头一天更令人震撼，我们体会到什么才是真正的千里冰封。道路两旁的雪山，随时有雪崩的可能。有一个叫作"阿蒂贡山口"（Atigun Pass）的地方，是北冰洋与太平洋在北极圈的分界线，水流在此分道扬镳，往北的流进北冰洋，往南的流进太平洋。山口南边，属于半冻土，稀稀疏疏的百年树木不过几米高，因为树根无法伸入下面的冻土。山口北边，干脆一棵树都没影，完全的冰雪世界，冻土空间。

阿蒂贡山口风雪中的货车，冰原上只有它们时不时打破宁静

白天换着花样玩，晚上的重头戏就是等极光。理论上，冬季天天都有极光，强弱不同而已，但看到极光的前提是无云的晴空。我们前两天空等，在零下十几度的寒夜熬到半夜两三点都没盼到晴空，总是飘雪。据说是因为天气太温暖，三月初正常气温应该是零下30~40摄氏度，这样冷冽的天气不容易形成雪花，零下十多摄氏度反而容易形成云层，催生雪花。

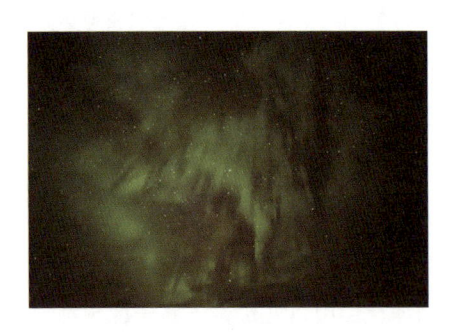

终于看到极光的那晚，也是一波三折。我们熬到半夜三点，天空依然在飘雪，感觉已经无望，回到小屋睡觉。四

点过将近五点，朋友敲门，说极光出来了。我们赶紧套上衣服，抓上相机往外跑，幸好白天已经大致选好了拍照点，有目标，很快到达。终于见到了盼望已久的极光。一开始其实有点小失望，不免自问："这真是传说中的极光吗？"印象中的极光五颜六色，但眼前的极光在夜空中其实和云彩差不多，灰扑扑的，根本看不到颜色。只有通过照相机镜头的记录，才能还原极光的颜色。通常我们说照片难以体现大自然的美，但极光照片却是加分的。当然，那种恢宏的气势照片还是难以表现。所以，现场观看还是必须的。

过了最初的失望后，又被极光在镜头中的表现折服。于是在余下的几天里，无论是在冻脚镇还是回到费尔班克斯，每天晚上还是孜孜不倦地去守候极光。最后一天居然在零下二十摄氏度的雪地中，连续拍摄三个半小时，除了手脚有些冰凉，没有太冷的感觉。也许人在疯狂的时候，体感恐怕有些麻木。

雪野上的河流图案

我们去冻脚镇是坐车，感受地面的阿拉斯加，回费尔班克斯则乘小飞机，从空中领略广袤的阿拉斯加。升空后不久，飞机驾驶员说这个地方目力所及，没有任何的人造痕迹，连一根电线杆都没有。除阿拉斯加，在美国其他四十九个州都找不到这样一个地方。的确，阿拉斯加面积一百七十多万平方公里，居民只有七十多万。在这样的地方，面对无边的雪原，人真的微不足道。

雪原上难见的晴空

这次旅行，现实与想象出现两个巨大偏差。一个是我放大了对于冷的恐惧，结果出乎意料。另外是对极光的误判，真假的界限其实没那么明显。所以，不要太固执于自己的先入之见。

冰川洞穴

死亡日志⑱

2022年4月2日　07:13

没脾气

我现在本来应该坐在前往南非的航班上，可如今只能坐在电脑前敲键盘。并非我的病情恶化或其他变故，而是我女儿和儿子阻挠我前往。缘由是我得及早参加药物试验。

由于之前我原则上已经同意参与药物试验，在见我的癌症医生黄大夫时，负责药物试验的医生也来了。黄大夫详细说了一下二月底的CT检查的情况，比起十一月的CT检查，左肺癌变面积增大，结节增加，右肺的结节数量增加不少，结节的体积也在增长。反正情况不乐观。

关于药物试验，我了解到的情况是：这个药物的研发方是一家中国公司，目前处于药物开发的第三期，现在同时在中美等六个国家进行三期试验。实际上这是一款老药新用。原来这个药物用于乳腺癌，已在中国正式上市，但没有在美国上市。癌症很多都是源自基因突变，如果能查到与自己癌症相关的突变基因，而这些突变基因正好有对应药物的话，就能对症下药，这就是所谓的靶向治疗。我属于晚期非麟非小细胞肺癌患者。这类患者体内常见几种突变基因，这几种常见致癌基因都有对应的靶向药物。但偏偏这几种基因在我身上都是正常的。好容易找到一种基因有异常，却又是在肺癌病人身上不多见的一种基因突变，名为HER2。由于其不常见，药物公司就没有很大兴趣去开发对应药品。所以迄今为止，对这方面的药物研发都在早期，中国这个药已经算比较成熟的了。估计他们也是因为搭了顺风车才肯做这个研究。这个药原本用于乳腺癌，而乳腺癌常见的突变基因之一就是HER2。由于药理相似，只是针对不同的器官，相应的研究就要比从头研发少得多，钱花得少许多，而成功的希望大得多。

而我，莫名其妙地也成了这个顺风车的乘客。既然目前的化疗和免疫治疗都作用不大，死马当作活马医，试试这种新药吧，万一呢？

只是参加试验也有一个大问题，这是对照性试验，2∶1的对照，即参加试验的病人中，两人使用试验用新药，一人使用对照性药物（一种现有的化疗药品）。病人使用哪一种药，是随机抽取的，医生无法干预。我被抽中试用新药还好，若被抽中使用化疗药品还有什么意义呢？我问黄大夫，既然我的化疗没有什么效果，继续化疗不是开玩笑吗？

黄大夫不同意我的看法，首先，化疗不能说全无作用，虽然十一月到如今的结果不理想，但总的来说化疗还是起到了减小癌细胞感染面积的作用。去年八月份CT检查，左肺的感染面积是$5.3 \times 3.7 \times 6.62$厘米，今年二月份的CT检查，左肺的感染面积是$3.4 \times 2.6 \times 5.8$厘米。另外，即使过去的化疗不尽如人意，也不代表今后的化疗同样糟糕，因为他会改用不同的化疗药物，每个人对于不同的化疗药物会有不同的反应。因此，即使我被放在对照组，也依然是在治疗，不是为比较而比较，因为无论我参不参加药物试验，他都会对我继续进行化疗。对于我关切化疗对我的生活质量带来的问题，他说以后的化疗将不会有过去那么强烈的副作用，因为过去每次化疗都用了四种不同的化疗药，以后每次将只用一种。

既然如此，那就加入药物试验呗，反正别无出路。不过，我有一个预先的计划，我将于二十天后前往南非，大约去一个月。因此，我大约得两个月后才能开始加入这个试验。但我可以先签约，等我回来再正式进入试验程序。

试验大夫说不行，因为在签约前，试验方会对我进行一次面试，根据我的身体状况，决定我是否适合参加试验，现在适合，两个月后不一定，还得重新面试决定。另外，试验也说不定何时达到规定病人数。因此，只能两个月后再说。黄大夫也说不妥，如果我不抓紧治疗，癌细胞的增长若得不到控制，恐怕以后会比较麻烦，而且我跑到南非那么远的地方，有什么意外情况发生的话，也不方便应对。后来，在我等待医生办公室打印一些材料的时候，黄大夫又专门过来告诉我，我不应该这个时候离开这么久，而且跑到那么远的地方。

我坚持己见，执意离开，即使当时在场的我老婆和我女婿发表支持医生的意见，都让我制止了。首先，我这个时间安排，也是根据原来的治疗计划安排的，如今治疗计划改了，一切又得重新安排，我不想完全被治疗拖着走。另外，我不知道治疗以及我的病情究竟会如何发展，我目前的身体状况可以应付旅行要求的体力支出，以后就难说了。去年七月，我把化疗的时间推迟了，就为了保持体力，去俄勒冈打五天球，每天走路约十公里。目前看来是对的决定，因为虽然我现在体力恢复还可以，但连续走五天恐怕是做不到了。我现在是在努力做加法，捞到一次赚一次。

我完全不担心两个月后回来试验方不要我了。我现在属于奇货可居，像我这种基因突变，数量不多，他们找病人没那么容易。再说，即使他们不要我了，这个药在中国已经上市，总有办法搞到，大不了自己服用，反正本来就是在有效无效之间晃悠的。至于癌细胞是否增长到不可控的程度，那也是没办法的事，吃试验药以及用其他化疗药一样存在这样的风险，我不过赌一把，万一像有些传说一样，出门旅游一趟回来癌症反而好了呢？后来还有几个朋友听说了我的旅行计划，也表示反对，我一概怼回去，很有主见的样子。

因此，我放下了治疗的事，一心安排南非的旅游。我在南非的好兄弟斌哥做了周密计划，去哪儿看野生动物，打几场球，喝什么酒，都计划得妥妥帖帖。就等动身了。

人算不如天算。就在我准备动身的一周前，我女儿从法国回来了，我儿子也放春假回来了。在此之前，我给女婿说过，别给女儿说我的病况，让她在外安心一些。我在儿子这边也打马虎眼。谁知这下他们一碰头，女婿把一切和盘托出，他们就商量好了如何对付我。

他们回来后的第一次家庭晚餐，其乐融融，聊聊女儿在欧洲的趣闻以及儿子在学校的近况，好像什么事儿也没有。晚饭后我在楼上和国内的朋友进行了一个小时的视频聊天，下楼，一家人，老婆、女儿、女婿和儿子，围坐在客厅沙发上。女儿说，老爸，你坐下，咱们开个会。我一看这个阵仗，汗毛就竖起来了，我们家从来嘻嘻哈哈，没有这么严肃的时候，感觉是开我的批斗会。我老老实实地在地毯上坐下。

女儿简单说了他们一致反对我去南非，理由其实和黄医生差不多。我嗫嗫嚅嚅地表达了我的观点，一下就没了理直气壮的底气。我儿子干脆扔出一个大帽子："究竟是你的旅行重要，还是家庭的爱更重要？"然后洋洋洒洒说了一大通，最后说，"这个家庭需要你活着，等你好了，我们陪你一起去"。我本来有些时候也是个杠精，面对他这些似是而非的道理，却只能腹诽。我的回答既没底气，也不到点子上。我居然说我机票订了，旅馆也订好了，钱都交了，不能退的，意思是生米都成熟饭了。我儿子干脆说，他暑假去打工，帮我补回损失。尽管这家伙迄今为止，根本就没打过工，但也让我哑口无言。

有什么办法呢？现在是"孝子"（孝顺子女）时代，我只好举白旗。没脾气，真的没脾气。

南非也许永远都去不了了，其实这无关紧要，现在我力图干一些我喜欢的事，但又有什么事比让我的子女和我的家庭高兴更令我喜欢呢？

他们的确很高兴，当我沮丧地回答，"那就不去了吧"，他俩跑过来抱着我欢笑一气。当爹的，哪受得了这个？

死亡日志⑲

2022年4月25日　06:22
小白鼠

今天（2022年4月19日），小白鼠的使命正式开始。

还好，随机抽样，我抽到了试验用药组，直接上靶向药。虽然是2∶1的胜率，抽到试验用药组的可能性大于抽到对照组，但我一向手背，原本已做好准备进入对照组，继续进行化疗。现在的结果虽然说不上喜出望外，心情还是舒畅的，借着这股好风，出了诊所直接去买了彩票，希望有更大的惊喜。

这个药安全性应该没大问题，毕竟是老药新用。至于效用如何，几个月后才见分晓。目前来说，最大的好处是不用每三个星期输一次液，虽然还是每三周见一次医生，但只是去领药，听医生叨叨几句而已，不过每次见医生前还是要抽血检查几个指标。这个试验用药是药片形式，两种药，一大一小，每日服用一次，大的两片，小的一片。三周后见医生，药瓶得交回去，没吃完的药片也得交回，再重新领下一次的药。

不知道是什么讲究，从签约参加试验开始，到正式开始治疗，其间是二十八天。不能加快，也不能推后。于我而言，就是一堆检查，主要有胸部CT，脑部核磁共振，心电图，其他就是一堆常规检查，反正是抽了好几管血。

幸运的是，脑部依然清明，暂时还不会傻。胸部CT是对照性检查，3月31日做的，与2月21日的检查进行对比。总的来说，情况依然严重，两肺无数的结节，癌变面积依然很大，但与前一次检查相比，没有进一步恶化。

没有坏消息就是好消息，这是我一个朋友的解读。他说我就像一部刹车不灵的破车，已经滑到悬崖边缘，勉强停住就是万幸，不能指望马上掉头。

好像是这个理。反正停止化疗后的这几个月，我的感觉无比好。吃得香，睡得好，玩得爽，标准的三好学生。除了脚板的麻木感及手指偶尔的麻木，不时提醒我是个病人之外，我和健康人好像并无多大差别，反正我的球友并未因为我是病人，而在和我赌球时多让我两杆，我的成绩也没有明显退步。不过，咳嗽时好时坏，严重时也让人讨厌。

生病以来，感觉时时生活在亲友的关爱之中。由于长期居住海外，过去，和好多朋友的联系几乎中断。但这个病仿佛一张网，把这些朋友又打捞出来。不仅如此，还平添了好多新朋友。他们从各个方面给我以鼓励和帮助，让我和疾病打交道更增添了几分信心。当然，还收到一些听起来很神奇的偏方，只是我暂时还来不及去逐一体验，留待他日。

这一次我想特别感谢两位朋友。一个是我的校友王博士，作为资深的生物学专家，她深入浅出地向我普及了很多关于癌症的基础知识，又认真地帮我查找我的致病原因，对我的治疗方案也提出诸多建议，更有甚者，她还和我分享了她自己家族的往事，一片苦心开导我。关键她不是一时兴起，才和我唠叨这许多，而是随时跟踪我的病况，隔三岔五就给我提出改善意见。

另一个是周班长，也是我的校友，一个著名的神仙。他就是《死亡日志》有一篇提到的告诉我，打坐要"抱元守一"，但被我整成"抱媳妇"的大哥，也是前边提到的刹车理论的创作者。他自己就是一个传奇。大约十年前，他被诊断出脑部有个大瘤，由于瘤的位置在脑髓正中，北京没有一家医院敢给他做手术。医生的共识就是让他该吃吃，该喝喝，反正就几个月的搞头了。当时他已失去方向感、平衡感，走路必须有人搀扶。他说当时他的大脑麻木难受到极点，难受到用头去撞墙，用痛感去缓解麻木感。病急乱投医。西医宣判了他的死刑，他转而求助其他渠道。不管对方是什么歪门邪道，即使明知对方是骗子，他都耐心倾听。当然，倾听归倾听，他并不盲从。最终，让他找到了真正的高人，进入修炼之路。十年之后的他，没有任何病容，红光满面，一句话带三次笑。他说其实瘤并未完全离去，他还能感知瘤的存在，只是他已和瘤达成共存协议，互不侵犯。反正他已多年不上医院，也基本不做什么检查。他认为目前是他自己有生以来身心都最健康的时候。

就是这么一个活神仙，差不多每天用一个小时的时间和我交流，从理论上与实操上，帮助我修炼。其实我觉得修炼一词太大了，我现在只能叫作锻炼，至于何时才能真正跨入修炼的门槛，就看我的造化了。周班长说练功时要做到"不迎不拒"，而这正是我对于这种不甚了了的东西的态度。我相信这些东西存在这么久，必定有它存在的理由，不能简单说它好还是不好。但于他人有用的东西，不一定于我有用，号称硬科学的西医尚且如此，其他就更是因人而异。周班长通过修炼把自己的病治好了，我不一定能和他一样幸运，但试试总归没坏处，只要不与我的一些基本信念抵触就行。因此，周班长说练书法于我稳定心境有好处，我就开始提起了几十年没碰过的毛笔，反正至少捞一笔好字；他让我打坐，有助我"守一"，虽然我骨头硬，盘不起腿，而且闭上眼就胡思乱想，他说没关系，盘不起腿，坐椅子也行，胡思乱想，也没问题，慢慢往"一"上走就行，这样我至少可以闭目养神，也好像没什么坏处，于是我开始打坐；他让我练站桩，于精气神的运转有大作用，虽然什么穴位，什么气对我来说有些玄乎，但我觉得我的肺有问题，系统地练练深呼吸肯定没坏处，于是我坚持每天站桩。

因此，我的基本原则就是相信而不迷信，得之我幸，不得我运。周班长虽然笑呵呵的，但非常严格，首先要求我给自己草拟一个作息表，然后时时督促我的练习，非常关切每一个可能的好兆头。我则淡然得多，我一向没有偏财运，只希望持之以恒，有哪一天终于能看见点成效。

不管成与不成，我都会记住周班长每日的耳提面命，虽然我不是个好学生，时不时会偷点儿小懒。

老伍，约好了的秋日相会

蓝色天空，金色大地，别忘了！

另外，我还得感谢一下本文所用题图的创作者赵院长，他已经为我创作了好几幅这样激励我的作品了。无独有偶，这位仁兄也是我的校友，更是一位抗癌前辈，哪天我得好好说说他的故事，那才真叫励志。

死亡日志⑳

2022年5月15日　07:14
偶像

做了三周的小白鼠，不知是药物起了作用，还是打坐站桩起了作用，或者两者都起了作用，反正自我感觉好多了。我的主要症状是咳嗽，现在咳嗽有明显改善，强度与频率都往好的方向发展。医生说再过三周会做一个CT，对比之前的结果，那时就会明确知道是我感觉有误还是的确有好转，另外，也可以量化。

停止化疗后，毛发开始重新长出，如今越长越茂盛，胡子两天不刮看上去就乱糟糟的。原打算借化疗掉发之机，就此以秃头示人，几个秃顶的朋友已经正式邀请我加入光头佬俱乐部，但现在让人很烦，最多三天，必须刮一次，刮一次得花好长一段时间，要想不刮呢，看着满头杂毛，又不爽。奇怪的是不见光的部位的毛发却长得黑黝黝的，故意气人。

虽然有好转，也是有代价的。试验用药虽然没有化疗那样摧残人，但其副作用还是很让人头大。最主要的副作用就是拉肚子，大部分日子每天四五次，最多时十来次，两三次就是幸福日子了。拉肚子导致胃疼，恶心。好在都还能忍受，体重也维持不变。拉肚子大概是这种药的必然副作用，医生从开始就开了止泻药，只是好像效果不佳。如今医生换了另一种药，希望能起点作用。

上一篇日志说到我的老同学赵院长，这次的题图还是他创作的，他说这个题图的寓意是"日志自有美女瞩目和期待"。虽然我不认为会有美女对垂死之人瞩目，但这就是他鼓励我的方式，我也乐而受之。今天我要好好说道说道这个老同学。他其实一直是我的楷模，虽然我从来学不会。

说是同学，毋宁说是校友，我们先后进入西南某高校，且非同一专业，但由于我们都来自同一个城市，乡情把我们连到一起，来往还算紧密。当时他就是我的偶像，他不是一般的聪明，入学前他就是某大型企业的职业英语翻译，进校后学校认为他的英语已经没有太多的发展空间，就把他分到日语专业。刚开始他很抵触，进大学的前两年他基本不去上课，整天游手好闲，大部分精力花在追女生上。后来不知受什么刺激突然改变，瞬间成为专业尖子。但这还不是我佩服他的地方，他让我真正崇拜的事情是他在专业外的诸多杂艺，比如撬门扭锁，一根钢丝在手，他可以推开任何大门小门。

后来我们前后脚分到家乡同一所高校任教，虽然不在一个系，我依然常常去他的办公室，因为他那儿永远围绕着一群群漂亮女学生，也许他心里在骂我，但胖胖的小脸上永远是笑眯眯的。有一段时间我比较忙，没去找他，等到我再去他办公室的时候，被告知他在家养病。我也没当回事儿，想过一段时间他就回校了。谁知过了好久才听说他得了重病，一直卧床在家。于是我和几个老同学一起去他家探望，那时候我们已经听说他得了癌症，但其实不知道癌症分很多种，我们只知道癌症是绝症，见他时心情很压抑。他躺在床上，依然笑嘻嘻的，说我一副满脸沉重的样子来看他，其实不怀好意，是惦记他的女学生，让我哭笑不得，心想这个时候你还有心思插科打诨，但他是病人，我也不好回嘴，他咋说都行。

后来不久我就出国了。那时候的通讯手段主要是信件，一封信来回至少一个月，电话只是在紧急情况下使用。赵院长的信息偶尔听老同学说起一些，说他后来住院开刀，又发挥了他的聪明才智，阅读了大量的癌症相关书籍，由于他精通英语、日语，可以阅读原版的医疗文章，因此，他的癌症相关知识比他的医生还多。第一次手术过后，根据他的癌症知识以及自己对自己身体的感觉，他又要求指导医生再次给他手术，切除更多的感染部位，从而把自己救了下来。但后来我又听到另一个版本，说他的癌症根本就是误诊，白挨了一刀，而他自己自作聪明，雪上加霜，多挨了一刀。

几年以后，等我学成归国，再找不到他，他和原来的老同学都失去了联系，据说东渡日本，寻徐福去了。果然，后来发现他居然是"徐福研究会"的副会长。

与他再接上关系，已经是几十年后。他又回到老家，当上本地一所高校的外语学院的院长。过去微胖的他，如今显得比较消瘦，但他那招牌的坏笑依然如故。

得知我生病后，除了专门为我创作卡通题图，还给我发来一篇文稿，详细描绘了他第二次的癌症经历，让我大为感动，他才是真英雄。下面的部分直接引自他的文稿。

2004年早春。赵院长在外地开会，正在奋笔疾书时：

1

我突然感觉有一把尖刀嗖地从右肩胛骨下方斜插进来。一瞬间莫名的冲击，让我甚至连疼痛都感觉不到，只是无法呼吸，一头摔倒在地板上。顿时失去了知觉。

不过我马上恢复了意识，忍着剧痛睁开眼睛搜寻捅伤我的犯人。

屋里一个人也没有。从未关紧的门缝里吹过来穿堂风。难道犯人逃之夭夭了？

虽然我没听见任何声响，但是笨重的原木椅倒在地板上的声音大概传到了外面，住在隔壁的年轻老师刘波推门闯了进来。见我倒在地上，惊叫道："怎么啦？！"

不知何故，她的脸色看上去惨白得可怕，仿佛变了个人。

"好像被人捅了一刀……"我咬紧牙关，从牙缝里挤出声音。

或许刘波老师打了电话，救护车很快开来，把我送到医院。

诊断结果竟然是急性胆囊炎。打了一针镇痛剂，要命的剧痛迅速得到了缓解，我在刘波老师的照顾下乘出租车去车站，坐上了火车。

躺在卧铺上，我感到莫名其妙的燥热。量量体温，38.5摄氏度。打电话给当医生的熟人说明症状，熟人警告说胆囊炎也有可能致命，于是在抵达连云港市后的第二天，我便拜访了当外科大夫的朋友，首先拍了张X光片。

在放射科门口足足等了一个钟头，X光片冲洗出来了。外科大夫把我叫进屋，等X光师来看片。此时，外科大夫接了一个电话。他对我说了声"稍等"便匆匆离去。放射科室内就只留下我，以及跟外科大夫擦肩而入，进来看片的，三四十岁模样的X光师。

X光师似乎把我错认为是医生。他从大袋子里取出片子，插在荧光灯前，眯着眼睛瞟了一眼，扭过头来，像是在征求我同意，说："这人没救了吧。"

那一瞬间，该怎么形容我的感觉呢？震惊，同时甚至怀抱着某种抗拒。

我尽可能地用冷静的口气问："是吗？怎么个没救法？"

"明显的癌症晚期嘛，你看，肿瘤如鸡蛋大小，从胸骨后方探出头来了。"

"哦……"

"生长迅速，血液来不及补充，中央坏死。你看，右胸大量积水，右肺上都开了个小孔。"

眼前浮现出死亡之海，向远方扩展，漆黑一片。我心想，到此，该跟生命拜拜了吧。

我装作内行似的回答了一句"的确如此"，又不动声色地询问道："看这样还能活多久？"

"依我的经验，即使接受治疗，也就最多半年……"

如此说来，从第一次被确诊为癌症以来，我已经多活了十多个年头，甚至还有半年的饶头。

赚大了！我暗想。

之所以能佯装镇静，是因为我已经接受过了一次癌症宣告。二十几岁的时候，我第一次被确诊患上了肿瘤，经过大手术和化疗，总算捡回一条命。此后，在如影随形的癌症复发噩梦中，我很幸运地活到了四十来岁。

2

或许，正是这无休无止的"癌症复发梦魇"在我心里不知不觉间修筑起一道坚实的围墙，练就了我大事小事若无其事的坚韧神经。

当天，我回到家便写下一份遗嘱。目的是要让人知道，手术是我无论如何要求做的。反正没什么家产，遗嘱也就是份告知，说明哪怕在手术台上一命呜呼，也算我自作自受，跟医疗责任扯不上半点关系。君不见外科大夫可劲儿劝说我立即接受化疗或放疗，说从X光片上看，手术什么的已经毫无意义？

不过，在我的再三恳求下，外科大夫勉强答应给我动手术。接下来天随我愿。住院不到三天我就上了手术台，以"任人宰割"的心情接受了开胸手术。

后来我了解到，取下两根肋骨打开胸膛后，手术医生发现肿瘤蔓延到跟心脏连接的上腔静脉周围，甚至入侵到静脉内部，已经无法彻底清除，于是按照常规做出调整：能切的切，不能切的留下，等待下一步放疗。

在外科病房住了一周后，伤口还未愈合，我就被转移到肿瘤病房，接受一种叫作X光刀的放疗。主治医生跟外科大夫是熟人，三十岁上下。病房内患者们大多整天绝望地盯着天花板一动不动，偏偏我特立独行，一抓到放疗的空隙便回校站讲台。大概，他看我可怜,给我开了远远超过普通剂量的吗啡片。

"痛的时候吃半片就行了。"他向我说明药片作用,提醒道,"注意喽!别服用过量噢。"

"咦,这岂不违反规定?"我跟他逗哏,"难不成打算为我的自杀助一臂之力?作为医生,会身败名裂的哟!"

"哎呀,像赵先生这种,怎么说呢?癌症晚期也满不在乎的主儿,我算有生以来第一次见到。视死如归到了这份儿上的人,跟自杀绝绝对对扯不上线,除非我瞎了眼!"

"话又说回来,吸毒成瘾也不是不可能的。万一上瘾脱不了爪爪怎么办?您一直给我开药?"

"什么呀,上不上瘾另说。先不考虑。"

"那么,大实话大实说,我还有多久的小命儿?"

"你想活多久?"

"给个六百来年总可以吧?"

"这从生物学上来讲,根本没有可能性。"他一脸正经,"不瞒你说,以我的经验,运气好,六个月,如此而已。"

还是半年哪!不过半年能拿来做什么?我想,对呀,没准能写本教材!俗话说得好,"虎死留皮,人死留名"嘛。

值得庆幸的是,放疗并没多少痛苦。我年轻时接受过化疗,那简直能把人的精神摧毁,让人窥探到阿鼻地狱的万劫不复！与之相比，放疗太小儿科了。充其量不过是食道水肿，小口喝水也感觉火烧火燎，除此以外，有点儿轻微的晕眩和恶心而已。

3

好事宜早不宜迟。接受放疗的空闲，我一边打点滴，一边动手撰写教材。结果给我带来进一步的变化。郁郁不快的情绪一扫而空，满脑子除了教材就是教材，有时，甚至对癌症这玩意儿的存在，都忘到了九霄云外。

放疗、中药等治疗前前后后持续了四个多月。当医生宣布"再照射下去，不死于癌症也会死于辐射"的时候，出版社终于送来了教材清样。我将书名定为《挑战日语口语》。

仿佛有谁要证明"天助自助者"这句格言的正确性似的，我执笔教材期间，癌也不可思议地静静蛰伏。然后，随着教材的"杀青"，我出院了。

以下文字则源自淮海工学院（现已更名为江苏海洋大学）的教授介绍：

赵平教授在组织和改革外国语学院教学内容的同时，也加大了科研力度。2004年来，赵平教授撰写了

《日语文学作品读解与翻译》《天歌》《挑战日语口语》《挑战日语口语初级篇》《挑战日语口语中级篇》《挑战日语口语高级篇》《一生一度缘》《日语文学作品听读与赏析》《中外徐福研究》《日语口语教程基础》《日语口语教程提高》《日语口语教程加强》《听读日本语》《挑战日语口语？影视剧精彩对白》《基础日本语3》《日语视听二》等专著、教材20部共和30多篇论文。出版的教材大多已经投入教学实践中去，得到了学生一致好评的《挑战日语口语》获淮海工学院科研成果三等奖，并在2008年1月入围国家"十一五"规划教材，同时获得大学出版社华东地区优秀学术著作、教材二等奖；《日语文学作品读解与翻译》获江苏省优秀哲学社会科学成果三等奖；《挑战日语口语》初级、中级、高级系列获2007年江苏省精品教材奖；《日语口语教程基础》《日语口语教程提高》《日语口语教程加强》获日本国际交流基金资助，并获2009年江苏省精品教材奖；《挑战日语口语：日文剧本、师生对话、汉语翻译》为教育部"十一五"规划教材。此外，赵平教授主持省级科研，在他的领头下，淮海工学院日语系被评为江苏省精品课程。

也就是说，当他被判处死刑，缓期半年执行的时候，他把自己的剩余精力投入他自己热爱的事业中，希望死前能为这个世界留下一点东西。结果一发不可收。四五年的时间，他完成了很多人一生都难以完成的作品。而且，虽然高产，却不是粗制滥造，而是精益求精。

在他的文稿后面部分，他详细描述了他本来打算降低制作成本，请在国内的日本教师为教材《挑战日语口语》配音，但效果实在难入他的法眼。于是他花费自己微薄的积蓄，无数次前往日本，恳请日本专业演员为该书配音。他的诚挚与坚持打动了日本人，让他们差不多以免费的形式为他配音。令人唏嘘的是，其中一位主要的配音老演员在完成他的教材配音后，就因肺癌与世长辞，这位演员没告诉他自己早染恶疾，他其实是以帮助病友的心态完成了这本教材的配音。

真的是"天助自助者"，上天改判，推翻了医生的判决。2004年到现在，他又多活了十八年，而且没有很快罢手的样子。虽然早几年就正式从大学退休了，但他总是挂着"院长"的头衔，只是走马灯似的，大约每两年就换一个学校当院长，继续他的教授生涯。真的是生命不止，战斗不息。

真正的战士。活着重要，如何活着才更重要。

赵院长，偶像！

死亡日志㉑

2022年6月28日 03:42
该吃吃，该喝喝

作为小白鼠参与药物试验已经两个月了，从个人身体感觉来说，效果好像还可以，咳嗽比过去好多了，但时有反复，最近咳嗽又有增加，不过还是比开始试验前好一些。CT扫描的结果也显示有好转，但由于我的医生的办公室处和CT检测中心的沟通有问题，导致本该比较试验开始前（今年三月）的CT结果，变成比较去年十一月的结果，没有多少参照意义。

癌症症状虽然减轻了些，但药物副作用却让人头大。这个药的主要副作用是拉肚子，连续拉了两个月，是头骆驼都给拉垮了。拉肚子导致胃肠不适，胃肠不适将任何食品都变得难以下咽。过去我天天请求让我喝点小酒，但现在喝任何酒都如同加点色素的白开水。我过去自视为"酒囊饭袋"，酒量虽然不好，但每天总想喝上这么两口，饭量其实也不咋地，但我可以在餐桌上陪人吃几小时的饭，筷子是绝不放下的。在做化疗的时候，也常有恶心的现象，我都扛过去，饭量基本不减，体重基本保持不变。但这两个月下来，酒不想喝，饭不想吃，体重骤减至患病以来的最低点。

过去，有人说吃不下饭，我一定说那是他不够饿，饿能化腐朽为神奇，把一般的饭食变成美味。于是，我会有意地培养饥饿感，增加食品的美味度。方法就是适量控制头一顿的食量，让我在下一顿开吃之前有微饿的感觉。因此，我经常觉得饭食是那样的香，馒头加点腐乳就是美味，一碗牛肉米粉就让人如入天堂。大约这也算是穷人的美食经。米其林固然好，但吃着肉疼。于是，虽然我的培养饥饿感经常被嘲笑讽刺，但我行我素，自得其乐。只是现在这招不灵了。没有饿的感觉，只有胃难受的感觉，而且是随时随地。吃什么都如同嚼蜡，什么时候吃也都一样。这时，我才明白"饿"与"饿"是有天壤之别的，一个是健康人的饿，一个叫病入膏肓的饿。

我现在基本可以断定，当医生告诉家属，让病人想吃什么吃什么，想做什么做什么的时候，病人其实已经是想吃什么吃不下什么，想做什么也做不了什么了。因此，我奉劝病人家属，趁病人现在还能吃还能做的时候，让他想吃什么吃什么，想做什么做什么吧，免得今后留下悔恨。家属们的心思是等病人好了，有的是时间吃好吃的，做想做的。但这种期望很多时候是不成立的，天命难违，还不如我们的家乡土话表达得痛快，"死后也赚一根肥肠子"。

好在我的家属比较通情达理，不仅让我吃让我喝，还让我玩。不像很多家庭，死活以修养的名义，把病人圈在家里。

我们这次去了俄勒冈州。由于这是我离开祖国后的第一站，对我来说有第二故乡的亲切感。其实去年我就去过一次，但那次主要目的是打球，没有认真游玩，这次就要从容一些，从南往北，横穿整个州。

俄勒冈真的很美，该地气候温和，土壤肥沃，雨水充沛，到处郁郁葱葱。该州的标志就是绿树。随处可见参天巨树，田野之间也风光无限。记得有一年和几个朋友一起去英国，他们大力赞美英伦的田野风光。我觉得没啥了不起的，这种景色在俄勒冈随处可见，我被他们一起攻击嘲笑，说我爱屋及乌，夸大俄勒冈。等他们后来看到俄勒冈之后，才知我所言不虚。

由于雨水充沛，森林中的瀑布随处可见，而且常常就在公路旁，无须专门前往。

约200米高的路边瀑布

从洛杉矶开车出发，我们第一天先落脚旧金山，和当地朋友把酒言欢。我的遗愿之一就是尽可能地在走之前与更多的朋友见面，如果今后无缘再见，就算正式告别。第二天我们直奔俄勒冈唯一的国家公园，火山口湖国家公园（Crater Lake National Park），这是美国最深的湖，最深处达六百米，面积也有好几百平方公里，以其蓝宝石般的水面闻名。我已数次来此观赏这一自然奇迹。

2013年拍摄的火山口湖

可惜这一次不幸碰上多云下雨，湖面披上一层面纱，无缘得见其真面目，但也让我见识到它虚无缥缈的另一面。而且这次我还有一层新体验：我在空无一人的湖边站桩，偶有细雨飘过，凉风微拂，心境平和。我盯着湖面上空的云层，乌云中有一丝白线，亮度逐渐增加，然后周遭的乌云中也逐渐出现白点，光线慢慢刺穿乌云。突然眼前一亮，朦胧的湖面骤然清朗，我也体会到一种不期然的欢愉。我一朋友比较厉害，说他可以发功，让天气改变，而且他还几次表演过这种神奇。虽然我有时也在现场，但我始终认为是种巧合，这种神奇于大自然而言是每秒钟都在自然发生的。今天发生的事只是我在正确的时间目睹到而已，并非我与自然天人感应。当然，如果我没有静下心去观察，我也无缘这种胜景，过去我其实只是任其掠过而不加注意而已。

阳光就在风雨后

离火山口湖不远的本德市（Bend），有一个度假村，鹿角高尔夫俱乐部。这个俱乐部有两个十八洞的球场，一个是公共球场，尼克劳斯球场，由高尔夫传奇尼克劳斯设计。

尼克劳斯球场景色

前九洞比较平庸，后九洞才显出点名家风范。我们打球的那天从早上开始就一直下雨，我们两点多下场后却骤然雨停。但温度突降，只有7～8摄氏度，加上冷风飕飕，全身僵硬，几乎所有杆打出来都没有爽的感觉，虽然全场就同一洞掉了两次水，但成绩却冲上一百。只是我们打球时几乎包场，前后左右不见一个人。

法齐奥球场景色

第二天的球场是会员球场，我们又是包场，前后没人，慢走慢打，享受这个从火山岩石堆里弄出来的球场。设计师是大佬汤姆·法齐奥（Tom Fazio），他巧妙地利用了周遭的环境，打造出一个很有特色的火山球场。这两个球场肩靠肩，背靠背，但后者更有嚼头。这一天天晴，但气温依然偏低，12～13摄氏度，主要是冷风扰人。为了挥杆舒畅些，我在击球时就把外套脱下，击完球赶紧套上。

我们这次旅行的主要目的是钓鱼，钓鲥鱼。每年六月，鲥鱼从大海洄游到俄勒冈州和华盛顿州之间的哥伦比亚河上游产卵，每天游过的鲥鱼数十万计。鲥鱼在中国是昂贵的美食，在这儿，则差不多成了负担，泛滥成灾。通常在这儿钓鱼，基本上每天某种鱼有规定的上限，比如，每人每天只能钓两条三文鱼。但鲥鱼则随便钓，钓多少拿走多少。我们钓了一天，弄到四十来条，每条两到三斤。我们已经超常满意了，但邀请我们从加州过来钓鱼的华盛顿州朋友说，今年不好钓，因雨水太多导致河水上涨，稀释了鱼的密度。去年他们每人每天轻轻松松钓一百多条。只是虽然钓鱼很爽，麻烦的是钓完鱼得觍着脸四处给朋友送鱼，有时还得烹调好送出去。像我们这种直接把他们钓到的鱼拿走，简直帮了他们大忙。希望我们明年再来帮助他们。

匆匆往上游洄游的鲥鱼

开回洛杉矶花了我们足足两天的时间。在路上，我们急不可耐，试图让我们吃饭的中餐馆帮我们加工钓的鲥鱼，但被他们拒绝了，他们担心吃出问题给他们带来大麻烦，美国法律规定，不管食材来源，只要食客在餐馆吃饭吃出问题，唯餐馆是问。

到家后天都黑了，不妨碍我们架锅剖鱼。即使我胃口大不如常，依然能品味到鲥鱼的鲜嫩，同行朋友则大快朵颐，好不羡慕。

死亡日志㉒

2022年7月25日　08:57

癌症周年

癌症没治好,懒病却犯了,有一段时间没更新《死亡日志》,有心的读者已经批评我了。今天(7月22日)正好是《死亡日志》①发表一周年,借此机会,来点儿周年感言吧。

等候老伍

赵平,2022

一年前,当我骤然听说自己癌症晚期的时候,我以为可能只有半年左右活在人世,这一概念多半来自戏剧化的电影情节,之前我对癌症所知实在太少。后来听说我属于3.5期,五年的成活率是20%。再后来变成4期,据称中位成活率是

18~24个月。好歹都比半年长一些,也就没那么紧迫了。争分夺秒,活好每一分钟的壮志也慢慢消失。

就这样稀里糊涂居然混过了一年。根据目前的身体状况,如果不出大问题,再混一年应该问题不大。也就是说,可以超越中位成活率了。不过,这话也不好说得太早,明年才能见分晓。

在过去的一年里,挨了一刀,化疗六次,免疫治疗两月,如今接受药物试验转眼就是三个月。其他林林总总的检查化验就数不胜数了。罪没少受,有时候真感觉生不如死。但总算是扛过一年。

治疗效果嘛,很难说。有好有坏,原生癌变部位似乎在缩小,但新增结节却日新月异。老的去如抽丝,新的来势汹汹。对于最近一次的CT检查结果,医生的解释是"Stable"(稳定)。我感觉他其实想说的是"病情没有急剧恶化"。对于医生来说,帮助癌症晚期病人苟延残喘,能够维持"Stable"大约就是他们的目标了。

有朋友留言说,医生的诊断不重要,关键看自己的感受,用"三好"来自我衡量,一曰"睡好",二曰"吃好",三曰"拉好"。第一个"好"目前看来可以达标了。我一向睡眠偏浅,病前就如此,入睡没问题,但就怕中途醒来,再入睡就困难了。手术后为保证休息好,我就每天服用助眠药物。但最近几个月完全脱离了助眠药物,基本上倒头就睡,中途醒来也不费多少事又进入梦乡,早上还不太想起床。这方面的进展我想得归功于站桩。刚开始练习站桩时,站桩老师周班长说以后我会倒头就睡，我是不以为然的，只是碍于"尊师重教"的习惯，腹诽而已。以后回国，一定恭恭敬敬向周老师敬酒三杯赔礼，再自罚三杯。

至于"吃好"就难以明界定"好"还是"差"了。我一向是"饕餮之徒"，"好吃"是我的标签。目前的胃口也还不错。但就是诸多禁忌，这也怕吃，那也怕吃，因为一个不慎，就会拉得昏天黑地，严重时一个晚上起来四五次。"拉"绝对是差差差。我的体重一降再降，直追我年轻时的体重。好在我一向微胖，目前的体重显得我更健康，每一项指标都好得不得了。只是如果再下降，就掉出好的范畴了。好在我知道"拉"的问题出在目前使用的试验用药物上，而且我已经大致摸准了规律，知道该吃什么，不该吃什么，避免"拉"得过度。刚开始时，因明确知道这种药的首要副作用就是拉肚子，于是在用药上下功夫。医生先用了一种止泻药，用处不大，换一种，依然不见成效，那就加大药量，还是收效甚微。药剂师都担心了，这种药对器官可是有伤害的。拉得厉害，我原来的应对之法除了用药，就是猛吃海喝，想通过这种方法来弥补，结果拉得更厉害，导致胃受伤害，恶心，胃疼，有时胃口全无。直到最近一两周，我才发现不能依赖药物，吃什么，怎么吃才是避免拉肚子的关键。目前情况大有改观，偶尔能看到成形的大便了。

手术后，我的病况大有好转，这之后身体的诸多不适其实都是因为治疗造成的。但能否就说不治疗会更好呢。不知道。也许治疗成功地制止了病情的恶化。如果让我重来一次,我会如何选择呢?我想我还是会选择治疗。因为"积极治疗"大约是唯一的选择,你不这样做,你的亲友也会推动你这样做。有些事情其实是没有选择的。

但有些事情是可以选择的。在以上的"三好"之外,我更看重另一好,"玩好"。对我来说,其他"三好"只是手段,"玩好"才是目的。如果不能"玩好",其他"三好"毫无意义。"玩"是超出它的字面意义的,可以定义为所有为了苟延残喘之外的活动。于我而言,旅游是玩,打球是玩,美食是玩,美酒是玩,不敢说美女是玩。其实,写《死亡日志》也是玩。朋友批评我该静养的时候,却伤元气四处乱跑。但我若不跑,我心中的怨气才会真正伤害我的元气。我的元气就是对于"玩"的执念。

所以,在过去的一年里,尽管由于疫情以及治病的限制,让我每次不能离家超过两周,我争取出游了六七次,大约每两个月一趟。另外,不管在家还是在外,我都会打好每一场球,品好每一杯酒,看好每一幅画,观好每一处景。有朋友嘲笑我,路边一朵野花,我可以撅着屁股左右上下拍半天照。但我认为这是对我的最大肯定,因为我可以在很不起眼的东西上看到别人看不到的美。这才是"玩"的精髓。

最近一次的玩,是自驾横穿美国东西部,以下为路上的点滴记录。

第一~二天,华盛顿哥伦比亚特区。借朋友需要把车从东部弄到西部的机会,我们决定自驾穿越美国东西部。早就计划来回穿越了,但由于治疗间歇时间较短,一直未能成行。现在只是单向游，对时间的要求就少了一半，虽然还是有点赶，聊胜于无。第一天时间几乎全花在从洛杉矶飞到首都华盛顿上，飞行时间五个多小时，加上三个小时时差，到华盛顿已经是晚上了。第二天参观了两个博物馆。一个是国家艺术馆。这个馆分东馆、西馆，东馆是贝聿铭先生设计的现代馆，但一直在内部装修，未开放。

国家艺术馆东馆

西馆主要为古典精品，包括达·芬奇的作品，虽不及《蒙娜丽莎》那样有名，但也不会像在卢浮宫那样画前人头攒动，你看到的多半是他人的后脑勺。在这儿可以仔细观赏画家的笔触，近距离了解真正的达·芬奇。

达·芬奇,《吉内芙拉·德本奇》,约1474—1478年

此外,国家艺术馆的印象派藏品非常丰富,颇多精品,喜欢印象派的朋友必须一游。

参观的第二个馆是自然历史博物馆。但凡关于人类的天文地理人文,无所不包。艺术馆是艺术爱好者必游之处,而自然历史博物馆则是任何人都值得一游的地方。我的一个遗憾,就是没在我儿女小时候带他们来此一游,让我与他们少了一次共同了解生存的这个世界的机会。一个有趣的插曲:当我们正好走到四十亿年前,观看美洲大陆的形成历史时,睡意袭来,我就在椅子上坐下,打坐冥想,神游亿万年,直到我被人一脚踢醒,原来是我的腿越伸越长。

梦回50万年前我的模样。
自然历史博物馆

第三天，华盛顿哥伦比亚特区。头一天的参观重点是艺术与历史，这一天则着重在当代政治。美国人讲究个性化，但在首府的设计上，却千篇一律，各州的州政府大厦基本照抄国会大厦，唯一的区别就是尺寸大小。

国会大厦

国会大厦内专门留给战俘与战争失踪人员的座椅，表示即使他们不在场，他们并未被遗忘与忽视

国会大厦穹顶壁画，华盛顿被十三位代表（初始十三州）的天使引接进入天堂。在声望达到顶端时急流勇退，华盛顿的行为的确不是凡人能做得到的

看上去金碧辉煌如同宫殿般的建筑，是世界上最大的图书馆，国会图书馆

第四天，华盛顿—北卡罗来纳州罗利市（Raleigh, North Carolina）。今年春节期间，和一拨身处世界各地的同学视频，

我告诉大家我有一个愿望,我将在以后的岁月中,逐一拜访过去的老朋友。罗利正好成为我的第一站,有两个老同学住在这儿。几十年的老朋友相见,聊起陈谷子烂芝麻的往事,倍感亲切。过去沉甸甸的,证明我们曾经年轻过,有过属于自己的时代。有时候,男女还是有别的,男同学把我们直接领到当地最火的餐馆,女同学则花了两天时间,精心准备我要求的家乡土菜,光是清理一只鸭子的毛茬子,就花了三个小时。心意我都领了,但我的胃还是更认家乡土菜。

两眼泪汪汪

第五天,北卡罗来纳州罗利市—南卡罗来纳州查尔斯顿市(Charleston, South Carolina)。查尔斯顿是南卡重镇,历史名城和旅游中心。美国南北战争的第一枪就是在这儿打响的。这儿的海滩也挺有名。我们原计划到达后就先去海滩游泳,但不幸的是风雨交加,不得已放弃。风雨中在市中心游荡，无意中找到一个网红餐厅，排队半小时后得到一张桌子，奇妙的是，头一天和同学聊天，聊起一个美国政客约翰·麦凯恩（John McCain），如今我恰好就坐在他曾经坐过的位子上。

查尔斯顿

第六天，查尔斯顿—佐治亚州—亚拉巴马州伯明翰市。本来打算在查尔斯顿待两天的，但天气预报说第二天依然是风雨交加，我们干脆把房退了，提前离开直奔下一个目的地。中途要经过佐治亚州，查看了好几个地方，都有雨光顾，也就不停留了，直接来到亚拉巴马州的伯明翰市。从北卡罗来纳一路下来，南卡罗来纳，佐治亚，亚拉巴马，南方的高速公路差不多都一个样，路两旁都是树林，说高不高，说矮不矮，路中也时有林带，反正一路郁郁葱葱，只是我比较适应西部多变的地貌景观，时而荒凉，时而艳丽。这种一成不变的景色很快就让人感到麻木，甚而枯燥。

南方的高速公路

突然感觉好像把握到乡村音乐的脉搏了,这样的环境就适合乡村音乐。进入亚拉巴马州,一首老歌自然而然地进入脑海,"哦,苏珊娜,你别为我哭泣。我来自亚拉巴马,膝上架着班卓琴"。不过,主观印象经常被打脸,我一直以为伯明翰是一个农业州的围绕农业而生的城市,谁知道它竟然是个工业重镇,十八世纪后期到十九世纪前半期,将近一百年的时间,它的生铁冶炼及制品,畅销全世界。1904年,他们为在圣路易举办的世界博览会提供了一个重达50吨的罗马神话中的铸造之神伏尔甘(Vulcan)塑像,迄今为止,这尊塑像仍然保持着世界上最大最重的铸铁塑像的荣誉,矗立在伯明翰城边的山顶,俯瞰整个城市。从山顶看城中心的高楼,挺有气魄的。

伏尔甘塑像

生铁制品

  但等我们到了市中心,才感觉到这个城市的衰败,好些老旧大楼年久失修,大约已经没人使用,许多窗户仅剩窗框。街上人烟稀少,一股鬼城味道。至于冶炼业,如今只剩下一些供人凭吊,废弃的矿山和冶炼厂。

  第七天,亚拉巴马州—密西西比州—路易斯安那州。

旅途中常常会有意外，尤其对于我这种只有大致计划，不做细致安排的人来说，更是如此。下一个目的地是得克萨斯州的达拉斯，但一天从伯明翰到达拉斯有点赶，计划中途找个地方住，具体住哪儿视赶路情况决定。由于我们必须跨过密西西比河，我就查了一下我们可以在什么地方停一停，仔细看看美国最宽最长的这条河。偶然发现在密西西比州与路易斯安那州交界的密西西比河口处，有一个美国国家军事公园。貌似还从来没去过任何的国家军事公园，于是决定去看一眼究竟是什么东西。到了后才发现这是美国南北战争中非常重要的一个维克斯堡战场遗址（Vicksburg Battlefield），1863年南北双方动用了大约十一万军人。整个战斗延续了四十七天，双方伤亡惨重。最后南军约三万人投降。当时只是地区司令官的北军将领格兰特，后来成为北军总司令，与此战不无关系。军事公园占地面积颇广，好几个山头。当时南北双方的军事部署都原样复原，包括死伤人员的地点都尽量表明。此外，对双方的描述都不含褒贬，对于他们来说，这就是两兄弟打架，虽然都往死里掐，是悲剧，但谁都无法指责。我们参观遗址的时间是7月3日，正是在一百五十九年前的这一天，南军的战场司令和格兰特将军谈判，格兰特要求南军无条件投降，但南军表示如果不能让他们体面地放下武器，那就鱼死网破，双方不欢而散。到了晚上，格兰特终于因不愿双方将士有更多的死伤，同意了南军的条件。第二天，美国独立日这一天，南军终于放下武器，走出战壕。似曾相识的场景是在两年前，就在查尔斯顿，南军打响了南北战争的第一枪，最后以北军体面撤离而结束。

维克斯堡战场遗址。图片后方的建筑是由伊利诺伊州于1904年修建的大理石纪念堂，堂内刻有该州参战的所有将士（三万多人）的名字。整个战场内有一千五百多个大大小小的纪念碑

从战场山头俯视密西西比河，正因为山头大炮可以封锁该河，而南北双方都严重依赖该河运送补给和军队，才使其成为双方必争之地

第八~九天，路易斯安那州—得克萨斯州达拉斯—得克萨斯州奥斯汀。我们头一天就住在邻接得克萨斯州的一个路易斯安那州小镇上，本来想猛吃一餐新奥尔良法式小龙虾的，可惜没吃上。达拉斯和奥斯汀我们都去过，这次主要陪同行的朋友，去见他的朋友。这两天的高潮在奥斯汀，朋友的朋友弄了一条船，带我们在科罗拉多河冲浪。只不过别人

是站着冲，我们则是躺着冲。即使这样，我的朋友也被颠下水，我则坚强地躺赢了。

第十天，得克萨斯州奥斯汀—新墨西哥州圣菲。第十天基本就在路上，开了十一个小时的车，晚上到达圣菲。到达得克萨斯州之前的几个州，高速公路差不多就一种景色，即典型的南方景色，路两旁的林带甚至路中的隔离带，一概郁郁葱葱，只是林带之后是什么就一无所知了，估计就是树林。到路易斯安那州后，景色稍有变化，可以看到大片的农田了，再就是除了视野稍微开阔一点外，依然是无尽的绿色。但进入得克萨斯州后，路旁景色就开始变化，首先是隔离带中间的草逐渐从绿色往黄色过渡，随后林带渐渐低矮，终至稀疏。时有大片的牧场和农场，却荒地居多。得克萨斯州不愧是美国面积第二大州，我们花了差不多两天穿越得克萨斯州东西线。这次新墨西哥州有点出乎我的意料，我印象中的新墨西哥是炎热贫瘠的荒漠，美国第一颗原子弹试爆的地方，想想都荒凉。但人烟稀少是真的，大部分地方却满目葱绿，只不过树木都很低矮。估计土层太薄，树不能扎根太深。气候也很温和。得州大部分地区在40摄氏度上下，新墨西哥州则不到30摄氏度，而且湿度不高，毫无闷热感。

第十一天，新墨西哥州圣菲。圣菲是这次东西游计划停留的重点城市之一。早有人推荐游览这儿了，但总未能成行，因为它既不在交通要道上，附近也没有其他重要的旅游点，开车游远了点（从洛杉矶过去单程需要两天），机票就从来没有便宜的时候。这次终于成行，但也只能待一天，不能不说是遗憾。圣菲的别名是"别具一格的城市"（the City Different），以我们一天的游览，还真没资格评论，但从我们计划重返、带家人深度感受这个城市，说明它自有其魅力。这次浮光掠影，跑了有十多个州及城市，只有圣菲让我们有重返的冲动。没想到圣菲居然是美国第二古老的城市（约1607年），虽然古老对于中国人民来说没有多大的吸引力，但古老与现代没有冲突地融合在一起，还是很养眼的。从建筑风格看，圣菲的确是别具一格的，整座城市都是低矮的褐色和印第安风格的土墙房。

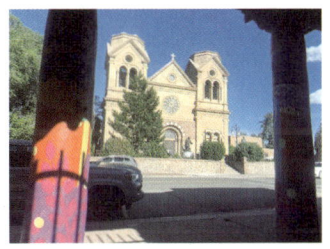

欧式大教堂在低矮的土坯房之中完全没有违和感

我们的酒店位于市中心，也是低矮的土坯房，小院天井透过紫藤洒进来的点点光斑，让人仿佛寄身在遥远的乡间。

圣菲的吃食也让人怀念，尽管同样是墨西哥菜，他们做出来就是不一样。我本来对墨西哥菜的印象一向平平，这次有点刮目相看的感觉了。朋友还推荐了意餐法餐，只是我们没时间品尝，留待下次。小小圣菲，常住居民不到九万人，居然有四百多家餐馆，尽管这样，我们去的餐馆都得等位。餐馆还好说，人得填肚子。但这个小镇居然有两百多个画廊，经营着从古典到现代各种风格的艺术品，美国有钱的艺术爱好者从各地到这儿来搜寻自己喜欢的东西。这儿是当之无愧的艺术之乡，从高档艺术品到手工艺品，应有尽有。

日本艺术家Kono Junya在国际民间艺术展览馆中的作品,《青坊主》,2006年

这儿甚至有一个"国际民间艺术展览馆",展出世界各地土得掉渣的民间艺术品。这个展览馆还经营一个国际民间艺术市场,来自世界各地的人在这儿推广销售各国的民间工艺品。

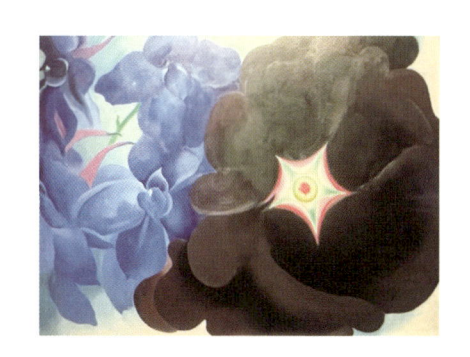

乔治娅·欧姬芙,《黑蜀葵蓝飞燕草》,1930年

当然,美国当代艺术家乔治娅·欧姬芙的展览馆也值得一看,在我的印象中,她好像是美国当代艺术家中,唯一一个有专门永久展览空间的画家。

第十二天，新墨西哥州圣菲—亚利桑那州图森。这一天主要是赶路回家，但也稍微绕了几个小时的道，去了新墨西哥的白沙国家公园。几百平方公里，一片白茫茫，强烈的反射光让人睁不开眼睛。

白沙国家公园

黄沙常见，白沙还真的不多。这种白沙其实就是石膏粉，只是它实在太多了。

白沙国家公园

这一天似乎跟沙杠上了，好像为了衬出白沙的艳丽，离开白沙国家公园不久后，路边就出现了连绵的黄沙丘，蔚为壮观，但看上去的确没有白沙那样夺人眼球。

只不过无论白沙黄沙，40摄氏度的高温下，都是可以把人烤熟的。

第十三天，亚利桑那州图森—加利福尼亚州欧文。进出十三天，车行约七千公里，途经十一个州（弗吉利亚，北卡罗来纳，南卡罗来纳，佐治亚，亚拉巴马，密西西比，路易斯安那，得克萨斯，新墨西哥，亚利桑那，加利福尼亚）和华盛顿哥伦比亚特区，终于安全抵家。这次奇妙的是，居然没拿到一张超速罚单。最后一天全在路上，根本不敢下车，气温最高的地方差不多46摄氏度。等我们到家时，气温骤降至23摄氏度，少了整整一半。南加州真的爽。不过，虽然没下车，窗外的风景却没放过，西部的荒原，极目远眺，苍凉雄浑，比起南部千篇一律的绿色，其深邃隽永不可同日而语。就连看天，林带像一条窄巷，只让你看头顶一溜。虽然我这样说会被南方州的朋友痛扁，但我仅用西部的天空就能说明我的观点，下面两张图片是我坐在车上随手拍摄的云彩与阳光。

飞龙在天，不是水龙，不是火龙，是光龙。上帝说，那儿要有光，于是就有了光。有了光才有了水火

光瀑，百分之百天上来

死亡日志㉓

2022年8月14日　02:47
药物试验与站桩

参与药物试验以来，转眼就过去四个月了。从自我感觉来说，试验药物是有效果的，虽然时有反复，但我的主要症状咳嗽明显改善。如果自我感觉算是定性的话，最近拿到的CT检查结果则是定量的分析了。

在试验开始前（3月31日），我做了一次CT，然后在5月27日与7月11日，又分别做了两次。第一次的CT列出了三个需要重点关注的标的：一是右上肺叶一个基线（Baseline）为10毫米的病变组织（Lesion），二是左下肺叶的一个基线为10毫米的病变组织，三是左肺淋巴结上一个基线为20毫米的病变组织。第二次的CT（用药一个半月以后）显示结果良好，右上肺叶的病变组织没了踪影（Resolved），左下肺叶的病变组织从10毫米缩小为5毫米，淋巴结则从20毫米缩小为13毫米。总体来说，由40毫米缩小为18毫米，有超过50%的改善。第三次的CT则和第二次差不多，既无改善也无恶化，右上肺叶的病变组织依然无踪影，左下肺叶的病变组织还是5毫米，淋巴结微缩，从13毫米缩小为12毫米。

因此，这个试验药物的前三板斧还是有点吓人的，后继稍显乏力。右肺病变组织是从左肺转移过去的，估计还没站稳脚跟，稍微容易一点儿被清除。左肺是癌细胞的发源地，要顽强些。另外，新的结节还在不断滋生，医生估计恶性居多，后面麻烦还大。不过，对于我来说，没有更多的坏消息就是好消息了。

我一病友说，癌细胞生长也是需要时间的，只要不是迫在眉睫的威胁，都不用太在意。这话挺管用，我现在就是在和癌细胞赛跑，我只要能抢先半步，就有活下去的希望。东方不亮西方亮，万一什么时候又出来一种新的有效的药物或治疗方法呢。必须坚持在赛道上。

赵平，2022

除了病状的减轻，在上一篇《死亡日志》中，还提到我的睡眠状况有大的改善，并顺口将之归因于"站桩"。让我没想到的是，我这顺口一说居然引起很多朋友的兴趣，纷纷追问细节，包括站桩的基本功法，以及我的站桩感悟等等。对于我这种懒人，就不一一回复了，统一作答，若还有需要进一步解释的地方，我再尽力分别答复。

由于我长期受西方文化影响（本科英文专业，硕士学习西方文艺理论，博士又专攻当代电子传媒），对祖国的传统文化知之甚少。我对于站桩的了解，起点和终点都在武侠小说或影视里，把它归于东方夜谈。

在广而告之，我罹患晚期癌症后，各路朋友纷纷伸出援助之手，其中包括很多的治疗建议。拳拳盛意之下，我想反正死马当作活马医，试试无妨。当然也不是乱试。我选择打坐，是因为知晓自己生病之前就有朋友向我推荐过，为此还买了一本书，叫作《冥想5分钟，等于熟睡一小时》。这本书其实是两个老外所写，翻译过来的。书我看了，也照葫芦画瓢练过，但始终进入不了冥想状态，就放弃了。现在重新捡起，是基于这样的考虑，我的病是肺出了问题，打坐好像专注于调息，这对于肺应该是有益无害的。

刚开始我还是无法进入状态，我被告知要注意呼吸的节奏（吸—呼，吸—呼），要"抱元守一"。我坐是坐了，但六根不净的我，硬是把节奏弄成了"抱媳妇"，只好再次放弃。只是我放弃了，我的朋友们没放弃，李庆耐心唠叨，最后由我的老师周班长每天远程督导，让我练习一整套功法，包括吃饭，打坐，站桩，练书法。我呢，实在不是一个好学生，偷奸耍滑，除了站桩坚持得好一些，其他则大打折扣。

根据老师要求，吃饭得细嚼慢咽，每一口得至少咀嚼三十六次，如果不够或数错了，从头开始计数，另外，吃饭时不能说话，一门心思就是数数，咀嚼。记得小时候父亲也说过，"食不言，睡无语"，但让我这样变成咀嚼肌，有点困难。我其实不是话多的人，但真不让说话反而别扭了。再加上家里朋友来来往往的，总不至于我闷头咀嚼，不理他人。刚开始没人的时候，还坚持了一段时间，后来基本就放弃了。不过，虽然不数数，细嚼慢咽倒是慢慢成了习惯，只不过肯定没到三十六下，也许有一半吧。除了老师教导，我的牙不好也是细嚼慢咽的原因之一。主、客观的因素大约各有一半。

书法练习倒是基本坚持下来了，除非旅游在外，在家时每天都会涂抹几笔。好在老师让我练书法的目的，不是让我成为书法大师，只是让我借此静心，他检查作业并不关心我的用笔和间架结构，只是看我写字时是否心猿意马。我每天也就跟小学生似的以完成作业的心态去对付它。找一篇经文临摹，到一定时间交作业。一段时间下来，字没那么难看了，经文也慢慢更有嚼头。

伍祥贵临帖，2022年8月

打坐是最早的计划，但施行起来最难。我骨头硬，根本无法盘腿，每次我老婆看我打坐，就会笑得前仰后合，因为她说，怎么还会有骨关节这么硬，或者这么笨的人。但其实这还不是最麻烦的，老师说不用太在意坐姿，盘不了腿，坐小板凳也可以的，关键是"抱元守一"，不胡思乱想。我是那种从小闭眼就做梦的人，清醒时一秒钟的思绪会有6000转，坐并守一，于我比登天还难。坐五分钟我感觉头都会爆裂，越想"抱元"越紧张，思绪越活跃，于是基本放弃，三天打鱼两天晒网，偶尔在困极的时候试试。不过，最近突然发现有了很大的进步。有一天下午感觉比较困乏，就在户外的椅子上闭眼打坐，等我睁开眼睛，差不多一个小时过去了。虽然姿势不标准，但我一直端坐，既没前仰，也没后合，更没有趴在桌子上。耳机里播放的是冥想音乐，我一直处于半清半醒之间。打坐是否追求的就是这样的状态，我不知道，但起来后神清气爽，感觉良好。

总的来说，坚持得最好的就是站桩。于我而言，站桩就是站着的冥想，打坐就是坐着的冥想。之所以更接受站桩，是因为站桩多少还有些姿势的变换，不像打坐一成不变。本来我是想学八段锦之类有更多动作的练功，但老师说要想练好这些功法，需要练家子在边上纠正每一个动作，靠视频模仿是不行的，误入歧途得不偿失。

从开始站桩练习，到如今将近五个月。这期间基本天天不间断地练习，每天练习时间大约四十分钟，即使在外旅行，也坚持练习，缺席的时间不超过十天。如前所述，我实际上是被朋友推着走的。我对于这些练习根本就没抱多大的期望。我的基本原则是，这种练习听起来好像不错，练练无妨，但是否于我有用，不是我能操控的，于他人有效，于我不一定有效。癌症之所以让人束手无策，就因为它千奇百怪，每个人的癌症和其他人的都有区别，所以迄今为止，没有一种药可以声称对癌症都有效。这是个性化极强的病症。靶向药就是朝个性化治疗发展的一种方向，但目前还是太泛，如果哪一天，每一个病人都可以得到专为自己开发的药，那才是癌症真正的克星。

因此，我对站桩并没有一个具体的目标，要看到一个什么样的结果。既然我决定去做了，就尽量去把它做好。不管别人把这件事说得天花乱坠，还是一无是处，都不会影响我去做它。有人说我固执，不会从善如流，我老婆说了，德性！

由于老师的缘故，我选择的是"太乙站桩功"，我也看了一些其他站桩的视频，其实大同小异。我没去仔细对比，所以不敢说孰优孰劣。现在仅就我自己的练习，说说自己的感受。"太乙站桩功"大致分为四个部分，"预备式，标准桩，自由桩，收功"。在我练习的过程中，我慢慢总结出我自己的练习模式。"预备式"的核心是"放松"，包括肉体的放松与思绪的放松。"标准桩"的核心是"内省"，体会自己的身体，清理自己的身体，是与自己身体的对话。我尽力去感受和倾听心脏在胸腔的跳动，但不是每一次都能捕捉到这种感觉。做不到也无所谓，老师的教导是"不拒不迎，不追不随"，不刻意去达到某种境界。从身体的反应来说，一旦开始站桩，我很快就哈欠不断，眼泪涟涟，最后以鼻涕流淌结束。在这些身体的反应结束之前，我的气流经由鼻孔是有一定阻碍的，鼻毛上仿佛有刺。鼻涕流出后，从胸腔到鼻孔，气流畅行无阻。

伍祥贵，阿拉斯加极光，2022年3月

"自由桩"的核心是"外连"，"天人合一"，与自然的合一。不管我在室内还是室外站桩，我都仿佛置身于大自然之中，通常是我曾经的经历：西藏的星空，阿拉斯加的极光，海水拍打礁石的浪花，刺破乌云的阳光，无垠的旷野。总之，似乎都是些浩瀚的背景。不过，我自己在这浩瀚的背景下并没有感受到渺小。相反，有时候我反而会被自己的狂妄吓到。我时不时地会觉得我在月亮之中，月亮把我围绕，与我等高。有时候我感觉自己就端坐于莲花宝座之中。这些算是我自己的"妄念"，但有时候我会有些让自己都感觉神奇的体会，即使随后我找到解释，也还是觉得神奇，如果不是站桩，永远不可能有这种体会。比如说，在一个月圆的晚上站桩，我无意中盯着月亮，突然发现月亮冲着我过来了，虽然吓了我一大跳，我还是盯着它看，它越来越近，最后停留在我似乎触手能及的树梢头。我闭上眼，再睁开，它又从天边向我急速走来，在最远处时，显得比较松散，平面，然后立体感越来越强，结晶越来越紧密，最后我眼前的月亮就是一颗无与伦比的大钻石，还带着笑脸。我激动昏了，死盯着它不放，眼睛都不敢眨。那天同时站桩的还有我老婆和另一个朋友，他们站完，看我跟个傻瓜似的还站在那儿没动静，赶紧问我出了什么岔子。我那个朋友一直担心练功会走火入魔，因为他有差点走火入魔的经历。看我的样子，以为我真的走火入魔，把他给吓傻了。听他们在边上瞎嘀咕，我只好停下和大钻石的沟通，告诉他们我的新发现。他们赶紧照我说的去看月亮，只是怎么也看不到我所看到的景象。激动之余，赶紧给老师打电话，汇报自己的发现，可惜老师在午睡，没理会我。想想这么大的钻石意味着什么，那几天正好有一个好几亿美元的大彩票，我第二天赶紧去买。最后当然没中。再想想，感觉是想钱想疯了。月亮明明已经告诉我，再大的钻石，离我再近，都是可望而不可即的。不过，我现在真是爱上看月亮了，只要是月圆前后，我都要和月亮近距离沟通，因为我已经发现了一个诀窍，如何通过聚焦自己的眼睛，让月亮来到自己的眼前，即使是幻觉，也相当美好。

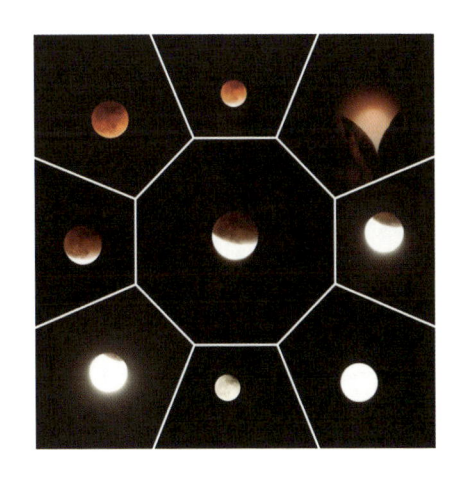

超级月亮，2022年5月

扯得远了，还是回到站桩。第四部分"收功"的核心是"收息"，在与自我对话以及神游万里之后，收摄心神，回归当下。

听起来，我自己都感觉有点神神叨叨的味道，语不惊人死不休，夸张之处朋友们大可一笑了之，反正我没有发扬光大站桩的职责和义务，就是我自己练习站桩的一丝感悟而已。虽然我是因为癌症开始站桩，而我的癌症眼下有所减轻，我也不会把它归功于站桩，还是认试验用药的账。但我睡眠改善的情况，我认为是站桩的结果。而且这还不是我一个人的情况，我老婆和我有相似的情况，睡眠时好时坏，现在也大为改善。而且还有点搞笑，她晚上不敢在太接近睡觉的时候站桩，否则第二天上午她会嗜睡，不想起床。

其实，站桩是否对我的癌症治疗有帮助，有多大的帮助，我根本不去纠结这个问题，因为这不但不可以量化，就连定性都困难。我关心的只是病症是否有好转，至于究竟功归何处，是药还是功法，真不是那么重要。也许是前者，也许是后者，甚或是两者。反正谁都不需要我献花。

死亡日志㉔

2022年9月2日　05:57
生命的旅程

大约每五周，我要做一次CT，观察治疗情况。最近一次的CT（8月19日）显示，原有的癌结节基本维持原状，既没缩小，也没增长。只是又有新情况，肺浸润有明显增加。所谓肺浸润是指肺部薄壁组织附着了像脓、血液或蛋白质之类的物质。肺浸润常和肺炎或结核病有关，这是良性的，但也可能是恶性的，那就是癌变。我这种情况，多半跑不了癌。只是我的癌症医生要确定它究竟是良性还是恶性，可能得做生物活检来进行认证。不过，他要一个肺专科医生进一步检查，确定是否进行活检。

做还是不做这样那样的检查或治疗，将是我不断要面临的问题。

每次我完成一篇日志，我的朋友赵平就会给我发来一张他的新创造，作为我下一篇日志的插图。他不知我下一次写什么，其实我也不知道，所以他就凭自己的感觉创作。这次他发来一棵不老松，画上的美女说，"老伍或为这棵树"。"或为"其实是根本不可能的，良好祝愿而已。

赵平，《向下扎根，向上生长》，2022年

我的生命已经接近终点，这是毋庸讳言的，只是希望走得顺畅一些而已，别那么多折磨，就已经是烧高香了。上一期日志由于自己的大意，把标题《死亡日志》给漏了，很多朋友为我高兴，认为我已经翻越了死亡这一关，转而关注生的问题。其实，如我前面的日志所言，"死亡"于我就是一个中性词，我既没有"向死而生"的豪气，也没有"万念俱灰"的丧气。

当然，话是这么说，我比以往更加关注生死的问题，毕竟"死到临头"。

月前在华盛顿哥伦比亚特区参观"国家艺术馆"，过去大概不会留意的一组绘画，却让我停留许久。这就是美国哈得孙河画派的代表人物托马斯·科尔的一组作品，《生命的旅程》（*The Voyage of Life*，1842）。这组油画共四幅作品，分别为《童年》（*Childhood*）、《青年》（*Youth*）、《中年》（*Manhood*）和《老年》（*Old Age*），表现了人在生命之河不同阶段的历程。我过去不会喜欢这样的作品,主要因为它的说教意味太浓,以基督教的观念生硬地诠释人生。如今虽然也说不上喜欢,但至少它们让我沉思,我的生命旅程是什么样子。

在《童年》里,生命的小船刚从一个曲折幽深的洞窟中来到一条平静的小溪,小溪周边大多是低矮的草本植物,五颜六色,鲜花盛开。近景中的山崖也点缀着片片绿色,远景中的高山虽然荒芜,但在朝日的映照下,沐浴在温暖的霞光中,天空也漫布云霞。小船上铺满鲜花,"童年"坐在花丛中,两手抓住的也是鲜花。"童年"的身后是白衣天使,为他掌舵护航。整个画面温馨甜美。

托马斯·科尔,《童年》,1842年

我的童年,哪有这样的鲜花相拥,更没有天使为我保驾护航,基本上属于自生自灭。太小时候的事情记不住,隐约记得的一件事是饿饭年代,一家人吃饭为防争执,每个人的米饭分别放在单独的罐子里蒸,名曰"罐罐饭"。后来记住的几件事好像也不那么光鲜。给父亲去街上买酒,贪玩错过了商店开门时间，回来被骂死。母亲让我帮她缕绒线，稍微出错，头顶就是一个"爆栗"，打得晕头转向。去偷农民的桃吃，被一闷棍打在肩上。去捡煤核，和人产生冲突，被一砖头拍在后脑上。童年后期碰上"文革"，也有很多故事，但大多也不那么靓丽。不过，童年的小船虽然没在繁花似锦的小溪划行，却也没碰到什么大的曲折，两岸似偶有鲜花，但多为野草。

在《青年》里，生命的小船来到一条绿荫覆盖的溪流，绿色是主色调，除了绿草鲜花，还有青翠的树木，甚至远山的山脚，都一片葱绿，一切都显得欣欣向荣。"青年"左手掌舵，右手遥指天空中的楼阁，一座白色的穹顶塔楼，豪气入云。守护天使站在岸边，挥手致意，似乎在说，"去吧，去追寻你的梦想"。

托马斯·科尔，《青年》，1842年

我的青年时期，远没有这么浪漫和意气飞扬，好在运气还行，碰到一个不错的年代，也算是顺风顺水了。十七岁的上半年，被逼上架，到一所中学当教师，误人子弟五年之久，至今想起，每每汗颜。二十二岁终于有机会上大学，二十四岁读研究生。三十二岁赴美攻读博士学位，到三十七岁毕业。从十七岁到三十七岁，我都在学校度过，只是身份在教师与学生之间转换。这就是我的青春期，没有气吞山河的豪情壮志，只是任凭生命的小船随波逐流。

在《中年》里，画风突变，山石狞峻，些许朦胧的绿色，一棵被狂风吹得东倒西歪的枯树上，残留着一些随时可能掉落的黄叶。水流湍急，生命小船即将冲下一个险滩，险滩里明礁暗礁密布，随时可掀翻生命的小船。"中年"已经放弃自我努力，不再驾驭小船，而是双手合十，跪求上帝保佑。乌云密布的空中，守护天使远远地注视着小船。在这一组作品中，《中年》是最有视觉冲击力的，也最有戏剧性。

托马斯·科尔，《中年》，1842年

相较于青年时代的顺风顺水，我的中年时代就显得有点坷坎。博士毕业后，我产生了一次生存困惑，今后何去何从。我仿佛已经能清楚地看到我将如何走向坟墓，于是我离开了自己驾轻就熟的道路，力图找到一种新的活法。我不断地转换赛道,每一个赛道于我而言,基本都是全新的。材料科学、生物科学、信息科学,就没有我没碰过的。越不懂的东西越让我上心,无知无畏。结果当然是一事无成。表面上看起来轰轰烈烈,但后来我意识到我其实基本上一直走在老路上,换个方式糊口而已。虽然有点坷坎,但好像也没有多大的危机感。时不时会想想生命的意义,只是也没有想投入任何宗教的怀抱以求救赎。

在《老年》里,生命的小船来到平静的大海,前景有少许荒芜的岩石,大海基本上被乌云覆盖,圣光从天际照耀下来,将小船笼罩。远方有天使飞来,准备迎接老人前往天堂,守护天使就在老人身边,手指向天堂的方向,老人双手也朝向天堂的方向,似乎要拥抱天堂。生命的小船船头的沙漏已经消失,船舵也已断折,船舱里面空无所有。天堂是唯一的希望,否则就是无尽的黑暗。死后亦无安宁。

托马斯·科尔,《老年》,1842年

我现在也已步入老年,生命的沙漏没有踪影,反正时日无多。生命之舵尚在,但我不知该去向何方,所以只是摆设。我不是无神论者，我相信有更高的存在，但我没有主意该怎么选择，也可能就不选择，听任命运之河把我带到何方就算何方。既然我不知自己从何而来，又何必在意将去往何方。来非我的选择，去也不用我失措。该咋咋！Who cares！

死亡日志㉕

2022年10月31日　06:41
卷土重来

两个月没更新日志了，关心的朋友总在追问现况如何。懒惰加麻木，是没有及时更新的原因，但更重要的是，实在没有什么好消息和朋友们分享。

上一篇日志提到我得去看肺专科医生。见过这位大爷了。他倒是很直截了当，告诉我从CT结果和他的听诊判断来看，我的肺肯定有问题。当时我差点给他怼回去，这不废话吗，我当然知道有问题，我要知道的是什么问题。他说我得去做一个肺镜检查，他才能确定是什么问题。于是，皮球又踢到保险公司，等审批完了再给我安排检查。

最近两次的CT报告，基本都是坏消息。最新一次的检查是10月13日，结论有四个，都少不了一个词：增大或增加。

1. 几个肺结节增大。
2. 肺浸润增加增大。
3. 淋巴结轻度增大。
4. 肺积液面积轻度增大。

轻度已经算是好消息了。

其实我自己最能感受到病情的恶化，咳嗽增加，晚上睡觉呼吸不通畅，感觉肺里面有个筛子，有些孔洞堵塞，呼吸时沙沙作响。好消息是现在拉肚子现象很轻微了，大约我的身体已经适应了我的试验靶向用药，癌细胞也找到了对付这种药的途径。

黄医生和我沟通现在的情况，他的感觉是这个靶向用药，在逐渐丧失阻击癌细胞的作用。现在有两种方案，一是继续用这种靶向药，再给它点时间。再就是换用化疗用药，化疗用药也有两种可供选择。黄医生建议再用这个药一段时间，根据以后的检测再做决定。

我能有什么选择呢，医生说什么就什么吧。我是这样想的，底牌不能尽出，得留一点希望。

最近两个月因为搬家等杂事，没有能够出去旅游，就在电脑上瞎鼓捣，用人工智能软件（DALL·E 2）创作图画。这种东西算不算艺术品呢？见仁见智，反正我是挺喜欢的。选几张和朋友们交流一下。

1. 断肠人
2022年9月

2. 天地悠悠
2022年10月

3. 思故乡
2022年10月

4. 寒江独钓
2022年10月

5. 太空虎踪
2022年10月

6. 粉色森林
2022年10月

前四幅"创作"借用了古诗意境，后两幅则纯属遐想，相互之间本来没有任何联系，就是在创作时的灵光乍现。但现在把它们排列下来，我反而发现其中好像有一条线，把这几个东西给串起来了。

这条线就是一种孤独感。几幅古诗意境如此，就连后面两幅临时杜撰的东西，也透着无奈与孤独。老虎迷茫地看着外面陌生的太空，不知等待它的是什么。弹吉他的女孩在粉色吉他与粉色树干的衬托下，似乎还算亮丽，但身后的黑夜以及夸张的雨滴，转瞬就可能吞噬一切。

这让我从一个完全意想不到的角度，更加认清了我自己。在我的内心深处，孤独是根深蒂固的。一有机会就会冒出来，挡都挡不住。

所以，朋友们关于我是乐观主义者的议论，可以休矣。

我的日志有一篇是关于我的老同学赵院长的，他才是真正的乐观主义者。他受的罪比我多多了，但我们来看看他的作品。

赵平，《老伍颅内漫想》，2022年9月

都是拿古诗说事儿，同一首诗，他的作品就是乐观向上的，我的涂鸦则低沉压抑。

人和人，就是不一样。

死亡日志㉖

2022年12月12日　04:39
别了，小白鼠

抵抗力低下，那是动辄得病。

感恩节期间，陪老婆儿子去夏威夷旅游。租了一个靠海的民宿。我们住进民宿的时候已是晚上，第二天大早起来，从后院望出去，一百米外就是大海，雨过天晴，巨大的彩虹在海上生辉。我们到夏威夷就是想在大海里亲近一下海水。在洛杉矶虽然也有漂亮海滩，但由于一股来自阿拉斯加的冷流顺太平洋西岸一直往南，导致洛杉矶的海水一年四季冰冷，小孩子不怕冷，夏天可以下水。对于老头子来说，就真的只能望洋兴叹了。

我换上了夏威夷装束，花衬衫，短裤，拖鞋，拉开后门走了出去。气温微凉，海风也有丝丝凉意，但空气之清新让人神清气爽。我们就在后院的小餐桌上用了早餐。时有小雨飘过，平添几分情趣。由于距我们今天的下一个活动安排还有两三个小时，我就一直在外坐着，用早餐面包喂食各色小鸟，它们大约已习惯人的喂养，根本不惧，胆敢站到我的手上觅食。

身体感觉有点凉,但似乎在承受范围内。海上越发漂亮了,好几个彩虹在海面争奇斗艳。我穿着拖鞋,穿过后院的草地走向海边,草地上的雨水带来更多的凉意。在海边站了一会儿,拍了几张照片,这一片全是礁石,没有沙滩,所以也没有亲近海水。

走回去后,感觉凉意更浓,嗖嗖地从足底往上冒,想起朋友们反复告诫我千万别感冒,我赶紧脱掉夏威夷装束,换上长衣长裤及鞋袜。

可惜已经晚了,太晚了。为浪漫有点代价可以,但这代价太大,不作不死,感觉差点就没了。

我们随后前往一个码头,准备登船去一个小岛,然后下水浮潜观看水中的生物。在去的路上,我就感觉不好了,头晕恶心。到了码头,狂风大作,气温再降。我指望船因风大出不了海,我们就可以不用去了,让船家退款,可惜船家执意出发。这时我已有自知之明,这种状态上船绝对是添乱,自己受罪,还连累他人。于是我让老婆儿子去,我就在停车场等他们回来,大约三个小时。我在车里昏睡了一段时间,最后还是忍不住吐了,唯一争取到的时间就是推开车门,没吐在车里。

吐了后,好了点,但也只能说是好了点。这一天是感恩节,我们好容易在一个著名餐厅等了数小时,等到沙滩上一张桌子,坐了一会儿,我就坚持不住了,喝了一口酒,跟喝药似的。于是我先回车上休息,让儿子待会儿给我带点吃的就行了。

穿这么多还冷

回民宿的路上,天已黑,我坚持驾车,差点酿大错,我开到另一条车道而不自知,直到对面来车示警,我才反应过来。从此以后的几天,我儿子取消了我的驾车资格。但其实我真的已经基本丧失了驾车的体力。

我们随后一天的安排是上午打高尔夫,下午出去游玩。头一天的上吐下泻,加上严重的咳嗽,让我第二天早上起来头重脚轻,其实真不想下场了,但球场规定二十四小时之内不退款。这个球场死贵,号称是夏威夷最好的球场,美国高尔夫球场前一百名之一,四百美元一人。看在钱的份儿上,去了球场。高尔夫真是绿色鸦片,一站到发球台上,神清气爽,什么病都没有了。球场背山面水,非常漂亮。球场不是太难,但要好成绩也不容易,今天成绩不好不坏,还算满意的。诡异的是一打完球,糟糕的感冒症状又来了。真的是鸦片,劲一过又不行了。

这一场球,就是我在夏威夷的高光时刻,剩下几天的时间,除了偶尔的回光返照,基本上只有受罪的记忆。晚上基本无法入睡,咳嗽不止,咳得昏天黑地,吃什么药都没用,常常就只能靠坐在床头,这样咳嗽会轻微些。白天则昏昏然,不思茶饭。

回光返照之一

回光返照之二

感恩节后第二天是黑色星期五,美国的购物狂欢节,老婆儿子逛商店,我坐在商场的院子里,看着人来人往,人人夏威夷装束,几个小时下来,就看见两位和我一样穿着长衣长裤的男性。人比人,气死人,我就享受了两个小时的夏威夷装束,就落到如此下场。

11月24号开始得病，29号回到洛杉矶的家。本指望回家休养会好得快些，但试遍百药都无起色。我也怀疑过是否得了"新冠"，但测试又呈阴性。在又一个不眠之夜后（12月1号），我决定寻求医助。而且一不做二不休，我直接上急症，虽然我没发烧什么的，就是要命的咳嗽。

我这是第一次看急症，也不知医院是否会接收我这个只有咳嗽症状的病人。他们好像并不那么在意，问了我一些基本病况后，直接把我带到急症室，一个小小的单间，从我进去到离开，三四个小时的时间，就躺在小床上，先是一堆检查，包括"新冠"，抽了好几管血做化验，把移动X光机推到病房拍片后，他们又把我推到CT检查室，做了CT。我感觉美国人也夸张了些，一个感冒就弄得兴师动众。等结果出来后，排除了各种推测，才给我上点滴。好在这种种折腾全是护士搞掂，我老婆在边上总想帮忙，却一点插不上手，反而显得碍手碍脚的，老婆感叹：我好像是来添乱的。

快结束时，医院前台来人问我的保险，并问我账单寄到哪儿，我问得花多少钱，医院说我有一个九十美元的自付额（co-pay），其余保险公司负责。我说那就别寄什么账单，我这就付了。美国医疗费昂贵是出了名的，这大半天折腾，没好几千美元弄不下来。不过，那是保险公司的事了。我只后悔怎么没早想到这一招，白白多受了那么多天的罪。

不过好得也没我期望的那么快，病情只是逐渐好转，差不多直到今天（12月10号），才感觉大致恢复。今晚第一次感觉饿了，饭菜那么可口。

这次感冒，大概是这一生最严重的一次。

当然，我感觉这不是单纯的感冒，而是癌症与感冒的叠加所致。在感冒之前，我已经咳嗽得比较厉害，白天晚上都咳，只是没到不能睡觉的地步。在我行前，也已经告诉了黄大夫我的近况。就在登机前，我去做了CT检查，我估计这次的检查结果不会好。

几天前去看黄大夫，CT结果果然不好，结节在增多并增大，肺浸润面积在增加。

这意味着我使用的试验药物于我已经无效。黄大夫当即决定停止我的小白鼠生涯。

下一步怎么走？在上一次见黄大夫时，我们就讨论过停止使用这个试验药物后我的治疗方案。他说现在有两款选择，一是Enhertu（优赫得），一种靶向药，治疗乳腺癌的。有点搞笑吧，我是肺癌，咋扯上乳腺癌了呢？乳腺癌中常见的一种致癌基因叫作HER2，这种靶向药就是专门针对HER2的一种抗体。我虽然是肺癌，但我的致癌基因不是常见的肺癌致癌基因，而恰恰就是HER2。我之前使用的试验用药就是针对肺癌中的HER2基因的。病急乱用药，大概说的就是我这种情况。

另一种药叫作Alimta（培美曲塞），这倒是专门针对晚期非小细胞肺癌的，只不过这又是一种化疗药物，好坏细胞通杀型的。

现在到了决定的时候了。他认为这两种药反正都会用到，建议先用Alimta，因为我使用的试验药物与Enhertu原理大致一致，先换换，等Alimta没用了再来用Enhertu。这与我自己的分析不谋而合。于是就这么定了，先上Alimta。现在等保险公司批准了就开始。

又要化疗，想想都不寒而栗，但又有什么办法呢？上一次化疗虽然痛苦，还能忍受。据黄大夫说这次的药量比上次轻，反应可能不会那么严重。

希望如此吧。明天赶紧去弄弄头发，化疗开始，恐怕又成光头。

好在除了我的家人，还有很多朋友在我周围。

赵平，2022年10月

死亡日志㉗

2022年12月31日 06:07
饮鸩止咳

药物试验结束后，今天开始了下一轮化疗。

这次使用的药物是Alimta，主要用于治疗恶性间皮瘤以及局部晚期或转移性非鳞状非小细胞肺癌。

这种药物的大致作用功能如下：

> 培美曲塞属于一类称为抗代谢药的化疗药物。抗代谢物与细胞内的正常物质非常相似。当细胞在生长过程中将培美曲塞等物质融入自身时，细胞就会失去分裂能力。抗代谢物是细胞周期特异性的，这意味着它们在细胞复制周期的非常特定的阶段，作用于细胞。抗代谢物根据它们干扰的物质分类。培美曲塞被归类为抗叶酸抗代谢药。培美曲塞通过破坏细胞复制所必需的叶酸的产生，发挥其化疗作用。这种作用还会影响正常细胞，从而对身体造成严重的副作用，例如血细胞计数低、恶心和呕吐。使用叶酸和维生素B12补充剂可以减少培美曲塞的这些并发症和副作用。

这次化疗比上一次化疗轻松多了，总共打点滴时间不到一小时，上一次可是在六小时上下。治疗过程和以往一样，第一步是滴注化疗前药以减轻化疗副作用，滴注时间大约20～30分钟，然后是滴注Alimta，大约二十分钟。最后又打了一针B12，也是为了减少副作用。除此之外，医生又开了另外三种药，在化疗前就已经开始服用，分别是：地塞米松、叶酸，以及维生素B12，都是为了减轻副作用。

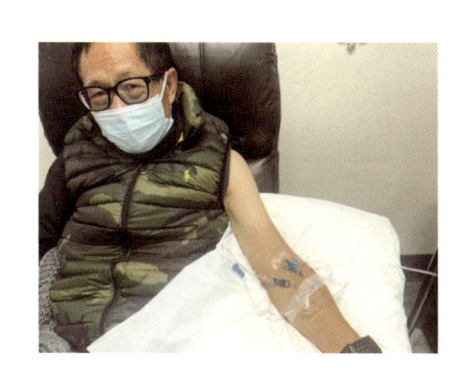

2022年12月29日

做了这么多准备工作，希望这一次的副作用没有上次厉害。

但不管它如何厉害，我都得扛。

我现在对中国的两个成语有了完全不同的理解，一个是"饮鸩止渴"，另一个是"救命稻草"。

"饮鸩止渴"的原意是说用一个更坏的结局来缓解一个较轻的困境，带贬义。但那是没定义"渴"的程度，"渴"到了一定份儿上，让人喝马尿都毫不犹豫，到了即将渴死的时候，管它是毒酒还是什么，反正都是死，先解了"渴"再说，反正毒酒并不会带到下一世。

饮鸩止渴，2022年12月

对我来说，化疗是毒药，也许会给我身体带来更大的危害。只是我现在咳嗽不止，扯得五脏六腑难受，晚上咳得无法入睡，加上肺里积液大幅增加，呼吸时跟拉风箱似的呼呼作响，气息越来越短促，过去站桩呼吸"深长匀缓"，现在得换几口气才能完成过去一口气的动作，甚至得口鼻并用。这也导致血氧逐渐走低，容易头晕。在这种时候，我就管不了什么药的副作用了，只要能帮我缓解这些病况，什么毒药我都愿意吞下去。其他的都是扯淡。如果不抑制这些病状，我要么咳死，要么哪天一口气缓不过来，就嗝了，化疗的毒性算得了什么。

因此，现在的我觉得"饮鸩止咳"很好，只是希望这个毒酒有点作用，不要让我受罪了，病况还继续，甚至还加重，那罪就白受了。

当然谁也不知道结果究竟如何，所以只能用了再说。

这又引出了我对于"救命稻草"的理解。"救命稻草"也是贬义，说人走投无路时，抓住一个完全无助于事的东西来帮自己走出绝境，结果显而易见。但人们其实没有注意到当你只有一个选择时，你不选择它就代表放弃。一个人即将溺亡，准备放弃了，但一根稻草的出现给了他一个活命的希望，让他还有挣扎的欲望。这根稻草，代表了希望。稻草显然无助于事，但若恰巧有人或船经过拉一把，不是还有救吗？

化疗就是我的稻草，我的希望。我是肺癌四期，在统计数据上，属于死期以月算的那种。目前的药物或治疗方法基本没有治愈我的可能，个别侥幸活下来的人完全是撞大运，我不敢也不愿把自己放在这种虚无的大运头上。我还是相信科学，目前的医药科技日新月异，新药在不断推出，也许有一天，针对我这种病的特效药横空出世，那才是我得救的日子。所以，我现在的目标就是活着，争取活到特效药出来的那一天。不管是化疗还是其他药物，只要能帮我苟延残喘，我就不怕去试，死马当作活马医，就是我的信念。如果不幸医死了或没等来特效药，那是天绝我，我认。

在等待特效药出现的期间，除了治疗，我会争取活好每一天，不是为了苟延残喘而苟延残喘，我会像一个健康人一样去活，也许比他们更积极地活，因为我有多少日子实在不由自己掌控。所以，希望我的朋友不要再劝我悠着点。有些朋友说现在专心养病，以后病好了有的是机会。但一是我不知道还有没有机会,万一没有,我现在本来可以有的生活乐趣不就飞了?再说,病好了也是为了过一点自己想过的日子,现在能过干吗不现在过呢?活在当下,对健康的人重要,对病人更是刻不容缓。

我是病人,你们就原谅一下病人的固执吧。

因此,Just Wish Me Luck(只需祝我幸运)!其他别说。说了也白说。

赵平,《字里行间》,2022年12月

就像我的偶像赵平院长,每次我发完一篇日志,他什么也不说,很快就给我发来一篇他专为我创作的东西,专拍马屁。但我很受用。

2023年

死亡日志㉘

2023年1月20日　08:37
又见秃瓢，再次感冒

赵平，《老伍家的2023》，
2022年12月

2023年伊始，老朋友送来祝福。可惜开局好像不尽如人意。

按照Alimta用药说明，化疗副作用应该比上一次小得多，该药常见的副作用没有脱发一项。但我的运道就是这么高，最终我还是变成了秃瓢。只不过这次秃瓢不是脱发导致，而是我不得已剃掉的，但归根结底，还是化疗导致。

这次化疗的副作用，延续时间最长的就是身上起红斑导致的瘙痒，从化疗后第六天延续至第二十天，不要命，但难受，有时那是难受得要命。

红斑的出现分成好几个阶段。首先是胸前，红斑顺脖子至胸前形成一个项链圈，两乳之间一块大红斑，如同大吊坠，奇痒，涂抹止痒药膏后有所缓解。一天后头皮处处发痒，估计头上也有红斑，只是头发覆盖，无法施药，只能使劲抓挠。第二天半夜，头皮痒得根本让人无法入睡，得使劲纠扯头发止痒。到三点钟，实在没办法，干脆找出剃须刀，把头发推了，剃成秃瓢。这样才能涂止痒药膏，方才得以入睡。

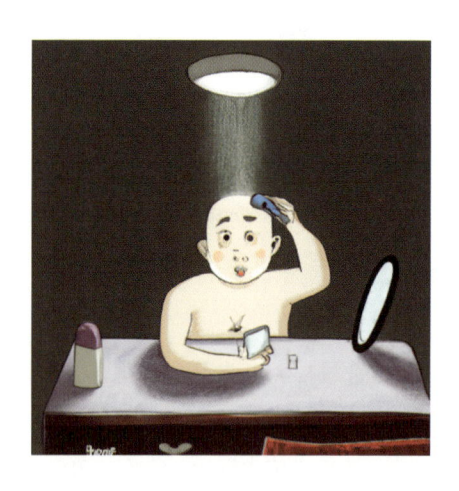

午夜剃头，2023年1月

等头部瘙痒问题解决，大腿部开始出现红斑，逐渐蔓延到小腿、双臂，最后到达背部。我也不明白为什么会这样，好像故意折磨我似的，等一个地方好了再转移到下一个地方，不跟我来痛快的。也许是心疼我，怕全身同时瘙痒，我双手挠不过来。

这次不小心又整感冒了。本来因癌症就咳得厉害，感冒后咳嗽猛然加重，咳嗽间隙以分钟记，基本上是无止无休。晚上咳嗽得无法入睡，突然感觉身体发冷，这才意识到又感冒了。但奇怪的是，咳嗽让位于发冷，不那么"咳不容缓"了，这才让我能得以入睡。但冷让我不想起床吃药，误了最佳的治疗感冒时机。第二天早上起来赶紧吃感冒药，咳嗽没像头一天那样无止无休，看来这突然增加的咳嗽源于感冒。留下来的就还是癌症本身的咳嗽，这是其他药物无法帮助的。然后赶紧做了抗原检测，阴性，排除了"新冠"可能性。晚上，突然开始发烧，很快从37摄氏度爬升到接近40摄氏度。我感觉还好，除头有点疼之外，没有什么大的不良反应。我女儿则大惊小怪地非要我去急症，其实，我还隐瞒了一个消息，在关于Alimta的医嘱中，明确标示如果发烧超过38摄氏度或者有发冷现象，要立即通知医生。

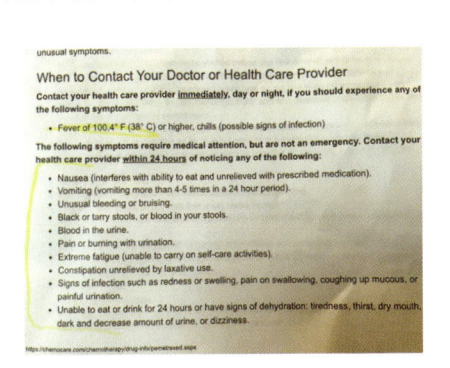

Alimta的医嘱

我老婆与儿子也坚持必须去看急症。儿子本来在和朋友"爬梯",一边给我电话催我去医院,一边火速往家赶。于是,我被他们绑架至医院。到了急症室,发现大约二十平米左右的候诊室人满为患,看来"新冠"还在肆虐。办完手续,说我们得等两到四小时,这还叫急症吗?我回到车上,准备换家医院,同时我又测了一下体温,却奇迹般地发现体温正常了,98.1华氏度(36.7摄氏度)。儿女还不相信,认为我捣鬼,直到他们反复测试,的确如此,这才同意我回家。我也解释不清楚为什么会这样,大约急症室的情景把体温吓回去了。

感冒又继续了几天,等到感冒好了,咳嗽依然。晚上用相关的APP记录,咳嗽频率大约是每二十分钟左右一次,睡眠难以保证。其他不妙的情况包括血氧偏低,早上测在91~92%,最低有时到88%。晚上稍好,在93~94%。另外,鼻涕较多,且带血丝。胃口也一直不是太好。而且最近几天眼睛常有昏花的时候。

总之一句话,凶多吉少。比起第一次化疗,这一次的副作用来得没那么猛。第一次化疗在前十天内,有几天会步履维艰,上楼都得一步一挪。只是过了这十天,后十天反应就很小了。但这次在整个二十天的化疗间隙中,就没有一个明显的划分,今天是这一种副作用,明天又换另一种,没有平安的一天,但又没有第一次那种有时得卧床休息的程度。

不管怎样，打球继续。开年第一周下了三次场，而且跑到离家几个小时之外的地方打，还住在外面。一天打十八个洞并不觉得很累，但若一个洞上坡下坡走路太多就比较辛苦，尤其是打第三场比较受罪。天气连日下雨，球道比较软，为了保护球道，球场不让球车开进球道，这就让我抓瞎了。我现在的主要问题是呼吸短促，一步三喘（脉跳随随便便就是130～140次/分钟），如果像过去把球车开到球边上再挥杆，打起来就比较轻松，但这样每次逼着我得从球车道走到球边上再打，就有点折磨人了。

死亡日志㉙

2023年2月22日　04:18
插管还是不插管？

哈姆雷特问："To be or not to be?, that is the question:"（活着还是死去，这是个问题）。这个问题其实不单是哈姆雷特的问题，它困扰着古往今来无数人。

活着还是死去？
2023年2月

这次去看黄医生，他问我是否已经准备好"Advance Health Care Directive"。我一脸蒙，问什么叫"Advance Health Care Directive"？

他给了我一份文件，还举了个例子。如果你到了最后关头，常规医疗手段与药物已经不能维持你的生命，唯一的选择就是插管进行抢救，而这个管一旦插进去，基本上就意味着你今后得依赖这根管子活命。我说，这有什么难以决定的，不插管。但他又说，万一你只是因某些其他原因导致暂时性的呼吸困难，也许插管帮你渡过这个难关后，又能活下去了。这种情况下你决定插还是不插呢？再说，万一你那时已经失去知觉，不能自己做决定，需由你指定的亲友代你做出决定。

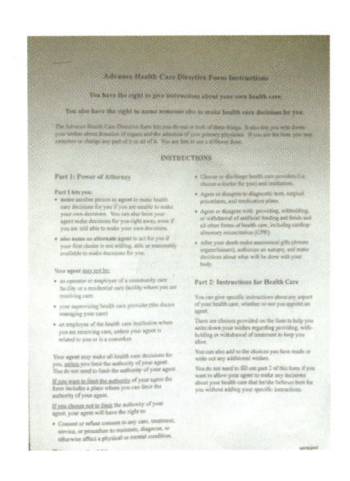

Advance Health Care Directive

我赶紧咨询ChatGPT，它说："Advance Health Care Directive"（预先医疗指令）是一份文件，用于在患者不能为自己做决策时，表达他们对自己的医疗保健意向。它通常包括两个部分：一是生存声明，用于指示是否采取抢救措施；二是指定代表人，指定一个人代表患者做出医疗决策。这份文件是针对潜在的医疗紧急情况而设计的,并在经过认真思考和咨询后制定。

简而言之,这份文件是罹患绝症的病人在头脑尚清醒,还未病入膏肓前,预先留给医护人员的一份抢救指令。文件最重要的是两条:1. 指定一个或多个代表人,为你做最终决定(可以在你失去知觉时才为你做决定,也可以在文件签署后就帮你做决定)。2. 你预先做选择,医护人员将依据你的意愿做相关的抢救决定。这叫作"生命终结时的决定"(End of Life Decisions)。选择其实就是二选一,"选择不延长生命"(Choice Not to Prolong)或"选择延长生命"(Choice to Prolong)。总之,就是是否选择不顾一切苟延残喘还是选择一走了之。当然,如果你愿意,你也可以自己写下详细的指令。

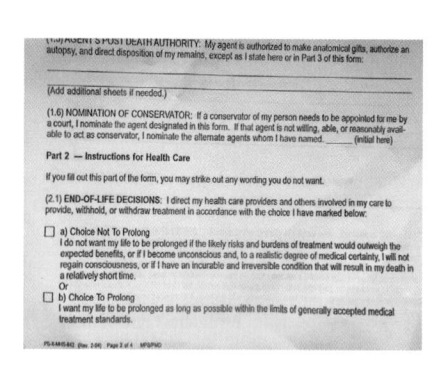

生命终结时的决定

其实,我的决定早就做了。在我知道自己罹患肺癌的时候,我对病床前的女儿和儿子交代,"到了必须做决定的时候,如果我头脑清醒,我会自己拍板,但如果我已经失去知觉,你们得帮我决定,让我早走,不要让我承受生不如死的苟延残喘。对我来说,苟延残喘让自己痛苦,亲人受罪,社会添堵,百害而无一利"(引自《死亡日志》①:确诊肺癌)。

因此,这份文件只是把我的意愿合法化。我真的不希望我的亲人被迫为我做决定,于情于理,让一个亲人为你的生死做决定,其实是非常残忍的一件事。

几年前的一天,我去医院看望一个朋友,这个朋友其实是在医院照顾他住院的父亲。他父亲虽然已九十岁高龄,但精神很好,还和我热情握手。我朋友说,他父亲对谁都这样,但其实他已经完全忘了自己是谁,更不认识任何人,就是一具有行动能力的行尸走肉。尽管他父亲是高干,在医院有单间,有专门护理,但儿女也得轮班参与护理。他说他一直在反省一个问题,当初抢救他父亲的决定是否正确。他说在他父亲还健康时,他和他父亲时常来这个医院看望他父亲的住院的老朋友们,他们大部分都和他父亲现在的情况差不多。当时他父亲明确告诉他,别让我落入他们的境地。

但是,当他父亲病危,医院问是否抢救时,他问抢救是什么结果,不抢救是什么结果。医生回复,不抢救就意味着他们该为父亲准备后事,若抢救,有可能把人救活,但恐怕从此就是个废人了。他说我能怎么说,理智上他觉得应该停止抢救,但一言决定父亲的生死,这个担子太重,虽然那时亲友都同意让他做决定,但今后若旧话重提,口水都可能把人淹死。道德绑架在中国其实是非常可怕的。他唯一的选择还是只有抢救。

因此,我觉得美国的这个"预先医疗指令"很好。自己可以选择最终的路,还可以让亲友免于承受道德的、情感的折磨。我的决定就是不插管,不抢救。如果一个简单手术就可以把人救回来,医生不会犹豫。如果他们得动用一个人的"生命终结时的决定",基本意味着即使抢救成功,从此也是行尸走肉。在这种情况下,还是饶了我吧。

医生这时候给我这个文件,看来对我已经不抱太大希望,早做安排为妙。他的思考是有道理的,目前我在做第二次化疗,如果这次化疗没有效果,就只有最后一个选择,即原本针对乳腺癌中的Her2基因的靶向药Enhertu,而我正好是这种基因有问题。但用这种药也不一定有效,一是它毕竟是以乳腺癌中的Her2基因为靶向的,并未针对肺癌中的Her2基因做过相关的研究,另外,我才使用过一种针对肺癌中的Her2基因的试验用药,效果并不显著。因此,是得做最后的准备了。

赵平,《飞羽难禁》,2023年2月

赵院长似有灵犀，他这次的创作也预示我将羽化飞升。

果不其然，就在情人节当天，黄医生给我来电。他告诉我最近的CT结果显示，这次的化疗结果很糟，癌变面积增大。因此，这次的化疗药Alimta应该说于我无效，继续下去没意思了。他建议马上中止化疗，两周后的治疗就改用我的最后一根稻草：Enhertu。

如果Enhertu再无效，那就真用得上我的"预先医疗指令"了。我感觉黄医生的决定未免仓促了些，如果Erhertu无效，还有其他备用方案吗？他似乎已经判处了我的死刑。

在此之前，我咨询了几个其他的癌症专科医生，作为对黄医生治疗的印证与补充。同时，由于我对黄医生后勤医疗团队长期的无效率和错误百出有意见，我早就打算换一个医生了。在候选医生中，有一个叫作瓦格纳（Wagner）的医生比较让我和我太太满意，他显得更加认真负责，提出很多问题以及建议。尽管我们一直倾向于找一个华人医生，毕竟用英文沟通医疗问题于我们还是不那么通畅，但这位瓦格纳医生的细致还是给我们留下深刻印象。

我把这次的CT结果给他看后，他也同意可以停止使用Alimta。但他觉得我们应该做一些更多的分析后再做决定。他认为我的病非常奇特，好像化疗和靶向药治疗效果都不好，他给我画了一张图，详细解释了他的分析，只是我听得似懂非懂。他的建议是我们再做一次活检，观察一下这一年多究竟有什么变化，再据此决定今后的治疗。

于是，我决定把我的命交给他了，由他来决定我下一步的治疗方案。今后，他就是我的主治医师。

我也把自己的状况告诉了国内一个癌症治疗专家，经过认真分析，他同意瓦格纳医生的建议，同时提出了很多具体的治疗意见，反正我还是似懂非懂，只能交给瓦格纳医生参考了。

昨天去见了外科医生鲍威尔，他就是当初给我做手术的医生，这次还找他。他说这一次手术的程序大致和上次差不多，都要在我胸上打三个孔。但上次手术有治疗功用，要切除部分肺，这回只是抽取一些纤维组织做活检，所以打的孔要小些。上次手术在左肺，这次因为发现的异常多在右肺，所以会在右肺上取纤维组织。大体上还是白天手术，晚上住院观察，若无异常第二天出院。

好像一切又回到原点，只是离终点又近了许多。

死亡日志㉚

2023年3月25日　10:18
重症监护病房（ICU）（上）

人算不如天算。现在我本来应该在南非开普敦的海滩上晒太阳的，眼下却只能躺在洛杉矶的病床上写《死亡日志》。

我和南非真的有什么不对付的地方。这已经是第三次爽约了。去年三月一次，十一月一次，都是机票什么的都买好了，临出发出了点问题，不得已放弃。这一回下定决心，天塌下来也不改主意。但就在出发的前一天，办理出发前机票手续时，才发现我的护照早已过期。冒着倾盆大雨，赶到护照办理处，却只是被告知，没有预约，一概不受理。当天及后面几天洛杉矶和圣地亚哥的护照办理处的预约都已满，要想加急，只能飞到夏威夷（八到十小时航程）或休斯敦（五小时航程）办理。于是，灰溜溜地回家检讨自己的过错。三年没出国，都忘了需要护照这档子事了。

既然走不了，就和医生商量，把手术的时间提前。早晚都是一刀，早了结早心安。其实不是一刀，是三刀。医生从三个位置取样。

上一次的"《死亡日志》㉙：插管还是不插管？"，我主要是讨论当那一天来临时,我将如何决定。但可能我的文字让有些朋友产生误解,认为我快不行了,让他们非常伤心。这是我的错。有些朋友给我发来一些文字,让我看得发愣,简直就是悼词。比如这一首诗:

《古风思伍祥贵兄》
梦魂突于夤夜惊,恒常顿失罔故吟。
曾挽九天指银汉,可将吴钩弹天音?!

看来下次我说话得小心些,免得再生误解。不过,其实再来两次,可能大家也就麻木了。真到了那一天,朋友们的情绪都释放得差不多了,反而会比较释然。根据美国2022年的一份癌症死亡率统计,肺癌四期患者的五年生存率是5%。换句话说就是当你确诊肺癌四期后,你就被判了"死刑",缓期零到五年执行,在此期间,如果表现出色,有5%的希望改判有期徒刑。

因此,任何事情都可能随时发生,发生任何事情都不用惊讶。我这次就真的差点挂了。

3月16日,和医生约好,上医院做右肺穿刺手术,抽取一些纤维组织做基因检测。刚开始一切顺利,还在手术准备室,我就人事不省了,等我醒来,已经是两个多小时后,躺在术后休息室等住院部床位。简而言之,我连手术室都不知道长什么样手术就结束了。

但后来发生的事就让人头大了。由于住院部床位紧张,我在术后休息室等了将近三小时，躺在那儿一动不动，感觉很难受。然后术后休息室的人说病床还得等一会儿，先把我送到一个安静一点的地方休息。没想到居然又回到手术准备室。这时我的背脊开始剧痛。我奇怪为什么不是接受手术的右胸疼痛，估计是因为几个小时一动不动的仰卧导致的。我让护士帮我坐起来，一个护士给我止疼药，一个给我按摩，两个护士来帮我弄了半天，只能说是稍微好一点点。护士问我疼痛感，从零到十，我选一个。我想说十，怕太满了，选了八。我的动静闹得太大，手术准备室的其他护士都过来了解情况出主意。再后来来了医生，其中还有一个肺专科医生。大概止疼药还是氧气起了作用，疼痛情况缓解了。但医生说今晚我不能去普通病房，改去重症监控病房（ICU）。

阴差阳错，我就这么混进了重症监护病房，这是我第一次享受这一待遇。我也不明白为什么要把我送来这儿，除了那短暂的剧痛（也许半小时吧），我也没什么其他的症状。

进来又是一堆检查，包括又做了一次"新冠"检测。手术之前头一天就检查了"新冠"。

所有重症监护病房一色的大落地窗，估计便于监看。病床也比较大，只是所有的调节装置都在外面，躺在床上不容易操控，估计设计就是没打算让病人能自己动手。不知是有意还是无意，房间的隔音奇差，一个晚上，我就听见护士在外面聊天，声声如在耳边，但只有声音回荡，没有人影。透过大落地窗，看着昏黄的灯光聚集在走道上护士们的工作台上，狭长的窗框，垂直的窗门，半掩的窗帘，窗外昏黄的灯光，让我想起美国画家霍珀的作品。虽然霍珀的画作感觉都是寂静无声的，但那些护士的聊天声音那么不真实，反而更显寂寥。

一晚平安无事，按照原定计划，我住院观察一晚上，第二天就可以回家。没想到管床医生说我今日不能出院，还得继续住院观察。只是我得从重症监护病房搬到普通病房。

主刀医生终于出现，之所以延长住院时间，是因为我的血氧过低，如果不吸氧，血氧饱和度能低至83%，这就很危险了。因此，明天都不一定能出院，得观察血氧的变化。

有趣的是，我从ICU转到普通病房，居然是我上一次手术后住过的病房，病床都一样。

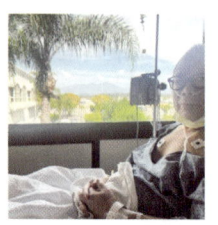

左图为2021年，右图为现在

又过去一天，医生们对我能否出院仍有不同意见。主刀医生认为可以，他把插在我身上的积液导流管拔掉，让护士带我下床走路，带氧气走，不带氧气走，分别测试。主刀医生说只要让我带上氧气瓶回家就可以。但负责呼吸的肺专科医生不同意，说我的呼吸情况不稳定，即使出院，也得根据我的情况，制订好方案，准备好不同的氧气让我带回家。因此，当天走不了。

如果不是他的坚持，这次的《死亡日志》恐怕就不能面世了。当晚，我一直在鬼门关打转转。上半夜还好，下半夜真的要人命。仪器一直在报警，因为我的血氧总是掉在他们设定的警戒线之下。负责呼吸的技术人员试用了各种不同的方式，刚开始都能让血氧饱和度进入90%，但没多久又掉落在88%以下。我上气不接下气，很可能一口气上不来就挂了。大半夜的，移动X光机也弄来检查，人来人往，苦了我的同室病友，好容易睡着又被不断吵醒。住院部普通病房已经使出浑身解数，还一筹莫展。如果在家里，基本上是不可能自己应付得下来的，多半现在有些人就在构思悼词了。

等到天亮，我已经不能躺床上了，爬起来坐在椅子上，连打电话的力气都没有，挣扎着给家人发了一条马上转ICU的短信。护士刚才通知我决定让我返回ICU，说他们有更好的呼吸设备帮助我，实在不行还可以切管（喉管）。这时我需要的就是可以呼吸，其他真管不了了。从ICU来时就一个护士推着轮椅把我送到普通病房。这回重返ICU，三人负责，一人管推床，一人负责我的氧气供应，一人负责随时播报我的相关信息，包括血氧饱和度、心跳速率、呼吸速率等。当他们把"双阳呼吸机"的面罩套上我的脸时，全身透体舒畅，又能自由呼吸了。当时的情景我就在电影里看过，如今自己扮演了，就差配乐。

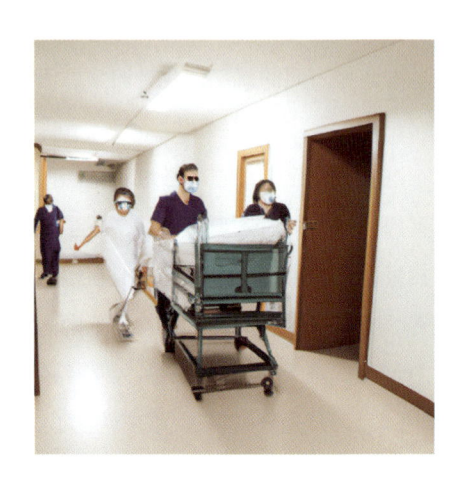

在去ICU的路上，先去了CT室，第一次做CT让人抬来抬去，脸上还戴着呼吸罩。

一进入ICU的房间，被抬上病床后，早就在等候的五六个护士马上过来，上下易手，把我全身撸了一遍，一边撸，一边聊大天，没什么重要事，更与我无关，她们就在那里叽叽喳喳闲侃。也许于她们而言，我和生产线上的一件产品差不多，我是不是垂死与她们无关，这就是她们的一份工作，她们早已司空见惯，她们手脚很麻利，聊天绝不耽误手头的工作。在这一刻，别说我的死活与她们无关，就连我自己都觉得遥远。第一天进ICU想到的霍珀画作又进入脑海，这个世界就是寂寥的，麻木的，遥远的，与己无关的。

  医生的声音把我拉回现实，迷迷糊糊中，他好像是说我血氧上不去，是因为我肺里的积液没有排干净，肺不能发挥正常功能。现在得把我的已经被拔出的导流管再塞回去，重排积液。我的第一反应是，那是否说明管子拔早了。但这个时候，不是追究责任的时候，把目前的问题解决了再说。大约有不同意见，ICU的这位医生在电话上和其他医生沟通了老半天，所有的人都在听着他们讨论，最后他们终于达成一致意见，重新把管子塞回去。想想，他们在你身上凿了个洞，塞进一根管子，然后拔了，堵上洞口，现在又得把堵上的洞拆开，这不瘆人吗？而且，凿洞的时候全麻醉，人事不省随便整，现在只能部分麻醉。少儿不宜，过程我就不详述了。好在重新打洞时间不算太长，还是扛下来了。叫了几声而已。

死亡日志㉚

2023年3月27日　04:52
重症监护病房（ICU）（下）

《死亡日志》㉙说到插管的问题，我的态度是坚决不插管，但看来这句话得修正，我现在就已经满身管子了。准确点说应该是那最后一根管子。但最后一根管子究竟是哪一根呢？应该是延续最终苟延残喘的那一根。但现在不就是苟延残喘吗？不过这下又从医学问题扯到哲学问题上了。

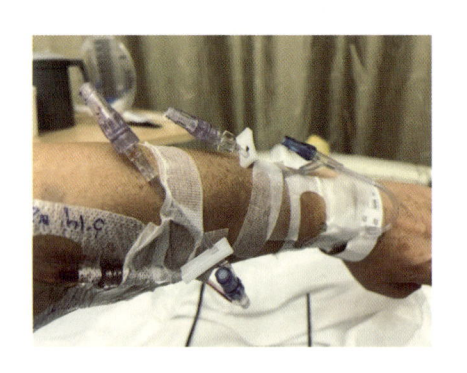

圣诞装饰手

有时想，如果当时有一口气上不来，挂了也就挂了，少了这许多烦扰。不失为幸事。我头一天晚上的普通病房同室病友，一个九十多岁的老头，思维敏捷，幽默风趣，生存意识也非常强烈，但那种风烛残年的老态以及生活不能完全自理的困窘，也让人思考何时了结才是最好的归宿。

术后感觉就是极度的虚弱，晕晕乎乎，人处于半昏迷半醒的状态。呼吸不再有困难，反正氧气量随便调整，我也不明白为什么在普通病房时他们就死活调不出我所需要的氧气量，也许是ICU的人经验更丰富，也许还是和导流管的拔出与重插有关系，反正我不再受气不足的折磨。伤口也没那么痛，反正只要张口，他们马上注射止痛药，很快就缓解了。

我唯一比较正常的地方就是胃，经过这么多的折磨，到下午稍微好一点，就有饿的感觉了。我老婆问护士我能吃点什么，护士说千万别，吃饭消化其实非常耗氧，她说我们现在其实不用担心营养问题，输液里有足够的营养支撑我。为了证明她的观点，过一会儿，她拿来一小盒果冻，喂了我一口，然后让我老婆看监控屏幕，只见血氧饱和度极速下降。然后她把果冻放桌上就因事离开了。我老婆把果冻拿起来，开始喂我，我们都小心翼翼，小口喂，慢慢吞，全部吞咽完毕，休息一下再来第二口。这样刚喂了几口，护士回来了，一看那个着急呀，一把将果冻拿过去，说给你们讲个道理，你们就真喂上了，你不好好看监控屏幕。我老婆理亏，只好连说抱歉。

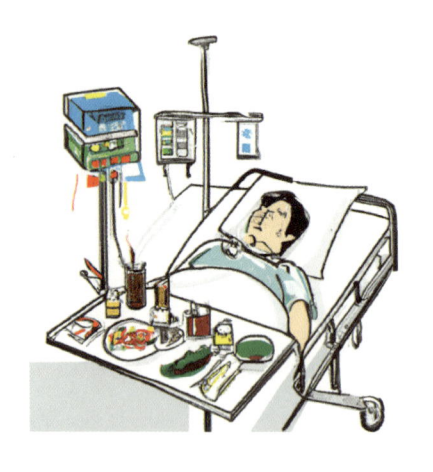

我吃饭时，别说我是病人。
2023年

除了吃，还得撒，吃可以控制，撒就没办法了。就是小便，让我坐在床上我就撒不出来，死活要求在床边站着撒。护士们也犟不过我，几个人把我从床上弄下地，因为满身都是管子，有些可以暂时拔掉，有些就彻底不能动，就像今天才插上的导流管。好容易站下地，我的内裤又成了麻烦，本来一进医院，就换上后面开口的病号服，自己的衣服全被扒光了。但我总感觉自己的屁股暴露在外，所以手术一过，我能自己行动的时候，就把内裤穿回去了。现在连脱裤子的力气都没有。护士只好亲自动手，把我的内裤脱下，直接扔进我的杂物箱，不让我再作怪。

这辈子何曾想过吃饭都差口气，女人给我脱裤子是让我能撒尿。如果长期如此，恐怕还是一觉长眠不醒的好。

第二天起来，感觉好多了。护士已同意我可以吃东西，且没什么禁忌，软烂一点就好，毕竟咀嚼与消化都在和我抢夺氧气。我是中国胃，西菜偶尔吃吃也还行，但医院的病号饭就有点够呛了。所以都是老婆在家做好带来的中餐。吃慢点就行。

说话也是很耗氧的事情，昨天做完手术，我老婆和女儿也刚赶到，我就听护士在外面给她们交代，进来看我可以，但别和我说话。我的确也没有说话的力气。今天正好有两个老同学从芝加哥过来看我，本来ICU不让非亲属探望的，念他们远道而来，同意进病房。几十年的老朋友，话自然少不了，但只要我多说几句就开始上气不接下气了。人活一口气，当真如此。

不过我恢复的还真是可以，下午就好许多了。我坚持下床，坐在椅子上，老躺着也难受。

来了一个风度翩翩的一副领导模样的中年医生，自称是医院某个部门的负责人，要和我聊聊天，我也不知他的来意，还在想是否我这件事是个医疗事故，医院要做一些调查，所以我说话也是小心翼翼的。他给了我一张名片，这是一个部门主任，但这个部门干什么的我的确不懂。他的第一句话就是问我属于哪一类人，是喜欢做长期规划的人，还是当一天和尚撞一天钟的人。然后我和他就东拉西扯绕圈子。后来我才醒悟，他说的这些不就是临终关怀吗？看来我真的是在鬼门关走了一遭，现在已经属于他这个部门的服务对象了。他刚才的话其实翻译过来就是：你是那种现在就规划如何死去，还是死到临头再考虑的人。

和他聊了好久，好像已经不会因为说话太多而上气不接下气了。他走后不久,又来了一位女士,说是他的老板,刚才那位医生,让她来的。她自己是个牧师,在这个部门负责精神层面的沟通,我立马想到的就是电影上看到的临终洗礼那一套。我和她又是一通乱侃,这回就天马行空,毕竟这是关于信仰的问题。她问能有什么帮助我的,我就说我需要签署《死亡日志》㉙中说到的"预先医疗指令"。她说这种世俗事务不归她管,但她会和相关人沟通,让他们来找我。

和他们聊下来,我感觉他们和临终关怀有关,但又不只临终关怀。于是就问ChatGPT这种医院设置是什么东西,得到答复如下:

"缓和医学"(Palliative Medicine)是一种专注于提高严重疾病患者的生活质量的医学分支。这种护理方法关注的重点是缓解病人的痛苦、不适和其他生活质量受损的症状,而不是治疗患者的基础疾病。缓和医学主要用于那些患有癌症、心衰、肺病、肾衰竭、神经退行性疾病等严重慢性疾病的患者。

缓和医学的目标是:

1. 控制疼痛和其他症状(如呼吸困难、恶心、疲劳等)。

2. 改善生活质量。

3. 提供心理、社会和精神支持。

4. 帮助患者和家庭制订治疗决策。

缓和医学可以与其他治疗方法（如手术、化疗、放疗等）相结合，旨在减轻患者的痛苦和副作用，同时维持他们的舒适和尊严。缓和医学适用于疾病的各个阶段，包括诊断、治疗、末期护理以及临终关怀。这种护理方法涉及多学科团队，包括医生、护士、心理医生、社会工作者、物理治疗师等，他们共同努力满足患者在生理、心理、社会和精神方面的需求。

这下我算明白了。这是把临终关怀的时间线往前延伸，不是等到一个人弥留之际才给予关怀，而是在这个人已经被判"死缓"时就开始为最后的这段路做准备，让人走得平稳一些。这倒是一个非常人性化的设计。只是我现在还不知道该怎么接受他们的帮助。

我儿子从学校请假回来看我。他问了我的护士一个问题，护士的回答同样让我深思。儿子问，我爸的身体大约需要多久才能康复，他的旅行计划和高尔夫运动何时能重新开始。护士没有正面回答，而是先说了几个条件，这些条件满足了我就可以出院。但以后的情况就难说了，住院前的生活常态（Normal life）恐怕不能再成为一种参照标准，今后可能将会有另一种"新常态"（New Normal），一切都得围绕"新常态"来重新定义了。言下之意，氧气袋可能将成为我的标配，伴随我的今后岁月，有可能我今后得和高尔夫断交，因为我的身体条件将不再允许，这就是我可能将面临的"新常态"，我今后的生活将根据这个新常态而进行调整。

ICU的护士显然比普通病房的护士经验丰富，年龄也大许多。她们的手法惊人的纯熟。我自己在床上很难找到一个稍微舒适一点的躺姿，总在不断地翻动。而我的护士问了一下我大致的要求后，这儿紧紧床单，那儿塞几个枕头，就把我固定在一个较为舒适的姿态上。普通病房的护士就要年轻漂亮得多，很多金发碧眼的小姐姐。这些新老护士都有一个共同点，都特别可亲可爱，她们全用甜腻腻的称呼叫人，"心肝儿""宝贝儿""亲爱的"。喊得人心肝儿乱颤。可惜这不是打情骂俏的好地方，手法与经验比小脸蛋更重要。

赵平，《老伍总有兔思念》，2023年

因此，当第二天上午ICU护士通知我得转走的时候，我真不想离开。在ICU，一个护士最多照顾两个病人，而在普通病房，她们得照顾四五个。她们安慰我，说我其实只是搬到属于ICU的另一个病区，ICU病情较轻的人就搬到那边，我搬离这儿，说明我已好转，我的待遇在那边和这边一样。

可惜我在这个病区待得也没多久，上午才去，下午就通知我转到普通病房。理由一样,普通病房完全能满足我现在的需求。我出院得从普通病房离开,不会直接从ICU"毕业"。于是,我又回到普通病房。希望不要再有反复。

还好,病房虽是双人间,但暂时就我一个人。

新的一天,感觉好多了,我决定下床开始锻炼。由于身上管子太多,有两条是不便拔掉的,我不能走出一定范围,于是我原地踏步,密切关注血氧饱和度的变化,总的还不错,血氧饱和度不仅没下降,还略有上升。今天一共走了两次。第一次二十分钟,第二次三十分钟。感觉都很轻松,没有累的迹象,当然,我的步伐较慢,还是不敢造次。此外,我还打坐二十五分钟。意犹未尽,体力尚佳,想站桩,但最后还是放弃了,我站桩会前后摇晃,万一一个不小心,失去平衡,一跤摔下来,就真可能挂了。挂了还好,半死不活才真可怕。

"缓和医学"处又来了一人和我聊天,他们部门我见过的三人中,主任有点端,而我和他交谈时也有一点戒心,没有畅谈;管精神层面的牧师又稍嫌死板;今天这个负责俗务的女士就比较善谈,作为职业医生,一边和我天上地下瞎侃,一边不断帮我调节我的吸氧机。我们聊了一个多小时,要不是我有个电话进来,她还会和我继续聊下去。我们既聊诸如生命的意义、信仰这样的宏大叙事,也聊家长里短鸡毛蒜皮的小事。其中一段因为呼应前两天关于"新常态"的话题,我记录一下。她问我如果明天就是我的大限,我会有什么样的反应,恐惧、悲伤还是其他。我的答复是,我既不恐惧也不悲伤，当然也不会喜悦，认为从此可以进入天国了。自从得知自己病入膏肓后，我常问的问题只是"为什么是我？"(Why me?)，我的生活习惯良好，从不吸烟，喝点小酒，酷爱运动；也不是上帝喜欢带走的天才，就是一个人畜无害的小人物。因此，无论是谁要我的命，我都只能干瞪眼，无论我怎么办，都改变不了结局，既然如此，该来的就来，我何惧之有，何伤可悲！昨日已去，明日不知，那只有今日，可以让我决定今日怎么活，我的一切重心就只在今日。根据今日的情况制订我的生活方式。我过去生活中的很多生活方式，是基于我过去的"常态"践行的，比如我喜欢旅行，喜欢打高尔夫。但如果我的"新常态"限制我长途旅行，永远也上不了高尔夫球场，我也不会呼天抢地，痛不欲生。我还会找到可以让我继续混日子的方法，因为那些所谓的爱好，也是我在生活的过程中捡拾起来的。

旅行可能是我的生命激素，高中毕业后，由于师资短缺，我去到一所中学教书，月薪二十六元人民币。节衣缩食，第一年我的积蓄让我拥有了一个长城135相机，再用一年的积蓄，我只身离开我的老家贵阳，去云南昆明旅行。为省钱，晚上就住在旅馆过道或澡堂（三毛钱一晚），为了不影响别人的正常营业，我晚上十点后才能住进去，早上六点就得离开。每天在昆明游荡十多个小时，一周时间把当时昆明所有大大小小的旅游点游得彻彻底底，详细到各个景点的牌匾题诗我都会仔细抄录。

后来到美国留学，初衷也只是想看世界，不是做学问，因为那个时候出国留学，是我唯一可以离开中国看世界的手段。

仔细想来，我的一生其实就是一趟旅行，谈不上颠沛流离，坎坷一生，但总乐在其中。作为一个旅行者，归宿真的没那么重要。哪儿天黑哪儿歇。

流浪天涯，2022年

死亡日志㉛

2023年4月1日　08:11
解脱

今天，在病床待了足足两周后，终于得到出院许可。我们的保险和医院有协议，病人出院必须征得病人的同意，如果病人不愿意出院，医院不得以任何理由赶走病人。也不知是否其他保险也有这样的规定。于我而言，在医院就是折磨，早一分钟出院就是少一分钟的折磨，所以我时时纠缠医生，让他们批准我出院。但我出院得三个医生达成一致意见，其中一个是肺专科医生，他总是以我的血氧饱和度太低为由不批。最后几天，头一天都告诉我明天你也许（Maybe）就能出院，但日复一日，都是"Maybe"，直到今天，"Maybe"才成为"Yes"，而且还是到下午才给了我这个准信。

当我坐着轮椅来到户外，呼吸着半个月来的第一口新鲜空气，尽管我的主要氧气来源还是氧气管，但我还是能分辨出雨后天晴，户外空气中的土地香，草香，花香。

然而，世事吊诡的地方是，就在我似乎从死亡线上挣扎爬回来的同一时间，我被推到了蓝天下，我的母亲却被推进了火葬场的焚尸炉，化为一缕青烟，不知飘向何方。我仰望高空，一半是浓云，一半是蓝天。生和死的一次交替。

我的母亲，徐吉敏，我记得小时候，人们都叫她"胖子"。其实她并不胖，但也许那时候的人都瘦，她多长几斤肉就算胖了。胖点的人肺活量大，所以声音比较大，出门我们就害怕她说话，尤其在国外一些高档餐厅，人们都说的是悄悄话，而她一开口，恐怕餐厅每个角落都听得到。虽然她没上过几天学，但那种市井的歇后语（贵阳话叫作：言子），无论是应对什么样的场景，她能张口就来，也不知她怎么收罗那么多，装在脑子里。我老婆总是说要把它们收集起来，但始终没做。她幽默风趣，我的许多朋友都很喜欢她，总是念叨"伍老妈"如何如何开朗。

和朋友们在一起

但其实他们不了解我母亲的另一面，用她自己的言子来说，叫作"眼睛一鼓，不认公母，眉毛一棱，不认熟人"。她的脾气那是真"胖"，我小时候的印象就是街坊邻居没人是她吵架的对手，一旦吵起来，她能堵着别人家的门，骂到别人不敢再还嘴才会罢休。就是到老了，她的怒火上来仍然会掀桌子。

幸好我小时候她不会用高尔夫球杆

小时候我挨她的暴打，那是不计其数，而且她一旦上火，手边什么顺手就抄着给你一下，完全不顾后果，从砖头到扁担，我都品尝过。

所以，她实在不算"慈母"，不过，那时候，也流行棍棒底下出好人的教育。

我也记得，在我十三四岁的时候，一次，急性阑尾炎发作，疼得死去活来，那时也没有什么出租车，我们家离医院大约五公里，要走三公里左右，才有公共汽车。那天我父亲喝醉了，自己尚且站不稳。我母亲背着我上医院，我那时差不多和她一般高了。她一步一挪把我送到医院。如果不是送医及时，马上开刀，我早就挂了。

回国前挨个和人告别，即使语言不通亦无妨

还有几次类似这样的事情，我也都记着。

我妹妹发给我母亲临走前不久拍摄的视频，看见她用仅有的力气，不断亲吻我和我儿子的照片。

人老了真的萎缩，不再有胖子的影子。和她的宝贝孙子在一起

不过今天，我不打算在这篇日志里过多谈论儿子和母亲之间的"爱恨情仇"，我还是会重点讨论《死亡日志》的主题，死与生的关系。

母亲的离去，我早有心理准备。近两年她都生活在疗养院，身体每况愈下，越来越虚弱。她的意识也逐渐衰退，时而混沌，时而清晰。我妹妹在身边照顾她，她都会经常不认识自己的女儿。反而是我这在天边的不孝子，她倒还十次有八九次认得出。有一天和她视频聊天时，她问我，这个女孩（我妹妹）究竟是谁，怎么老在她跟前晃荡。弄得我妹妹哭笑不得。

母亲和妹妹

我母亲一向胃口很好，但后来牙不好，没法咀嚼食物，只能把她的食物全部打成粥状喝下去。

一向开朗泼辣的她，慢慢变得沉默寡言。

生命的活力慢慢离开了她。

一周前，我和她最后一次视频，她已经虚弱得说不出话。我妹妹说，母亲的日子屈指可数了。

听到噩耗，我并没有那么悲伤，我想到的只是，母亲终于解脱了。

母亲的身体开始走下坡路，始于三年多以前。那时她虽已八十八岁，但身体很好，差不多每天，风雨无阻，她都会独自从家附近乘公交车前往贵阳的一个公园，她在公园里要玩好几个小时，才会回家。有一天，我妹妹接到电话，说我母亲在医院，她摔了一跤，把盆骨摔坏了，得动手术，换髋骨。

术后她虽然还是能够行走，但已经步履蹒跚，不再能自由地去她想去的地方。再后来，她被送去疗养院。紧接着就是三年的疫情，她的活动空间越发狭窄，她的生命活力就这样被一点一点挤干，生命的意志也逐渐远去。她的声音不再响亮，不再上其他房间骚扰同院老人，逐渐不认识亲人，常常一个人发呆，偶尔清醒，会发火摔东西，说我不去看她。

看着她逐渐空洞的眼神，苍白的脸色，蹒跚的步态；看着她艰难地吞咽着打成浓稠状的不知什么食物，在伤心的同时，忍不住问自己，这样的日子对她究竟是活着好，还是走了好。她已经不再是她。她其实备受折磨，在受苦受难。

所以，听说她离去，我想到的就是她的痛苦，得到了解脱，看到她死后平静的面容，我相信她是真的解脱了。

我这次住院，先后有四个同室病友，除了一个中年人，其他三个都是九十岁上下的老人。与我母亲相比，他们都还头脑清醒，思维敏捷，但依然给人风烛残年、行将就木的感觉，难免有健康时会觉得有损尊严的行为。相信这种情况会越来越严重，最后会落得和我母亲一样或者更糟的境地。只是时间早晚而已。

只有死亡，才能了局。

死亡是最终的解脱。只是我们都不知道何时及如何才能得到解脱。

因此，死亡其实是值得庆贺的事。当你身体健康时，生是容易的。当你的身体不属于自己时，生就是最大的挑战。如果早晚有一天，你的身体将不再属于你自己。相信在这个时候，你会呼唤死亡。

死亡日志㉜

2023年4月15日　11:29
三进三出ICU

一个月内，三次进出ICU，半死不活抬进去，半活不死抬出来。不过好在仍然活着，还可以继续码字。

赵平，《老伍的注视与天使的翅膀》，2023年

上次出院回家是半月前，我的生存已经离不开氧气机，二十四小时不间断。每天上午的情况比较糟糕，不动时大约血氧饱和度是90～92%，但只要稍微走动，血氧马上掉到80%上下。因此，我上午尽量坐着，不得已才走动。不动时我把供氧量调到3升，动时则调到4升。下午情况就比较稳定，起伏较小，同样在3升的情况下，大部分时间血氧饱和度在90%以上，走动时只要不是太快，可以控制在

85～90%之间。走路用氧气瓶，调节空间比较大，我通常把供氧量调到4～5升，最高可达15升。氧气机最大就只能调到5升。

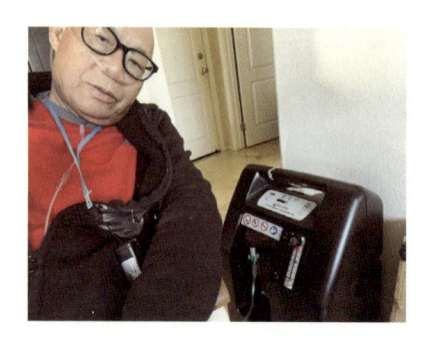

24小时吊命的氧气机

下午情况比较好时，我会出去走走，大约一里地，去时微微上坡，走到后来比较喘，有时中途得停下休息几次，待血氧饱和度与心跳指标稳定一点再走。体力还行，就是血氧饱和度和心跳不给劲儿，回去就轻松些，可以不休息一口气走回去，慢点就成。

别人遛狗我遛氧气筒

身上的滴管还吊着，每隔一两天就得把滴管容器内的积液清除，等下次见手术医生时才给我拔出。

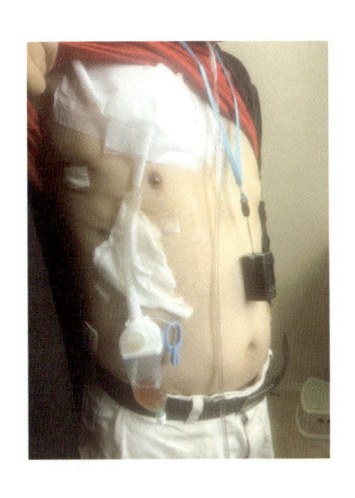

出院一周时，陪老婆去了一趟高尔夫练习场，我跟着打了二三十个球，当然只是轻挥。打几个休息一会儿，还是有点喘，等恢复差不多了再接着来。

4月9号是母亲下葬的日子，不能亲身回去为她掬一捧

土，就来到六年前与她一起看野花的地方，陪她走人间的最后一段路，也希望她所去的地方时时有鲜花相伴。我其实也没力气走当年的路，拖着氧气瓶，走了五百米左右就停下了，上坡路，其实也不怎么陡，比我平时的路坡度稍微大一些，但喘得有点厉害。正好那儿有桌椅，干脆就坐那儿休息不走了。

后来一切都还好，但晚上就有问题了，血氧饱和度一直在86～87%徘徊，一不小心就降到80%甚至更低。第二天早上起来就更惨，稍微一动弹，血氧饱和度就冲80%以下，心跳则是130次/分钟以上，上气不接下气，咳嗽，拼命喘气，

脸色涨成猪肝。

挨到下午两三点钟，期盼中的下午好转模式踪迹全无，不得已，只得去医院。这回经验比较丰富了，除了手机，我把手提电脑也带上了，做好打持久战的准备。

进入急诊室，一个大约是急症科的护士长负责接待，问了我的大致病状后，就是一大堆检查，包括X光以及其他二十余种血检，由于我几天前才离开这儿，记录也多，护士长说她去查看过往资料并与我的手术医生沟通。与此同时，通过静脉输液输入了一些大概是消炎的药物。

过了很久，护士长回来了。她说所有检查结果都出来了，没有异常，和我的手术医生也沟通过，他也认为没大事。我可以回家，若为安全起见，也可以留院观察一晚上。经过与我老婆和女儿的商量，我决定留下，因为他们根本没有解决我来此的问题，也没回答我为什么会如此。在医院的高强度氧气条件下，我的血氧饱和度上升到可接受的程度，但也就91%上下，而我的心跳维持在120次/分钟以上，根本没改善的迹象。这还是在医院，躺在病床上不动，若回家一折腾，还不知会怎么样，恐怕又得重返，而且恐怕再来就得坐急救车了。

在急诊室与病房联系我的床位期间，来了一个医生，这个医生认真多了，对我进行了反复的听诊，不只是问我的情况。他走后不久，一个护士进来，说要在我的另一只手上再埋一根"静脉注射管"（简称IV），我问为什么，进急诊室后已经在左手埋了一根，一根上已经有两个给药口，干吗还要埋一根。她说这是ICU的规定，进去的人至少得有两根，我想起来上次我有三根六个输药口，可以同时输六种药，所以我的手臂看上去像圣诞树的装饰。

我有点纳闷了，刚才还说我可以选择回家，这下怎么就又把我送到重症监护室了。随意性好像大了点，但看来情况比想象的严重。我自己的直觉是对的。

这次还是先做了一个CT，再进ICU。不过这回就好多了，上次是在半死的情况下，被人抬上CT，这次我基本不用他人帮助就完成了。

尽管我这次不像上次，是以抢救状态进入ICU病房，但还是一下子上来四五个护士，脱去我全身衣物，把我全身擦干净，换上病服，插上一堆管子。电影看多了，感觉好像即将把我献祭。

又是一大堆问题与检查，包括一个非常细致的超声检查，花了半个小时。

除了咳嗽多痰多，一夜没有其他异常，但心跳还是高居不下，总在120次/分钟左右。

10号上午，手术医生来了。他好像有点不高兴，昨天他是同意我回家的，没想到我不但留下，还被送到ICU，感觉他的权威受到挑战，问他什么问题，他都说不知道。关于我的血氧饱和度低与心跳过速，他说只是听说我的心脏可能有血液包裹，导致心跳加速，具体情况他不清楚。虽然有点开玩笑，但他说就没见过谁把手提电脑带进ICU的。估计他想这儿是抢救人，不是让人工作、观剧、打游戏的地方。我想这关我什么事，我又没要求来这儿，这不是我能做主的。当然我愿意来ICU，这儿我住单间，护士随叫随到，普通病房只允许一人探视，这儿可以有两人，而且不强行让探视人员在八点钟离开，想待多久待多久，我老婆和女儿就可以一起陪着。

手术医生把我身上的滴管拔下来了，倒是干净利落。在此之前做了X光检查，之后又做了一次X光检查。

但他走后不久，我稍一用劲，就感觉空气直接从原先插管的地方冲出，赶紧问护士，护士又去请示。一会儿护士长过来，在插管处加贴了一块据说带有凡士林的胶布，可以更好地密封，允许体内气体从肚子出来，但防止体外空气进去。以后几天，我的身上多了一个气孔，一用劲，比如咳嗽时，气体就从这儿冒出，就连放屁时，也是上下同时出气，算是一种新的体验。

"缓和医学"处（也许用"长期临终关怀"更容易理解）的主任又来看我了。他倒是非常负责任，和我沟通病情，帮我联系各方面的医生，包括我医院外的癌症专科医生。在我住院的几天，他每天来看我，有人关怀始终是温暖的，即使是临终关怀。

心跳过速问题有所缓解，下了120次/分钟，在115～120次/分钟之间徘徊，仍然居高，但总算没有性命之忧了。为什么如此，还是没有答案。一时半会儿死不了，ICU得赶我走了。当天傍晚，我被搬离ICU，转到普通病房。

11号早上，医院的肺专科医生来了，他说检查结果显示我的心脏四周没有液体，算是排除了一个大的隐患，但究竟是什么导致心跳加速，还无定论。

癌症专科医生瓦格纳来医院看我了，他的诊所就在医院边上，本来约好明天去他的诊所。他说我的基因检测结果，还是指明HER2基因是罪魁祸首，没有其他基因对此负责。因此，下一步治疗应当针对HER2。他说目前有两款比较好的针对HER2的靶向药，尽管它们的主要适应症是乳腺癌。一种是Enhertu（简称DS-8201），另一种叫Kadcyla（简称T-DM1）。呼声较高的是Enhertu，因为临床试验显示Enhertu有较高的抗肿瘤活性和较长的无进展生存期。但瓦格纳医生不主张用Enhertu，因为它对肺部的间质组织的副作用较大，可能导致肺纤维化以及呼吸功能受损。此外，也可能引发肺炎。这两方面的副作用发生率都在10%左右。而我的呼吸系统比较脆弱，一个不慎，很可能导致灭顶之灾。因此，他建议用Kadcyla。他言之凿凿，我好像只有听他的了。呼吸艰难的情景我已经体会够了。

4月12日：虽然造成这次病况的原因还是不清不楚，但今天的指标明显好转，在使用3升氧气的情况下，血氧饱和度上升到90%以上，心跳降到100次/分钟以下。只是前两天已明显减少的咳嗽以及少痰现象，昨晚开始又出现反复，基本上每次咳嗽都伴有浓痰。

不过，医院已同意我今日出院。终于可以回家睡安稳觉了。我始终不明白医院为什么总是凌晨四五点钟开始做种种检查，抽血等。昨晚甚至在半夜两点半来检查我的伤口。

我儿子来电话询问病情，然后和我讨论起我的后事安排，也难为他了，他才刚刚成年，两个月前才有合法资格，自己买酒喝，如今则得帮他人做生死抉择。但没办法，我让他做我的临终意愿执行人，他得挑起这个担子，他是这个家庭的男子汉。他问我选择土葬还是火葬，我过去还真没想过此事，对我来说，死后的处理已经不关我的事了。既然他问到，我想了想，火葬吧，然后骨灰撒海里。他同意火葬，但他不同意骨灰撒了。他说让他、他姐、他妈以及后代有个可资纪念的东西，可以凝聚伍家人。这一点我倒是没想过，既然我的骨灰还能有点用，那就随便他们处理吧。我也很欣慰，他想得比我周全和长远，看来我的担子可以放心卸下了。

但是，我还是有点心酸，这么早把这个担子扔给他。我赶紧转移话题，因为我知道他也是在假装冷静。

死亡日志㉝

2023年4月20日　15:29
临终关怀

我的生命终于开始倒数计时，因为我已经跨入临终关怀的行列，活不过半年了。

赵平,《老伍夜空》,2023年

老友赵院长心有灵犀，知道我即将化为流星，早把插图准备好。

4月12日
出院回到家，以为可以睡个好觉了，但大脑就是静不下来，半睡半醒，头天晚上看了几页易中天的《易中天中华史：隋唐定局》，头脑里乱七八糟的不知哪来的奇异画面。

头脑肿胀，越想睡越睡不着。还有就是一晚上不停地咳嗽，差不多每次咳嗽都带浓痰。

躺下时查看血氧饱和度和心跳指标，都还算可以，前者92%，后者100次/分钟。但早上起床走进卫生间再测，马上就变成80%与130次/分钟，又是上气不接下气。

4月13日

今天一天就是煎熬，即使坐着不动，心跳都在120次/分钟左右浮动。血氧饱和度则好些，不动时可到90%以上。但只要稍微挪动，马上就喘不过气来。

这种情形一直延续到晚上八九点钟，呼吸逐渐顺畅，胸口不再那么堵得慌。指标也明显好转，血氧饱和度在90%以上，心跳到了100次/分钟左右。

只是又出了一个状况，插滴管处往外渗液体。拔出滴管后，除了往外变成另一个出气口，还没有出现渗出液体的情况。我估计是因为血氧饱和度太低，以及心跳太高给了伤口太大的压力，又把伤口冲破了。问医生，说只要液体是颜色比较淡的血水，问题就不大，如果是其他颜色就得警惕，让我再观察24小时，如果恶化，就和我的手术医生联系。

昨晚吃了颗安眠药，好不容易睡了个好觉，都不清楚上次什么时候睡得这么香甜了。

测了一下指标，出奇地好，都在90多。

但一动又出鬼了，第一次看到血氧饱和度报71%，心跳到130次/分钟，只是好像也没觉得那么难受，不知是睡好了的缘故，还是我已经慢慢适应了，反正比昨天喘得还要轻些。

4月14日～16日

这几天的情况都差不多，早上比较严重，下午较好。还算稳定。

4月17日

出状况了。早上起来，走了几步上卫生间，测得的数据吓死人，血氧饱和度67%，心跳157次/分钟，伴以发烧，39摄氏度。当天上午正好和肺专科尹医生有预约。他检查完毕，给我开了些药，要求我拍了X光片，就让我回家了。但我还没到家，他的电话就来了，他说X光片的情况不妙，我可能有肺炎，恐怕得马上回医院。

于是，我再次被送进急救室。由于尹医生已经预先和医院说明了我的情况，这回在急救室就没有太多折腾，做了一些必要的检查，住院医生（正好是不到一周前把我放回家的医生）问了些进一步的情况，等我的病房确定后，我就被送进住院部治疗。

4月18日

一夜无话。经过一晚上的治疗，病情缓解，血氧饱和度依然偏低，但已在安全范围（87～89%），心跳也在100次/分钟上下。

早上，出了一个乌龙事件。我正在床上玩手机，六七个护士你推我攘、气喘吁吁地冲进我的病房，一看我安静地坐在那儿，傻眼了。但他们扭头又往外呼啦啦跑了。过了一会儿，我的专职负责护士，一个名叫"珍"的六十三岁的老太太，回来告诉我，警报器说有人在病房摔倒了，她以为是我，因为大约我的情况最危险，其他护士也就跟着她跑来我的房间，她说她的心脏病都差点跑出来了。好在虚惊一场，我没事，真正摔倒的人也无大碍。

我在这个医院算老病号了，感觉绝大多数护士都很认真敬业友好，但"珍"尤其突出，不但不厌其烦地为我解答医学相关的问题，还和我天南地北瞎扯。本来我是可以下床自己活动的，但她坚持我每次下床，她必须到场保证我没事，尽管这样会增加她好多工作。尤其让我感动的是，她都快下班了，接班的护士也来了，她问我是否想调到靠窗的那张床位去，那张床位的病人刚出院。我当然想，那儿明亮，视野开阔，空间大一些，关键是私密性更好。我女儿就一直想让我搬过去，但我一是担心恐怕让医院系统出差错，因为每一个床位的数据随时都在更新；二是不想太麻烦护士。但既然她主动提及，我就说了我的真实想法。她说她不怕麻烦，但她得和办公室的人商量。她出去一会儿回来，告诉我，办公室同意我搬，于是她和她的助手忙了好一会儿，把两张床对移，将我的一大堆管子拆了再接，终于把我安顿好。我真心地感谢她，说她真好，但她的回复让我感觉更好。她说"Not to everyone."（不是对谁都这样）。我都不知道什么时候

床位调换后窗外的日出，
不枉"珍"的苦心

我成了"医奶杀手"。

其实，她可能只是悲悯我而已。但我相信，她是真诚的，她还不知道今天医生和我的谈话。

今天，见了两个医生。一个是医院的肺专科医生，他对我的病似乎已经束手无策。说得也很直白，医院对我已经无能为力，可能得把我交给"临终关怀"，这回的临终关怀，是传统的临终关怀（Hospice），即放弃治疗，混吃等死，不是我曾经说过的"缓和医学"。

以下是ChatGPT关于临终关怀与缓和医学的解释：

临终关怀和缓和医学都关注于提高患者生活质量和减轻病痛，但它们之间存在一些重要的区别。

临终关怀：

1. 主要针对预期寿命为六个月或更短的晚期病患者。
2. 重点关注病患者的舒适度、症状管理和心理支持。
3. 不再追求针对疾病本身的积极治疗，而是关注病人的舒适和尊严。

4. 可在家庭、护理院或临终关怀设施中提供。

5. 多学科团队提供支持，包括医生、护士、心理医生、社会工作者等。

6. 通常涉及家庭成员和志愿者的参与。

缓和医学：

1. 针对任何阶段的严重或慢性疾病患者，包括那些正在接受治疗的患者。

2. 专注于症状缓解、疼痛管理和生活质量的改善。

3. 可与针对疾病本身的积极治疗（如手术、化疗、放疗等）相结合。

4. 可在多种医疗环境中提供，包括住院、门诊和家庭护理。

5. 多学科团队提供支持，包括医生、护士、心理医生、社会工作者、物理治疗师等。

总之，临终关怀主要针对预期寿命较短、不再寻求积极治疗的晚期病患者，关注于舒适度和症状管理。而缓和医学适用于各种严重或慢性疾病的患者，可以与其他治疗方法相结合，关注于症状缓解、疼痛管理和生活质量的改善。

简而言之，半年就是我最长的混吃等死期。但他也没给我更多的解释就扬长而去。

第二个医生就是上一次把我送进ICU的那位我认为比较尽责的医生，他说得明白些。他说我的左肺有肺炎。肺炎的产生是由于有积液，积液的产生是因为癌细胞，癌细胞的存在又让治疗肺炎的药难以生效。这成为一个难题，有癌细胞的存在，肺炎难以消除，而不治好肺炎，传统上又不能开始化疗。目前只能上抗生素先压制住。他会和我的癌症专科医生瓦格纳商量怎么办，是否可以打破成规，上化疗。

我的想法是，如果我现在还有行动能力，也许我就拔掉所有管子，去干点我想干的事儿，但我现在带着氧气罐都走不了几步路。这样的混吃等死就实在不如拼一把，要么快速地死在治疗中，要么争取换来个多少能够自由行动的身体，多一天算一天。看医生们怎么决定，我再表明我的态度。

4月19日

医院负责出院事务的管理人员来了，她是奉昨天第一个医生的命来的，来和我讨论去哪一个临终关怀医疗机构的事，因为我目前的情况回不了家，家里的氧气设备不足以应付。我有点不高兴，昨天医生也只是说我可能得去临终关怀机构，今天连个照面也没有，没给个详细解释，就想把我送走，这样也太过分了吧。我说昨天另一个医生还说和我的癌症医生商量，商量的结果怎样，你们的医生有什么样的共识，总该给我一个说明吧。我感觉他们几个医生之间就没沟通，各行其是。我说我在等那个医生的回复，其他暂时不考虑。她悻悻然走了。

第二个医生还没来，我的癌症医生瓦格纳反而来了。他说我不是肺炎，就是癌症恶化，现在唯一的办法只能上化疗，就是上次说的Kadcyla，但现在上化疗，一是危险系数大，可能就此挂了，而且是否有效，也未可知，只能说有50%的可能性。即使有效，可能有效期只有三个月或半年，以后的终点还是临终关怀机构。我说不管有效没效，试了再说。我是这样想的，既然如今已是这个局面，就死马当作活马医吧。Kadcyla若不行，不是还有Enhertu吗？上次没选它是说它的副作用大，事已至此，还管它什么副作用不副作用，医死算逑，医不死算捡条命。但我现在也懒得和他扯这些，先把Kadcyla试了再说。他说那好，明天就安排化疗。并问如果化疗出现问题，是否用急救呼吸器，我说可用。如果急救呼吸器不管用，是否插管。我说插管就不用了，让我走吧。

昨日的第二个医生终于来了，他已经知道我和癌症医生的决定，癌症医生就是他沟通来的。他只是又重申了一下我得做好去临终关怀机构的准备。看来医生们对我都缺乏信心。

就这么决定了，明天做生死攸关的化疗。如果没当场挂掉，三周后再做第二轮化疗。

也许这是我最后一期日志，没挂再继续写。

死亡日志㉞

2023年4月27日　06:37
"为何是我"以及"为何不是我"

尽管我现在还在医院病床上，接受化疗及其他相关治疗，但这篇日志不谈具体的病痛，只聊聊癌症对我的心理影响以及我的一点反思。

自从得知自己病入膏肓后，我经常在想这个问题，"为什么是我？"（Why me?）。

据说肺癌与生活习惯有较大关系，但我的生活习惯差不多无懈可击。我从不吸烟，尽管周围一圈烟鬼朋友，也没能把我拉下水。虽然每天喜欢喝点小酒，但都适量，酒桌上从来没有英雄气概，酒量不行就认怂，这一辈子就喝吐过一次，属于好酒但不贪杯那种。一日三餐极有规律，不喜零食，不喜甜食。虽然睡眠质量差点，但有规律，每天基本能保证六到八小时睡眠，而且极少熬夜。从小酷爱运动，基本就没有我不会的项目，近几年专注于高尔夫，虽然下场不多（每周一到两次），但加上练习场，每周摸杆四到五次是一定的。种种因素加起来，我的体质体力在朋友之间是没的说的，很少有人能拼得过我。在确诊肺癌之前，做十个八个引

体向上轻而易举。上一次住院还是五十年前动阑尾手术。

有人说遗传的可能性更大。也许吧,我父亲就死于胃癌。也不知和肺癌有多大关系。我一朋友父兄均死于肺癌,他自己是四十年烟龄的老烟枪,属于重点观察对象,但他肺部屁事没有。

我敬畏神明。虽然没有明确皈依哪一种宗教,但我一边认真学习各种经典,一边坚守基本的道德底线,绝不敢胡作非为。

我崇尚大自然,尤其是古老苍凉的荒原。神明其实比较抽象,但当你匍匐在那些以亿年计的荒原上时,你真能感觉到自己的微不足道。

所以我是谦卑的,甚至可以说有些木讷。以至于朋友们说我在外面这么多年,怎么还是一副"闰土"模样,有人再补一刀,说我不光是"闰土",还是"美国闰土"。也就是说,比"闰土"更土,于是我的别名就是"美国闰土"。

那是否因为我的木讷导致心理压抑而诱导病因呢,心理问题据说也是致癌的一个关键因素。我话不多,但朋友多呀,尽管多是损友。朋友间常有聚会,我必定是开心果。不是我幽默风趣让大家开心,而是大家拿我开涮,以谁把我说得最不堪而逗大家开心。再不堪的戏言对我都如雨打风吹,这种抗打击能力好像也扛得住心理压抑。

我还是居家型男人,一般的应酬性聚会很少参加,但我儿子的每一场球赛,我基本都没落下。家务至少做一半吧。没有治国之才,但小鲜烹制还算有些心得,口碑也还不错。

我觉得自己还有一颗感恩的心。有一天和朋友聊起人性险恶的事情，我就不太以为然。这么几十年，我在很多地方很多部门工作过，我总觉得每个地方的大部分人都在帮我，我的成长和他们一路的帮助分不开。也许我运气好，我没碰到过真正的坏人，我还真找不到一个人去恨。如果我有能力，我也愿意尽我所能去帮助他人。

因此，像我这种循规蹈矩、人畜无害的小人物，混在芸芸众生之中跟细菌一样，不会引起任何人的关注。但不知为什么我就被挑中了，而且基本上一击致命，让我毫无招架之功。这就是我百思不得其解的地方，感觉有些委屈，不公。"Why me?" 为什么会是我？

但最近我的想法有了根本变化。

这一变化源于这次住院。当我第一次从ICU转到普通病房后，医院"缓和医疗"处的一个医生和我有个长谈，我前面的日志提到过。

我提起"为什么是我"这个话题，她没有正面答复，但给我讲了一个故事。在她女儿八九岁时，得了重病，怎么也治不好，她忧心如焚。她说女儿常常睁着无辜的大眼睛盯着她，问："Mamie, Why me?"（妈咪，为什么是我？）

她说她也不知道，但有一天她反复思量，问她女儿，"But Why not me?"（但为什么不是我呢？）上帝的安排无人能理解，但祂是公平的。为什么就不该是你呢？谁就该是呢？

对呀，为什么不是我？有点五雷轰顶的感觉。于是，这一段时间这个问题（Why not me?）就一直萦绕于我。

在这个八九岁的小朋友面前，我还有资格问"为什么是我"这个问题吗？我进而发现我的那些种种解释都是扯谈，或者是别人引导我这样去想的扯谈。

不过，用"为什么不该是我呢"去清理我这些扯谈，却让我更加清楚地认识了我自己。

1. 从原则上来说，这种事根本就没有什么规律可言，和什么生活习惯、基因遗传关系其实不大。上帝的安排也好，无常的拘役也罢，逮谁谁，没什么道理可讲。落到谁头上，认倒霉就好，别再问"Why me?"。否则就是自讨没趣。你没那么特殊，谁都没有免死金牌。当然，积极一点的思路就是把它看作上帝的安排，也许祂会有惊喜给你，但那是后话。

2. 这样说上帝有点不敬，所以我的敬畏神明，其实有很大水分。在我了解一点的宗教中，我最倾向基督教。我有很多基督教朋友，都是非常好的人。我相信他们是这个宗教影响下的结果。现在每天都有很多基督徒为我祷告，我衷心感谢。但我对基督教义有诸多疑虑。我有一个不太同于圣经中的上帝形象。我心目中的上帝无所不能，绝对慈悲。

3. 我的崇尚大自然，其实是一种深切的恐惧，面对那动辄以亿年为基数的荒原，人的几十年在它面前都扬不起一丝灰。

4. 我的谦卑与木讷有时候也不大靠得住，杠精起来，我也寸步不让。据说还常有横蛮不讲理的时候。

5. 关于心理问题，虽然我喜欢和朋友在一起，但我对社交性的应酬其实很难适应。在杯觥交错中，在卡拉OK的喧哗中，我常常会有灵魂出窍的感觉，有种莫名的孤独。所以我更习惯独处。朋友们从国内来看我，都不明白我怎么能在这样孤独的环境中生存下来。

6. 至于家庭，我爱老婆子女，毋庸置疑，甚至有溺爱的嫌疑。如果有谁敢欺辱他们,我一定性命相拼。但其实我问题也蛮多的,尤其是脾气急,眼睛一鼓,不认公母。所以我儿子说他会是一个比我称职的父亲。

7. 至于感恩的问题,我过去觉得自己还可以,感恩他人,也做点力所能及的事惠及他人。但最近我被一件事深深触动,感觉自己所做更多是舔自己的伤口。我参与了一个有五百个成员的癌症病人交流群,大家在群里交流自己的经验,互为支撑。群主刘淑明博士——一个专业知识非常扎实的医学问题专家——一方面组织各种与癌症相关的线上线下的活动,一方面不厌其烦地在群里回答病友的各种问题。我想她就是一个热心公益活动的好心人,用业余时间做件好事。但最近我才发现,她其实已经病入膏肓,依然拖着病体,若无其事地默默在为大家服务。和她比起来,我只有羞愧的份,哪敢再问"Why Me?"。不该你该谁!

厘清了这些问题后,我发现如果我有十个"为什么是我"的疑虑,那我会有十个甚至更多"为什么就该是你"的答复。我其实不是我想象的那样无辜。但其实无辜不无辜也根本无关紧要,那道闪电好像无差别击打。

因此,"为什么是我呢",以及"为什么不该是我呢"已经不再成为我的问题。

"为什么是我"的潜台词其实是有怨气的,但你不该谁就该呢?谁就一定应该呢?人生而平等,死亦如此。这才公平。

"为什么不该是我呢"就平和多了。接受事实,不管

赵平，《老伍日出》，
2023年

它如何严酷。没有谁比你更应该，也没有谁比你更不应该。没有抱怨，没有推诿，既来之，则安之，其他思虑都于事无补。

借赵院长之图，来一次东方又红，太阳再升。我喜欢这个太阳，看起来没那么火辣，倒是挺温馨的。

死亡日志㉟

2023年5月2日　06:45
第四轮化疗

　　接着谈治疗。
　　一旦决定第二天化疗，我又得搬家，好容易弄到这么一个靠窗位，安安静静住了一晚上，不想走。护士"Tina"也帮我争取，因为我的化疗就几个小时，负责化疗的护士可以在这个房间帮我操作。Tina去和办公室交涉，但这回办公室不松口了，因为这是医院条例规定的。我现在所住属于呼吸科，前段时间是专门的"新冠"专用病房，现在房间里还放着巨大的抽风机，尽管很少有"新冠"病人了，据护士说，当时的确死了不少人。我进来是因为呼吸问题，现在化疗是癌症问题，得去癌症病房，他们配备的相关人员、设备是都有针对性的。不过，办公室答应，给我找一个靠窗的床位。

还不错，的确靠窗，只不过不再面对大山，是一个精致的天井小花园。而且就我一人，虽然其他房间也常常就我一人，但这个房间特别安静。不太听得见外面的声音。但是，晚上不知为什么，这两天好像已经缓解的咳嗽又加剧，而且每次咳嗽都伴有大口浓痰，一晚上我吐出的浓痰有好几百毫升，第一次看到这么多，感觉病情加剧。所以，尽管少了很多外面的干扰，但不间断的咳嗽，也基本让我不能睡，哪怕半小时的安稳觉。医院一直很照顾我，之后大部分时间，他们都尽量让我一人住，除非床位实在排不开。

我的氧气呼吸设备也从常规改为高流量，让我呼吸更为顺畅。只是我这样根本就回不了家，这个设备没法搬家里。

医院还是那两位医生来看我。先来的肺专科医生冷冰冰扔下两句话就走了，说我得转到护理中心（临终关怀中心），具体哪一家都联系好了，等我做完化疗，就安排转院。我连问话的机会都没有。

我称为好人住院医生的态度截然不同，检查了我的身体,了解我何时做化疗,虽然也强调我可能得搬走,但他告诉我也许保险公司不会同意,那他们也没办法。不管怎么样,做完化疗,休息几天,大约下周一我们再考虑咋办,也许保险公司根本不同意,也许我的情况好了,可以回家了。我告诉他,我不反对转院,但得告诉我有哪些可选择的地方,利弊是什么,我得考虑选择。我现在有底了,把我惹翻了,我就不离开医院,因为只要我不签字,他们便无权赶我走。我就当一回钉子户。

4月20日:化疗

我这次的化疗药物是Kadcyla(曲妥珠单抗-DM1)。这种药物主要用于治疗HER2阳性的晚期或转移性乳腺癌,特别是那些已经接受过曲妥珠单抗和其他治疗的患者。据说Kadcyla结合了曲妥珠单抗的靶向作用和DM1的细胞毒性,从而提高了对肿瘤细胞的杀伤效果。我是肺癌,用的是抗乳腺癌的药,真的是病急乱用药了。

过去化疗就在医生的诊所,坐在沙发上,护士帮你输液,输完回家。虽然输液第一步就是输防止副作用的药物,但输真正的化疗药时常有严重的不适感。我这次在医院,医院很重视,因为肺炎问题尚未解决,理论上不应该在这时做化疗的,恐怕出现异常。医院今天专门安排由一个护士长负责照顾我,也由她负责为我做化疗。几个小时,在不知不觉间,她告诉我完成了。无惊无险。暂时没有出现可能的副作用,只是效果如何,还得过一段时间才知道。

十来天过去，不但没见到警惕中的异常，就连过去常见的副作用也没见到，一切都平静得让人怀疑我做化疗了吗？就是大部分晚上都睡不好觉，不断咳嗽、吐痰，好容易睡着了又醒过来。不过身体也会调节，如果几个晚上睡不好了，就会有一晚上好点。我问医生能否给我开点安眠药，回复说由于我的呼吸问题，怕晚上安眠药会抑制我的呼吸，可能导致呼吸停止，因此只能硬扛。

癌症专科医生每隔两三天到病房来看我一次，用听诊器听听我的肺部活动。肺里面依然如一锅粥，他也只有摇头的份，听不到好的迹象，不过好像也没恶化。具体这个化疗有无效果可能得等两次化疗的周期（一个半月）过了才好下判断。

从表面看好像没什么大的变化，但我自己的身体反应告诉我，我现在是自己历来最为虚弱的时候。过去只要过了抢救期，我一下又觉得体力充沛。但现在只要稍有肢体动作，马上就喘不过气来，必须把肢体动作调慢几个节拍。尤其是吃饭，小口慢吃，嚼一口呼十口气，感觉现在吃一餐饭比过去打一场球还累。好在虽然辛苦些，我还吃得下。吃喝拉撒，还算基本正常。我女儿甚至偷偷把酒带进病房给我。

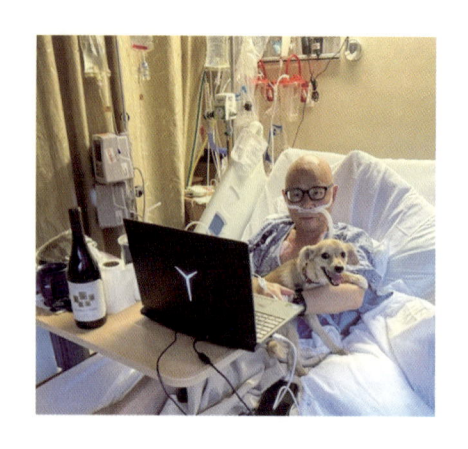

说实话，我不怕死，但我真的害怕我完全失去行动能力，那样还不如死了好。

最近几天又出了点小情况，过去我的血压一直很正常，但现在高压常常会到140以上。

前几天医院和我还都在努力看能否让我回家治疗，现在仿佛有默契似的，都不去争取了。医院把氧气量调得高高的，保证我有充足的血氧水平，我过去天天敦促他们往下调，现在也撒手了，爱咋咋地。

医院在忙着和我的保险公司打交道，急着把这个烫手的山芋扔出去。我呢，在医院也住习惯了，过去住两天就觉得度日如年，现在已经以院为家，大部分护士和我都已熟识，尤其一个法国妹子，我可以和她练练我的蹩脚法语，可惜还没熟练到可以调情。

回家无望，至于转院，我就让医院操心吧。

反正即使回家我也还是被固定在一个极小范围。我已经开始接受并适应我生活的"新常态"。

我把身体运动降到最低,但还坚持打坐。就在床上坐,运动量很小。打坐时感觉效果明显,常常很快就打哈欠流眼泪。打坐没有什么肢体动作,不会导致喘不过气来。站桩就不行。

同时,开始清理文档,办理遗嘱等,为后事做好准备,以便轻身上路。

赵平,《老伍梦回》,2023年

死亡日志㊱

2023年5月18日　07:08

转院

　　进入5月份后，需解决的几个问题：

　　1. 屁股开花：住院一个多月来，由于没法行动，全天基本就维持一个坐姿，累了就挪动一下屁股。最近几天才发现，完了，屁股已经千疮百孔，四处浸血，一动就疼得龇牙咧嘴。所以这几天码字，也特别辛苦，特别慢。

　　2. 血压上升：在此之前，指标一直正常。医院通常两到三小时就会检查一下血压情况。这一段时间数值逐渐攀升，130、140、150，然后就在150左右盘桓。头脑开始发涨。估计和我服用的药物和睡眠不好有关。但医生也不给我降压药。

　　3. 滴管伤口继续流血：一个多月了，一个小小的伤口拒绝愈合。虽然每天流的血也不多，但毕竟是个口子，和肚子通气的。我让医生干脆补两针缝合拉倒，他不同意，一定让其自然愈合。

　　4. 咳嗽并伴以大量浓痰：主要的麻烦是无法入眠，不断地吐痰完全打乱了睡眠节奏。

　　5. 血氧低，心跳快：加大供氧量，保证了我的血氧水平在90%上下，但心跳速率居高不下，即使躺着不动，也在120次/分钟左右，只要稍微动作，翻个身都可能变成130～140次/分钟，马上让我喘不过气来。因此，我全天只能老老实实躺着，最大的活动就是上下床，坐在椅子上。我感觉自己还是有劲的，只是心肺不让我使劲。

6. 化疗：原来认为化疗会是大问题，现在看来反而是最轻松的了。但或许前面有些问题它也有贡献。最近舌头疼，一点点辣都觉难以承受。估计也与化疗有关。

医院现在拿我头大。保险公司不批准我转院，我现在的情况，他们也不敢放我回家。医院管出院的人来问我有什么打算，有什么其他招。我说你是专家，我听你的，把皮球再给踢回去。

和医院的呼吸技术人员有一次较劲。连续几天，他们都在上调我的氧气量，因为我的血氧浓度常掉到88%以下，护士担心，呼吸科的技师就听他们的往上调。但再怎么调，也还是90%上下，根本不见起色。今天又往上调，我就有点意见了。我谈了我这几天的观察，我说咱们多花几分钟做一个实验，我躺着不动，你们把这几天的设定分别录入，看有多少变化，如果效果明显，那你们调高就是对的，如果没有多少变化，那你们调高它的意义在哪儿？经过实验，我的观察是对的。不过，他们借此也得到一点启发，换了个方式调节，血氧浓度明显得到提高。

我还发现一个问题，由于医生和医院多是合同制，医生自带病人，医院的住院医生只是帮手，他们既无专长也无积极性照顾住院病人，尤其像我这种急诊进来的病人，来了就不走了，住院医生只想着把我打发走，根本不去管我或没能力管我。我现在最大的问题是心跳速率太快，他们就没有花多少心思去琢磨如何应对这个问题，只想着如何把我弄走。

但有些问题我也不明白其中的逻辑关系。从经济的角度来看，我目前的医院要昂贵得多，每天保险公司得花一万多美元，转到长期护理中心就便宜多了。但保险公司反复不批准我转院，而医院反复申述，双方已经拉锯了几个来回。医院方面为什么急于让我走人呢？保险公司不差它的钱，它也不是床位紧张。我住的是双人病房，但大部分时间，都只有我一个人。

终于，情况出现转机，保险公司在医院的反复申诉下，已经批准我可以转到长期福利中心。医院通知我，11号做第二次化疗，12号转院。

好像要配合我转院，前面提到的有些问题也有所改善。

导流管伤口处已经连续几天没血水出现，看来伤口在愈合，恢复有望。

血压最近几天也趋于正常，高压偶有超过130的时候，而不像几天前动辄奔150去。

我从3月16日住进医院，5月12日离开，中途曾出院一周左右。也就是说，我在这家医院待了有七周左右。对不起了，保险公司。

由于我对氧气量的要求高，一般的氧气瓶不足以支撑我的需求，不能乘坐自己的车前往下一个医院。于是，我又有

了人生的一次新体验——乘坐救护车。

当三个彪悍的男女，一个护士，一个助理，一个司机，带着一个上面装满了各种仪器以及氧气装置的黄色移动担架进入病房的时候，还是有点威武的。他们首先把担架加热，再让我坐进去，然后就是为我接通所有管子，包括氧气以及监视我身体必需的各项指标。这个担架的装置那是真齐全。

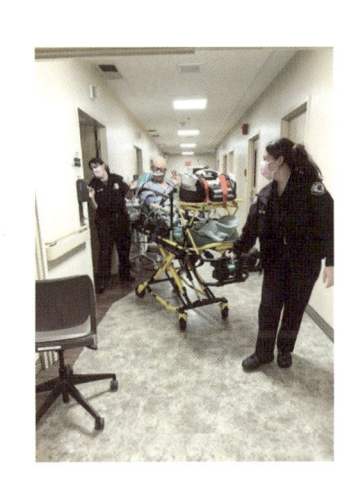

由于我不是急重病号，救护车没有开警笛拉风奔驰，少了点刺激。只是跟着车流前行。大约半小时，到了我的新家：Kindred Hospital。Kindred其实不是医院，它是一个连锁性质的长期康复中心。我去的是一个据说重点关注呼吸问题的中心，相关设备与人员配备比较健全。我还特意查了一下，它不算"临终关怀中心"，虽然它的某些业务和临终关怀相关。

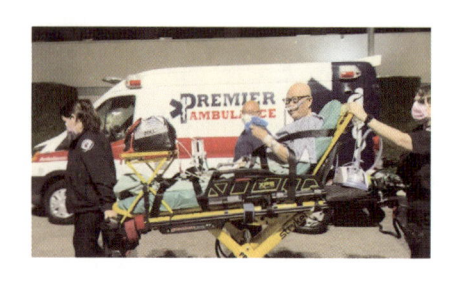

还好，给我配了一个单间，不用担心被他人惊扰，只是窗户太小。

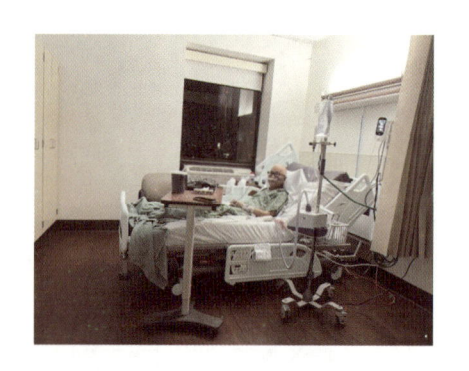

这儿管理也够有意思的，我周五晚上转过来，周二才签

住院文件。

一日三餐，全部送到房间，分量又大，绝对不是喂病人的。我早餐吃大约四分之一，午餐、晚餐都不要，我吃老婆从家里带来的，他们还是不管不顾地把餐盘抬到房间。

不过，让我刮目相看的是，我到的第三天早上起来，我的心跳陡然降到100次/分钟以下，这可是我最大的问题之一。在前一家医院待了一个多月没解决的问题，在这儿两天解决了。这个医院有一个心脏专家，她说她调整了一下我的呼吸道治疗方案，这就好了。

不过这儿的服务实在不敢恭维。在前一家医院，你的要求即使得不到马上满足，至少有个即刻的交代。在这儿，你把叫人的手柄戳破也没人理。墙上仪器一直报警，也从来没人进来看一眼。我就不明白既然没人看，没人理，设预警铃何用。

我来这儿四个晚上，两个晚上遇险。头一天晚上，我上卫生间，身上的管子不够长。护士毫不犹豫地拔掉电源插头，把氧气机推到卫生间，这才发现卫生间的插头不能用。而我已经有一会儿没有氧气了。她还在那儿琢磨。我急得赶紧叫她，马上去找呼吸机技术人员。她去了，但连加快脚步都没有。想起在前一间医院，有一天他们以为我摔了，疯狂奔跑的情景，训练与责任心真没法相比。

第二天就更悬了。半夜，我躺床上，护工进来为我测血压，她可能碰到了氧气机的电源插头，氧气机停止工作。她走后，我感觉呼吸有些困难，调整我的吸氧孔，才发现一丝气息皆无。这下就慌了，赶紧敲打联络板。但始终没人应答。我自己试图重启氧气机，但开关毫无反应。我身上的管子限制了我移动的范围，让我无法出房间呼救。再这样耗下去，我肯定会因供氧不足导致心力衰竭或脑死亡。无奈，我只有自救，我把身上管子胡乱拔下，拉开房门，然后就是"Help, Help, Help"一堆狂叫，这才引来大家的关注，我也才死里逃生。这时，我已经彻底上气不接下气。第二天，我昏昏沉沉一天，就是头一天缺氧造成的。

经此两件事，我决定不再把命托付给他们。我当即问他们要了一个氧气瓶，备好吸氧管线，若再碰到这种事，我可以马上有氧气使用。其他事情可以再从容不迫地补上。

赵平，《老伍窗口》，2023年

当然，他们也有他们的理由。医院里的护士只负责四个病人，而她们得负责八个。精心护理，她们也没有三头六臂。

死亡日志㊲

2023年5月26日　14:56
生前追思

一句半真半假的戏言，一个不靠谱的离经叛道的设想，竟然得到大家的支持。迄今为止，已有大约三十来位新朋老友提供了充满深情厚谊的稿件，陆续在《东扯西艺》公众号发出。

这个戏言，就是我号召大家在我生前把对我想说的话道出，别等到我已经听不见了再喃喃自语。

还有个设想，就是在我生前在全球搞个追思会，彻底颠覆传统追悼会，开个先河。在此之前，有艺术作品涉足过此事，但不知道是否真有人干过。这个馊主意是朋友全忠提出来的，我没意见。我反正不怕事大，在这荒诞的世界里扔把火，至少挺好玩的。只是全忠在我这儿阴风扇了，撅撅屁股走人，再无下文。我也想象不出如何能把它搞得风生水起，因为要一个内外都能顺利进入的视频，还有时差，加上后来说话喘得厉害，这本身也是一种形式的"生前追思仪式"。

我是贵州人，家乡的丧葬习俗是这样的。人死后在灵堂内停灵三日，亲属轮番守灵，宾客朋友们则按亲疏，想何时来何时来，想待多久待多久。好些人，主要是亲人基本上三天不离开。白天有些人家会组织追悼会，有些人家会请道士来做法事，反正五花八门，无一定之规。入夜就热闹了，有些白天得上班的人，晚上纷纷赶来凑热闹。大家礼节性地给死者磕头、烧香后，就各自找对象，因喜好喝酒划拳打麻将，死人的灵堂秒变活人的精武堂。这个时候，有谁如果在死者面前唠唠叨叨，一定会被大家看作神经不健全。

至于追悼词早已八股化，致辞方面的考量，为世俗讳，为尊者讳，听完悼词，除了对死者的生平有所了解，其他也记不住了。

所以追悼会要灵堂也好，不要灵堂也好，都变成了
（以上为伍祥贵没有写完的内容。）

（以下由妻子穆晓亚把大致情况续上：）
5月24日中午吃过饭后，他说我们讨论固定一周的菜谱，你不用想着我要吃得有营养，还要变换各种花样，这样你太累，我们定下来，首先你认可有营养，而我也愿意吃。于是他在我给他烹饪的饭菜中，确定了几个菜式和搭配。到下午四点左右，因为靠着坐的时间有些长，我让他躺着休息一会，躺了大约不到十分钟，他说，睡不着。让我把床摇高一点，后背垫上两个枕头，说：舒服多了。这时儿子进来了，他看到儿子，马上说，你拿椅子坐过来，接着叫我也坐过去，很严肃地让我们把之前，他已经交代的文件资料、相关信息都确认一遍。然后，躺下休息，吸痰、喘气、刷视频、

学法语，待护士给他把晚上的治疗做完后，我即把饭菜热好给他，仍然是努力地吃一口，要喘一阵子，吃完后，他拨通了好友周班长的视频，聊了几句，很喘，放下。漱口、刷牙，正好收到老同学李琨寄来的"一抹得"伤药，赶紧给他久坐受伤的屁股，擦好药，把电脑放到移动桌子，他顺手的地方，把第二天早上他要吃的早餐放好，他不愿吃老美餐，每天只愿意吃点燕麦粥和水果，配上从家里带去的卤鸡蛋、卤鹌鹑蛋，有时喝一盅燕窝，多数时候，不愿意喝。一切就绪，他就催我早点回家，本来，按照医院的时间，我可以待到十点，但那天他坚持让我早点回家，临出门，交代我按菜谱给他做，还说鳕鱼火锅，放点辣椒，好久没有吃你的鳕鱼火锅啦，一副馋嘴的模样。

我们俩5月24日讨论的菜谱

菜谱：
1, 香煎牛肉、菜心或者小白菜；鳕鱼（煎或蒸）
2, 红烧肉；poke
3, 香煎牛肉，豆米煮虾滑
4, 红烧肉，鳕鱼火锅
5, poke, 炖牛尾
6, 麻婆豆腐，豆米虾滑
7, 蒸鳕鱼，回锅肉

回到家，烧好红烧肉，炖了一锅银耳汤，想到鳕鱼要买新鲜的，火锅第二天做，好吃一些，就抓紧时间睡了。

25日早上醒来，打开手机，就看到出版人罗丹妮把《死亡日志》的一个排版发过来,让我们先看一看,我旋即发给老伍,想让他先睹为快,我即赶紧去买鳕鱼。儿子清早先到医院,我看儿子没有在群里说话,我赶紧问他:爸爸早餐吃了吗?情况怎么样?血氧、心率、血压,你都没有报告!儿子说爸爸呼吸有点难受,护士正在。因为早有心理准备,肺癌后期,就是呼吸出问题,我匆匆忙忙做好鳕鱼火锅,往医院赶。一路上,只听到群里噼啪噼啪信息声响,全是儿子发的,我紧张得好像呼吸都没有了,停好车,三步并作两步,进到病房。护士们都在,我冲到病床前,看他呼吸急促,在努力喘着。我赶紧凑近他,帮他吸痰,帮他润唇,护士和儿子在讨论救治,这时,一个护士说等医生来了,两个方案,一是进ICU上呼吸机;二是按照遗嘱,让他平静地走,你们谁做主。儿子没有让他的父亲失望,一步跨过去说:我做主!等我给我姐姐打电话,让她赶紧过来。

我捏着他的手,温软无力,我给他念主祷文,告诉他,我会好好照顾自己,也会带好两个孩子,你在和不在,他们都拥有这个家的爱,主耶稣来接你,老母亲在天堂等你,天堂没有病痛,天堂是这样的:"我又看见一个新天新地,因为先前的天地已经过去了,海也不再有了……"

这时,医生进来,护士长告诉我,可以用药,让他血压升起来,呼吸会好一些,我正表示同意,护士长正要安排,儿子过来对我说:妈妈,医生说,爸爸走了!

前后好像不到半个小时,护士在检查所有的体征,时间定格在:2023年5月25日(星期四)13:18。

亲爱的，"那美好的仗我已经打完了，应行的路我已经行尽了，当守的道我守住了。从此以后，有公义的冠冕为我存留……"

儿子和女儿纪念爸爸

最后的话：

在儿子问过爸爸是火葬，还是土葬后，我在他这一轮化疗，情况比较好的时候，告诉他，儿子和女儿都希望他在一个美丽的地方，而且，儿子和女儿都表示，他们一定要表示一点心意，即使是还在上大学的儿子，说他暑期实习工作有工资。他听到两个孩子这么有孝心，非常高兴。问我：所以，你选的哪里？我选了你熟悉的纽波特比奇（Newport Beach），那里的墓园，太平洋东岸，面向中国。另外，我说，虽然，你告诉了儿子火葬，但我想和你商量，我不想让你火化，因为我舍不得，而且，我们有选择的条件，为什么不选择？你觉得呢？他很高兴，回答说：你安排吧！

外篇

死亡日志（外篇1）

2023年6月8日　08:43

葬礼

伍祥贵于2023年5月25日13∶18逝世。

接下来，要考虑的就是他的葬礼。因为他发起了生前追思，在不断接到朋友、同学，甚至下一辈或文字或歌唱等作品的时候，有一天，我俩在病房聊起这个，他觉得很欣慰，能在生前，看到那么多朋友的文字，他得意地说：看，我人缘还不错吧？我俩都觉得已经接受了各方的怀想、思念、思绪，看到了情意无价，就足够，我们没必要再开一个追思会，让朋友们说车轱辘话，听车轱辘话。这一天，真的来临时，我征求儿子和女儿的意见，儿子和女儿也不想进入一个严肃、沉重的追思空间，他们说：我们不想和爸爸那么沉重地告别。

一家人似乎意见统一。

盛装远行

27日下午两点,我们按照与墓园的预约,送去伍祥贵的衣物,讨论葬礼的时间以及流程。说好的,给他穿女儿举行婚礼时的那一套远行,带上孩子们就读的各自学校的衬衫、T恤,以及他的高尔夫用品,他习惯穿旧衣物,也得带上一二。到了墓园,刚坐下讨论,当年,与伍祥贵一起出国留学的好友刘怀竹电话问我,葬礼能不能在一周或者十天以后,他们夫妇有急事,现在正登机要回国一周,如果可能,他们希望赶回来参加葬礼。当时,墓园给了两个时间:6月3日,6月17日,我选择了前者,我原本打算让刘怀竹来主持葬礼的,如果刘怀竹的时间不行,我就自己主持。我想,让伍祥贵这最后的告别,有他喜欢的、自然而然的节奏,因为熟悉而亲切,可说道而温暖,于是,我回复了刘怀竹:葬礼时间定在6月3日。

我们继续在墓园讨论着,一项项,设计逝者的网页、电子邀请函,告别的流程,纪念册,哪些是甲方工作,哪些是乙方工作,大致明确,正要离开的时候,刘怀竹电话再次打进来,他夫人小唐,在飞机上受伤,已经在急救处理,走不成了，机票改签。所以，他肯定地说，可以参加老伍的葬礼，小唐视伤情再说。啊？老伍这是在天之灵，非要让好友为老婆、孩子站台吧？我心里踏实了许多。

剩下一项重要的内容，葬礼当天，亲人可以在一个私密的空间去瞻仰逝者的遗容并告别，两个孩子都表示他们不去，他们要保留爸爸生前的形象，也不同意在下葬的时候，再打开棺木瞻仰，我理解孩子们的心情，表示同意。我想自己去和他告别，同时，我想起了杨永慧，伍祥贵的前妻，她是女儿的亲生母亲，能做夫妻，是恩情，她有权利选择，我微信征求她的意见，她说：一定要去！刘怀竹，是伍祥贵一起来到美国留学，一起经历艰苦的患难之交，我问他，他也明确回答：要去。我仿佛感受到伍祥贵的开心。

两个孩子分别就读学校的衬衫、运动服，喜欢穿的鞋子

从墓园回到家，我和两个孩子进行分工，他们整理照片，给爸爸在墓园的网址设计纪念网页，制作电子邀请函等，我确定葬礼流程的内容。我寻求教会的帮助，咨询朋

友，和刘怀竹沟通。这时，我不断接到要求参加葬礼的信息，都在询问时间、地点。我有点急了，给两个孩子下达明天早上要见到电子邀请函和网页的任务。而我在一堆信息面前，脑子似乎一片空白，心脏一寸一寸地疼痛，雾霭徐徐地罩着四周，我不敢说话，不敢和两个孩子坐在一起，我独自在客厅。这时，姊妹埃娃连着几个问候信息，我都没有回复，她直接语音打过来，她的先生五年前患肺癌离世，这两年，她一直帮助我分析病情，给予我很多资讯。我听到她的声音，眼泪决堤，埃娃……，埃娃在电话那端沉默，为我祷告，孩子们听到我的哭声，也说，让妈妈哭一会儿，我不知道哭了多久，才平息。

我必须一、二、三，有步骤行动起来，我联系刘怀竹，还有教会的师母，听下来，好像必须要有追思，才能过渡到葬礼，否则，这么多朋友来参加，就没有意义，尤其，伍祥贵的《死亡日志》仿佛已经有着一定的圈层影响，国内不断地有人在问，可不可以线上参与追思？于是，我跟两个孩子商量，我们需要重新调整思路，要女儿明天赶紧和墓园联系，解决追思的场地。两个自我意识都强的孩子，尤其是女儿，那晚上，好像特别顺从，我听他们嘀咕着：都听妈妈的。

伍祥贵呀，你这一场《死亡日志》引发的生死追思，还是需要筵席，才可以谢幕。

儿子在28号半夜，完成了爸爸的生平、网页设计、电子邀请函，在29号赶回学校，搬他的公寓。女儿早年跟随父母来美，养成节约的好习惯，比较棺木价格，比较花店价格，茶饮点心，她也说让同学帮助，墓园的太贵，急得我满头汗，一直催促，她也完成了。

高尔夫全套装

剩下追思的场地，我们赶去墓园交涉，墓园明确回答，如果是室内，肯定没有了，得等到6月17日，那我又不愿意，不能想象伍祥贵在一个冰冻的空间，待那么久。墓园项目负责人说，如果我们不介意，在墓园的山顶，有一片平地，可以为我们打造追思，这时，我赶紧让儿子统计电子邀请函的回复：八十一人。儿子说应该还会增加，我让女儿看6月3日的天气预报，显示那一天没有风，晴，温度也适合，我们以一百人的座位安排，墓园也给我们看了场地呈现的效果图，我和女儿一致认为：爸爸应该喜欢！

接下来，墓园的人带我们考察来宾和灵车的线路，走了三条路线，我们选择了中线。

回到家，我和女儿把要做的事捋一遍，她和弟弟坚持选照片，选爸爸喜欢的音乐，由他们完成，他们让爸爸的家庭保留曲，一遍遍循环：

1，*My Michelle*……唱给妈妈的，我的英文名字因此歌而来，生日、情人节，都会唱，即使习以为常，现在听原唱，不期然地感觉，声线还真像。

2，*Beautiful Boy*……睡前，唱给儿子的歌，从儿子五个月独立婴儿床，睡另一间屋，入睡时分，都会给儿子唱，一直唱到儿子十五岁，儿子提抗议，才变成拥抱：good night, love you此类的晚安。这首歌，估计儿子会唱给他的儿子，像他的父亲唱给他。

3，*Right here waiting*……睡前，唱给女儿的歌，我可以想象，那是怎样刻在这个"My little girl"心中的一个爸爸，女儿从来不会对爸爸有丝毫微词，即使面对分开的父母。

我在这些听他唱了无数遍的歌声中梦游，有一种抓不住的感觉，我给女儿说：我好像没有准备好，我们推迟吧，换时间。女儿跳起来：怎么可能？电子邀请函都发出去了！那么多人确认了，我说，你问弟弟，究竟多少人？回复：九十一人！我好希望听到的数字是十九，我可以一一地去解释。我给女儿说：我没有准备好，我去睡一觉吧！女儿赶紧说：你交给我们的事，我们会办好，你先休息。师母好像也感应到，发来一条信息：别焦虑，交给神。是啊，交给神，伍祥贵在生前，一而再，再而三地让我不要担心他，而是交托，一切交给神。

交给神，祷告，睡下。

一觉醒后，我平静许多，把讨论追思的流程大概写下来，分别发给师母、刘怀竹、两个孩子，一来二去，流程有了，内容细化。我开始一条条地翻看朋友们发来的悼词，感叹那么多的朋友爱他，佟易虹的《好人老伍》；多网转载刷屏，王志纲的《一代人的挽歌》；还有李庆一直痛心疾首，为老伍不接受中华传统文化，没有道法自然，而写下的《忧伤肺》；奚晓青、王六二的挽联；唐亚平《惆怅的风景》；未曾谋面，却算老友邵敏的《老伍走了吗？》，是呀，老伍，走了吗？他从此岸到彼岸，从地到天，如果回头俯瞰，那是一个什么样的追思？我想起他在走前的，那天傍晚，他郑重其事地对我说：我请王志纲老师写一篇，我给你说过他"三生有幸"的观点，我说，我可以是他解剖的对象，没想到，王老师的回答是这样的，他递给我手机，我看到王老师的那段话。

22:49

> 你这请求让我想起了耶稣《最后的晚餐》。即将赴死，也知死因，竟慨然以对！这种看淡生死，苦中作乐的生命观，的确有"我以我血荐轩辕"的新解。序我一定写。你先把"日记"完整发一遍给我吧！

我说，智慧如王老师看到的，也是另一个朋友包鸿滨反复说的,你有神性的光辉照亮,才可能写下《死亡日志》那些文字,你认可吗?他含蓄又有些害羞地回答:"of course!"。

伍祥贵在写他未完成的"生前追思"时,也问了我:在贵阳,会怎么办?我大概回复了他,我也强调,我会带着孩子们守灵!思绪越来越清晰,在他回复老朋友张坦《与老伍谈心》的交流中,在何光沪老大哥因他"为什么是我,为什么不是我"的思考,而写下"人生观的'哥白尼革命'"时,我在编发这篇文章,漏掉了"哥白尼革命",他着急地喘着气说:光沪,对我真是用心了,其关键就是那几个字"哥白尼革命"!让我赶紧把在公众号已经发布的文章撤下来,重新排版标题,第二天再发。所以,我想对受过洗,认可有神,而主观与教会有适当距离的伍祥贵,在其生命的尾声,应该有来自神的事工,牧师的祷告与祝福。而在他要长眠的那一处墓园,那里面朝大海,春暖花开,叠山叠水叠重洋,魂待迎风起舞,魄欲逐歌而行。

我从节目内容中拿掉了两个孩子的发言,让他们向众人致谢,两个孩子如释重负,因为他们一直表达不想发言,他们怕忍不住眼泪,而爸爸不愿意看到他们哭泣。

我联系华语电台1300主持人赵睿,请她朗诵唐亚平的《惆怅的风景》,赵睿在伍祥贵生前一个月,看到《死亡日志》,通过朋友联系,去病房采访伍祥贵,做了一个名为"鼓盆而歌"的节目,虽然,短短的五分钟,老伍很认可。还有视频,伍祥贵自己喜欢摄影,对视频艺术极为感兴趣,我问两个孩子能不能找到视频拍摄和剪辑都不错的同学？他们也知道爸爸这方面应该是挑剔的，都回复我：没有。正在我犯难的时候，一个叫"王爱萍"的女士通过伍祥贵的微信联系我，并把她之前也到医院去采访的视频发给我，镜头很稳，过渡流畅，我眼睛一亮，就她吧？她也爽快答应了我。但两天后，她给我推荐了曾经在中央电视台拍纪录片的黑木老师，经过简短的沟通，确定了黑木老师。都知道伍祥贵喜欢唱歌，在与师母沟通的时候，师母推荐了《奇异恩典》，巧了，这也是伍祥贵常年挂在嘴边哼哼的歌曲，对多数人而言，也是耳熟能详，海伦姊妹负责歌单和演唱的安排。另外，我请伍祥贵近四十年的老朋友，也是著名的作曲家琳达给伍祥贵一曲小提琴独奏，她爽快答应，她说《友谊地久天长》最能表达彼此，老朋友近四十年的友谊。

赵平院长体恤老伍孤单，
特送：红袖添香

我把节目单再次分别给师母、刘怀竹确认，定下来后，让女儿和儿子确认中英文翻译准确，就可以印刷。那天是5月31日，我心里渐渐有底，这真像，与伍祥贵几十年夫妻，他喜欢请客，我一定要落实都请了多少人、做了多少菜肴一样的过去。

剩下就是怎么让国内外的亲人和朋友能够参加追思，讨论了视频会议互动，但因为涉及不同的视频管理，互动起来，难度大，时间也不许可。后来，想到直播，我把朋友朱晓松叫来，通过朱晓松的视频号测试，顺利解决，我以"新天新地，我们还会相见"发出直播消息，那天，也是6月2日上午。下午，我和儿子赶去墓园，看搭建在那最高处场地的帐篷，远远看去，真像会幕，一个纯白色的会幕。

穆晓亚

死亡日志（外篇2）

2023年6月9日　15:49

远行

6月3日，清晨，六点钟就醒了。

打开窗户，好久，没有见到的蓝天，晴朗，没有一丝云彩。这是《出埃及记》描写的"每逢云彩从帐幕收上去，以色列人就启程前往；云彩若不收上去，他们就不启程，直等到云彩收上去"吗？是呀，伍祥贵今天要启程远行，这云彩是收上去了。

我想再睡一会儿，但心里有事，睡意全无，那今天的追思会，关于伍祥贵，我说点什么呢？

Sean Wu (伍祥贵)
December 27, 1954 - May 25, 2023

众多的生前生后追思的文字，已经把他写的差不多了，求新求变，源于他富有激情的个性，一生做事目的性、功利性不强，但又有梦想，好学习、能学习，求知欲强，这些让他总是在过程中寻找，无论是职业、生活、学习，还是旅游。他贪玩好吃，除了迷恋高尔夫运动，他也不忘品尝来自世界各地的葡萄美酒。每一瓶酒，他都要了解酒的年份、产地、温度差异，每每看到我一口喝尽葡萄酒，他几乎晕厥，强调：品，品酒，不是牛饮。他对文学、艺术欣赏均颇有造诣，喜欢现代派的收藏，美轮美奂的瓷器收藏，我们家的车库、角落、床脚，都被瓶瓶罐罐塞满。他喜欢用镜头记录和观察，尤其喜爱自然风景摄影，朋友说一朵花，他也能撅着屁股，换角度，拍半天。他喜欢电影视觉艺术的表达，涉猎各种类型电影，我说他不忌荤腥，说实话，我们家人是受益的，我们家庭有固定看电影、大家一起讨论的习惯，我也说他是每年奥斯卡风向标兼乌鸦嘴。他还是一个高科技迷，他在写《死亡日志》的同时，还写了与ChatGPT进行系列对话的文章，尤其是在生死边缘徘徊，那些无人或者不能分享的孤独，通过与ChatGPT的对话，我想，他得到了释放。他还说，他乐见一个与人类共处的智能世界。

近两年的时间，伍祥贵多次住院，多次进入ICU，但他从未失去生命的自我和追求，以及生活的幽默感。即使在生命倒计时的时候，他也一直在坚持学法语，每天一到两个小时，在病床上，追着会说法语的护士，练口语。他在生命的最后一天，还希望吃到妻子的鳕鱼火锅。两年的时间，他横穿美国，打高尔夫、拍红叶、看极光、钓鲥鱼，他用旅游的方式，向他的同学、朋友、亲人告别。每次，我俩去练习高尔夫，他都说：走，我陪你去打球。或者，陪你去看花，陪你去看展览，开始，我还心里嘀咕：明明是我陪你，好不好？直到他在医院，他催我正常去练球，他说，可惜不能陪你了，我才知道，他说陪的含义。他也一再强调孩子们该干吗，就干吗。他说，千万不要因为他们的爱，来为我做什么改变！最后，用他的话说，几乎无遗憾，除了没有去成南非。大概这就是伍祥贵说的，把不是常态的生活过成常态。

因为癌症，他写了三十七篇日志，详细记录了他的抗癌过程，他的豁达，激励了数以万计的读者，尤其是他离去之前的一个月，知道《死亡日志》要在中国出版时，他很认真地给我说：这些文字，我更看重，在我们一个五百人罹患癌症群的意义。这个罹患癌症的朋友群，他们有面对生死，共同的绝望、孤独、不解、期盼，他们因为伍祥贵的《死亡日志》，共同面对，讨论病情、互相鼓励。这打破了不仅仅是他一个人勇敢的直面，而是病友们共同的直面，这种直面，带来了病友们积极的响应。以至于我儿子，一年多前，就玩笑说，妈妈，我感觉我爸爸要成欧文网红了。我答：你爸爸岂止是欧文网红，你爸爸也许要成中国网红。在网络发酵的时候，伍祥贵以他的幽默又和朋友开玩笑：要追思，从现在开始。他的老朋友老同学开始参与，朋友们的孩子也开始参与，读者纷纷参与，这就带来了大家的共情，陪伴了他，也引导了日志的读者，没有疾病、不相识的人，也与之共鸣，死亡是不是应该从容些，死亡，有没有积极意义，是不是需要足够的爱和勇气？

伍祥贵是不是具备了面对死亡，足够的爱和勇气？他做了活检手术，三次进ICU，还坚持化疗，他说：如果等死，还不如治死。常言说：伸头是一刀，缩头也是一刀！能不能说这是一种勇敢？朋友说，勇敢，其实是一种贵族品质，我想，伍祥贵身上有这个特质，他在大是大非面前，会毫不犹豫站出来，他站在病魔面前，也站在了我们家人的前面。每一个决定，他都坚决不要我参与。朋友李明高说，伍祥贵是一个有底线的人，底线决定了他的底气。朋友高炽海说，他的行为，在让我们临魏碑，虽然过誉，但我会教育孩子临他父亲这本帖。陈嘉映教授给我说，老伍，彰显了平凡人的贵重，好像是，倒是可以解释他的名字，心有祥和，无富且贵。王志纲老师评价他，走向死亡的这个记录，犹如耶稣最后的晚餐，明明知道是一个走向死亡的结局，却让这病体，以日志记录。我想，这宛如晚餐上的掰饼，分给众人说：这是我的身体；你们要吃！那么，今天的追思下葬，就宛如晚餐上，最后端起的酒杯：这是我的血；你们要喝！

那我们的相送，就应该是欢喜的，不是吗？

啪，一条信息打断了我的思路，是琳达发来的，她说早上起床，怕迷路，准备早一点出发，结果，不知道怎么回事，她刚背上小提琴，转身掉到地上，小提琴损坏还很严重，小提琴独奏肯定没戏了。我怕艺术家急坏啰，一边安慰她，一边想办法解决，我说《友谊地久天长》的版本太多，你发一个你认可的中英文对照版本。一边给刘怀竹发信息，昨天我记得他们到达时，他夫人小唐也来了，她歌唱得好，说，去年中秋节到我家，老伍要求他们夫妻俩合唱一曲《友谊地久天长》。我们感恩节去的时候，听他们夫妇唱，结果，我们感恩节没有去，他们就把录的小样带来了，但小唐这次鼻子受伤，现场唱不了。我问刘怀竹到小提琴独奏环节，可不可以换他们夫妻的这个录音，带领大家合唱，刘怀竹说应该可以，我赶紧把琳达发过来的歌单，请海伦打印。同时，告诉儿子把所有涉及音乐的环节，沟通好，音乐由他负责，不能出差错。

妹妹伍祥兰送的花圈

闹钟响了，八点，该起床了。我给儿子说，我们要在十二点半到达。吃完早餐，我开始把照片和油画像放在箱子里，让儿子负责。我把朋友送到家里的两盆花，以及头一天，我去买的五瓶茅台酒——刘怀竹寄来一张五千元支票，专门要求为送别伍祥贵，他请朋友们品尝家乡美酒茅台——妥妥地放在一个箱子里，搬到车的后备箱。

十一点半，我和儿子分别开车出发。

十二点半，我到达墓园办公室门口，来拍摄的黑木老师已经到了，他问我，有没有专门要采访的人，我说没有，你跟着你的镜头和感觉走，这是老伍的风格。然后，我把车开上山顶，到达那纯白色的会幕前，桌椅板凳、花圈都到位了，我打开后备箱，傻了，只有一大盆花在，装茅台酒的箱子和茅台酒呢？我恍惚了，是我没有装到后备箱吗？时间不容我细想，我转身回到墓园办公室，准备一点钟，和伍祥贵的遗体告别。恰好，从俄勒冈赶来的伍祥贵的同学马文谦也到了，他因为当天还要赶回去，不能全程参加活动，所以，黑木老师提前采访他，我就站到外边去迎接刘怀竹夫妇和杨永慧。

一点十五分，工作人员引领我、杨永慧、刘怀竹三人进到一个温馨的小房间。分别整整八天，终于看到安详地躺在棺木中的伍祥贵，我们选择的是上好材质的棺木和衬里，他病痛全无地躺在乳白色的丝绒里，好像睡着了，我以为我会撕心裂肺，可是没有，我觉得他好像是和我们一起，站在棺木边上，打量那个躺着的人，我强烈地感觉，他站在我的右侧，在那里，想说些什么。后来反复回忆这一幕的时候，始终是那天的感觉，就好像躺着的是一个蜡像的伍祥贵，而他早已升在空中：我欲白云深处，浩气展虹霓。

一点半，我们去到了山顶，工作人员、帮忙的朋友、孩子们也把一切布置好，人们在陆续到来。放眼望去，晴空万里，蓝蓝的海水，鳞波习习，伍祥贵喜欢大自然，在这户外的追思，真是合了他的心意。这宛如会幕的帐篷里，亲人、朋友们送来的花圈、花篮、花束、花盆，重重叠叠，环绕着，芳香四溢，聚集着伍祥贵相识和不相识的朋友，儿子说网上确认一百三十九人，在这异国他乡，我想，这么多人来送别伍祥贵，这真是极尽哀荣了。朱晓松也过来给我说，直播预约也有一百零九人，我说太热闹了，这是你伍叔叔喜欢的热闹，每次，我家请客，他恨不得拿着大喇叭去街上吆喝，弄得我总担心准备不足，最后，都要请

客人带走富裕的食物。

看着陆续到来的朋友们,刘怀竹问我,时间关系,来宾介绍环节,是不是可以忽略,我说:杨姐,一定要介绍!其他的,都了解伍祥贵,不用介绍也行。这样,我们就按照节目程序,北美时间6月3日 14:15左右追思会开始。

感谢刘怀竹的主持和应对自如,一切都非常井然有序。那首《友谊地久天长》是你们夫妇唱给伍祥贵的绝响。

感谢让牧师的祷告和祝福。

海伦、梅根、史蒂文三人小组演唱的《奇异恩典》,多么甜蜜。人的罪也被赦免……,伍祥贵在这一刻,蒙恩有福。

感谢赵睿诵读的《惆怅的风景》,作者满意,大家都有感动。

感谢一双儿女,在这追思会,各负其责,他们的工作完成得很好,答谢有礼,朋友们纷纷夸赞,伍祥贵有两个好孩子。

感谢伍祥贵生前喜欢的几位年轻人抬灵扶棺,送他归于尘土。

感谢一百来人，一直陪同我们献完最后一枝花，送别伍祥贵徐徐远行。

感谢中国、美国、加拿大、日本、澳大利亚、意大利等不同时差的两千多位认识不认识的朋友，通过直播，相送伍祥贵去向新天新地。

2023年6月3日下午17：15，我最后离开墓地，把他留在这里。

他的儿子、女儿说：无论如何，爸爸要在一个美丽的地方。

他的妻子说：他在生前，东扯西艺，在东西方文化中牵扯、交织，注定了这太平洋东岸，千山万水的眺望；他喜爱南加州的阳光，这是他熟悉的海阔天空，愿伍祥贵安享主怀！

穆晓亚

跋

一些读者看到此书的标题，也许会敬而远之——很多中国人提到"死亡"，总觉得不吉祥。

我想说的是，这本书根本不是一本"死亡日志"，它彻头彻尾、活灵活现、地地道道、真真实实是一本"生活日志"，是一本精彩的、漂亮的、令人鼓舞的、发人深省的"生命日志"！

同一些读者一样，我最初看到这个标题就表示反对，也是本能地害怕对作者、对这位老朋友来说不吉利。我建议他改为"求生日志"，还在应他邀请而写的"人生观的'哥白尼革命'"一文中，不顾正在经受绝症折磨的老友的感受，大谈反对的理由！

说实话，当时我只匆匆浏览过这三十七篇日志靠后的两三篇，而且是以描述治疗为主的篇章，虽然惊服于他的冷静、顽强、豁达、幽默，但也怀疑这种描述的意义。总之，我是觉得，疾病痛苦，死亡可畏，还是多写写生命的光辉吧。

但是，这几天，我在事情很多、时间很紧的情况下，一打开这些日志，就被它牢牢吸引，读起来欲罢不能。我相信，很多读者会有同样的感受，还有真实的收获！

首先，我看到了一位讲故事的高手，他的语言准确、精炼、生动、活泼，让我不但惊艳，甚至嫉妒。因为我虽有自信，却也自知，我的文章拘泥逻辑，学究味重；表面的流畅，常常是用"吃奶的力气"才啃出来，用"别人喝咖啡的时间"才磨出来的。我很惋惜，我们的华文文学，少了一位杰出的散文家！

其次，我觉得我自己，还有读过的朋友们，对这些文章的喜欢，是根源于对祥贵为人的喜欢。文如其人，文即其人——祥贵的豁达、诚恳、朴实、坚强、幽默等等，就是这些文章的根基，就是这些文章的"质感"，就是这些文章的"本质"。

最后，我得承认，我同祥贵尽管四十多年前就认识，却因为各奔东西，几乎没有往来（唯一的一次近距离交往，是我们夫妻在加州帕萨迪纳做访问学者，他专程为我们送来床垫，我们则到他在欧文的家里做客）。也许是彼此都太不重视外在的东西，我甚至不知道，也没有问过他做什么工作、靠什么营生！我知道他拿过美国的电子传播学博士学位，但是，从来不知道他有如此的写作天赋，从来不认识这位深藏不露者，也许只能靠"其文"才能认识"其人"！

所以，所以，所以，我第一次认识祥贵的文学才华，以及其文体现的其人，竟是靠着这本小书，这本在祥贵去世数月之后我才读完的书！我感到有些悲伤，觉得对不住老朋友！但是，值得庆幸的是，他留下了这些日志，让我和更多的朋友、读者认识了他，认识了生活中不少我们也许陌生的方面、未曾经历的方面，至少是再一次地认识了生活中的幸运与苦难是如何共存 —— 这正是文学的价值所在。

因此，我在这想起了朋霍费尔走向绞刑架时的名言：这，是生命的开端。

我知道了，不仅仅朋霍费尔那样的大英雄和思想家，所有的"普通人"，也可以把死亡作为开端！

2023年9月12日

何光沪

图书在版编目（CIP）数据

死亡日志 / 伍祥贵著. -- 上海：上海文艺出版社, 2023 （2024.3重印）
ISBN 978-7-5321-8877-2
Ⅰ.①死… Ⅱ.①伍… Ⅲ.①日记－作品集－中国－当代
Ⅳ.①I267.5
中国国家版本馆CIP数据核字(2023)第200185号

发 行 人：毕　胜
责任编辑：肖海鸥
特约编辑：刘　会　罗丹妮
封面设计：李政坷
内文制作：李俊红　李政坷

书	名：	死亡日志
作	者：	伍祥贵
出	版：	上海世纪出版集团　上海文艺出版社
地	址：	上海市闵行区号景路159弄A座2楼 201101
发	行：	上海文艺出版社发行中心
		上海市闵行区号景路159弄A座2楼206室 201101 www.ewen.co
印	刷：	苏州市越洋印刷有限公司
开	本：	1092×850　1/32
印	张：	11.875
插	页：	31
字	数：	236,000
印	次：	2023年12月第1版　2024年3月第2次印刷
I S B N：		978-7-5321-8877-2/I.6995
定	价：	78.00元

告　读　者：*如发现本书有质量问题请与印刷厂质量科联系　T:0512-68180628*

我们也来写老伍

写给老伍，也写给自己	马晓麟	002
让我也来写老伍	徐新建	009
那个向死而生的老伍	王芄	018
我与伍哥及其家人的小故事	凯文	025
伍叔	窦雅琪	037
人生观的"哥白尼革命"	何光沪	042
给同门伍祥贵	李琨	048

写给老伍，也写给自己

马晓麟　东扯西艺　2023-04-29　03:26

1

公元1982年，岁在壬戌。

值金秋十月，吾与同学伍祥贵、兰芬同游九寨沟。

本文作者与祥贵，1982年

伍君祥贵，贵阳人氏，1980年拜入石璞教授门下，专攻西方文学评论。兰芬同学，祖籍广东，生于贵阳长于贵阳，出生于官宦之家，其人温文尔雅，1979年考入川大中文系七九级。至于本人，亦来自贵阳，与兰芬"同年"，时就读于川大哲学系。

系出同城，又负笈于同校，是同乡，更是同学，这份缘分，自然倍加珍惜。我们仨，校园之中便往来甚密。

祥贵其人，聪慧过人，读研如同度假，我辈难望其项背，唯马首是瞻。更兼兴趣广泛，喜玩且会玩，属于想象力丰富又敏于行的那类玩家。

九寨沟，祥贵兄，那时装深沉是时代标志

八十年代初，九寨沟因地处青藏高原边缘且居川省偏僻一隅，尚未开放，鲜有人知。某日，老伍不知从何处识得九寨沟风光，一阵胡吹乱侃，竟引得兰芬和我无限向往，亢奋不已。遂决定假期第二日前往九寨沟仙境。

悠悠乎经年，四十一载如白驹过隙、呼啸而过。往事如烟，只留下，青春的背影与难忘的欢乐回忆。

往事如烟乎？然斯情斯景却又历历在目。岁月这把刀，斩不断青春的记忆，剪不去你我的情谊。

2

回忆是岁月的回访，亦是时光碎片的重塑。

还记得旅途的艰辛与快乐：乘坐绿皮火车，辗转于甘肃一个偏僻小站，寄身于运猪的货车，兜了一圈后又回到四川境内，崎岖的山路，随处可遇的塌方，疲惫不堪地坐上拖拉机，在藏族小伙不着调的歌声伴随下，夜色朦胧中，终于来到沟口……

犹记得：住宿于藏族小伙家中，青稞酒、酥油茶、糌粑团、粗犷的歌声与不拘的舞蹈……盛情的款待，平生仅有。

更难忘：走进如诗如画的景区的那刻，那漫山遍野的红叶，那连绵不绝如翡翠般的湛蓝海子，那徐徐吹来的清风，那风中传来的伐木者豪迈的歌声，更有那，夜空中随手可触的月牙与繁星……

"惟江上之清风，与山间之明月，耳得之而为声，目遇之而为色。"那一刻，我们与大自然同醉。如同洗礼，我们变得纯粹，忘情地欢呼，豪言选出……

终生铭记,自九寨归来,在老伍宿舍,我们仨以桦树皮为笺,以红叶为戳,以诗为信,寄给每一位1981年卧龙行的同学。

历经四十年,白桦已经翻红,但情谊依旧

昨日浪漫与激情今安在?惟在回忆中永存!

3

芝焚蕙叹,焉能无动于衷?

读老伍《死亡日志》,我在字里行间之外读到别样的滋味。一方面,老伍以一种豁达的心态,以一种常人难及的坚韧,与病魔做顽强抗争,令我感佩；另一方面，魔长道消，现代医学穷尽手段竟难有作为，让我沮丧无奈。眼见祥贵一年多来不断地接受治疗，竟至一个月之内三进三出ICU病房，尝遍人间苦楚，一切的磨难都只能自己承受，甚至亲人朋友们的抚慰都显得苍白，怎不叫人悲从中来！

想祥贵，老母临终至安葬，身为长子，竟不能亲至母亲床前和坟前尽孝，只能到母亲曾经去过的地方，默默祷告……呜呼，人间悲苦，莫过于此！

祥贵兄与老母亲

又读祥贵和儿子伍秣兵对话，父子俩直面生死，讨论着祥贵的后事，既令我伤感，更让我悲喜交织。儿子不忍把父亲撒向大海，希望把父亲安葬在大地上："让我、我姐、我妈和后辈有个可资纪念的东西。"秣兵已经长大，祥贵或可欣慰，这就是生命的延续，这就是新一茬人生。

数年前访美，我们一家三口和祥贵及其儿女。想当年我们还比他们年轻

4

世间大事，莫过于与至亲、老友之间长长的别离。

然天地之间，万物皆有归宿：从来处来，又归于来处。叹你我生命之须臾，幸回忆或将永存！唯此，人生又有何憾？

愿岁月可以回首，愿往事能够复活，愿奇迹能够出现，待你沉疴痊愈时，约起澳洲的兰芬，约起当年卧龙行的同窗校友，我们再重游九寨沟！

1981年一起游历卧龙大熊猫自然保护区的朋友。前排左三：兰芬，后排左一：祥贵，后排右二：本文作者

这文，既为祥贵而写，也为我自己的夙愿。大半辈子交集，总有些话要说，总有些情要叙。其中点点滴滴，愿能唤起老伍些许温暖的回忆。

2023年4月18日于贵阳

让我也来写老伍

徐新建 东扯西艺 2023-05-01 00:05

老伍就是伍祥贵。

1985年夏天，我、老伍还有成建三相约，直奔尹光中家侃天。话题之一是评价本地文学，基本看法是不满，认为过于死板，不前卫，说着说着就一起做了约定：每人整一篇小说，风格要怪，拿给《山花》发表。那时老伍刚从川大读完研究生毕业，在贵州大学任教；老尹是自由画家，暂时还没出名；我在省社科院文学所谋生，但有点不务正业，正忙着与马晓麟、龙隆等张罗西部开发的中青年对话。

不久老尹和老伍都完成了，只有我落了空，整成了纪实文学，以现在的话说，也就是转向了"非虚构写作"。其实我的小说也是写好了的，写精神病院，一群从战场下来的军人如何变疯，幻想迷狂……完成后没交，相信发不出，不如纪实。

尹光中的小说发了，《老鸦口的汉子们》，登在

《山花》1986年第3期，野气十足，的确怪噜。老伍提交的颇具乔伊斯风味，名为《F讲师在一个清醒的早晨》，发在尹光中之后，1986年的第4期《山花》。

伍祥贵小说的历史档案

小说《F讲师在一个清醒的早晨》掺杂着意识流、自画像等手法，对包括作者本人在内的大学教员肆意调侃、反讽。老伍揭示的是读书人之梦。他刻画道：

> 读书的人嘛，不就渴望一觉醒来，发现自己成了世界上最聪明的学者，通古博今，知天晓地。

不料醒来的场景事与愿违，不是诸事不成便是武功全废，还被真正的高手整成残废，总之是不近情理，命运悲催，半点挨不上文学主流的"高大全"。

好在那时离介绍域外新潮的《现代小说技巧初探》印行不久，刘索拉那部号称首部中国现代派之作的《你别无选择》也才出版一年，文坛对新鲜离奇的手法较为宽容。那个年代，身边的朋友差不多都是"文学青年"，都有各自的创作梦。老伍和我的梦是合拍一部电视连续剧，以贵州的黄果树瀑布为题材来整，整不惊人不罢休。为此还跑到省民研会去查资料，翻到六十年代编印的一堆苗族民间文学内刊本，欣喜若狂，立即生吞活剥，昏天黑地地狂读了好一阵，还因此与伍略、苏晓星等民族作家结成忘年交，同时对多民族的民间传统产生了日益浓厚的兴趣。为此，我至今感激老伍。

但不久风向就又转了。各地作家察言观色，或跟风，或稳起不动。风潮时起时落，折腾翻滚，有一阵似乎又回到了老路。不知是否与此相关，老伍之后就未有小说面世，黄果树之梦自然也泡了汤。连那篇带有自虐倾向的首发之作也仿佛付出了代价，使得老伍未及迎来在本地文坛的冉冉上升，便因"意识流"偏锋而自阻坦途。

那时的老伍喜欢旅行，但在大学任教，收入太低。老师们看起来光生，其实穷得叮当响。有一天，老伍忽然跑来约我，说赶紧买火车票。"去哪里？""冷水滩！"——那地名我听都没听过，似乎在湘桂交界的深山里。老伍说去那边学校讲课，一周讲一门，能挣一笔可观的讲课费。我没去。老伍去了，果然把钱包挣鼓了回来，但累得不成人样，两眼发呆，脸青面黑，跟张家界打脱的野猴儿差不多了。

后来我们陆续去过威宁草海和铜仁市梵净山。说是采风，其实只是干玩，看风景，见世面。不久，瞿小松介绍高行健到黔省采风，我们又一起踢（四川方言：zhua）足球、采蘑菇、自弹自唱，不亦乐乎，分享各种小说和表演的现代流派。除了盛荣、马晓麟外，一同入伙的还有后来转到武汉做导演的江兆旻。

20世纪80年代，威宁草海。前排左一即老伍，旁边是诗人陈绍陟，后排左二是马晓麟

过了几年，尽管已在本省著名高校谋得文学讲师职位，而且还炫耀着本地罕见的硕士光环，罩

在"F讲师"面具后面的作者本人却选择了自我流放，远走异国，另谋生路。渐渐地，年复一年，消失在无边的"洋插队"大军之中，淡出了往日活泼喧闹的圈子，连同越来越多从未想过要分离的挚友亲朋。

就这样，一晃就到了2022年，虎年。身在大洋彼岸的老伍见到转发在公众号《小舒小唱》上的"尹光中印象"，立马发微信过来，直呼有误，说我把细节整错了，老尹的小说不是推荐，而是相约，而"你小子"，就是我，至今未兑现当年的承诺，赖账，云云。短短几句微信留言，令人顿时开心，如现其境，又见其人，时空急速倒转，瞬间便回到了三十多年前。仿佛他娃就在眼前，拉起架势，立马又要相互开战，简直丝毫不变——这不仍是幽默狡精、鲜活好斗的贵阳哥子吗？

去国卅载，老伍在大学和公司都奋斗过，为挣学资四处打工，抬水管、做警卫，干了很多重活怪活，历尽艰辛终于以全英文论文拿到了美国的博士学位，整的题目还是高大上的电影评论。可他就不安分，嫌大学不好玩，差不多马上便丢下博士帽儿，去了多家企业，据说有的还是世界百强（当然以美元发放的薪水应该不低）。

其实老伍出国后我们见得很少，大部分信息都是从朋友们嘴里拼凑起来的,和大多数远走高飞的友人一样,相当碎片。不过其间好像也见过几面。一次是在新加坡,老伍在IBM公司分部做管理,吃喝不愁,很有一番南洋风尚,但聊些什么全不记得了,反正不会是文学。再一次是90年代后期,老伍回贵阳,见了一堆旧友,说是合作做生意,还向我热烈推荐一种科技洗洁品。他先批判那时我们习惯使用的肥皂,说太不卫生,人人共用,极易传染病菌。那他推荐的是什么呢?其实就是后来大家也渐渐用的洗手液。但在那时,洗手液的想法简直太先进了!听来就是异想天开,或神仙下凡。尽管一无资金二无场地,合作生产的事显然搞不成,但我对老伍的佩服可以说接连升了好几个等级,觉得他娃简直天才,怎么就想得出这么高妙的点子?那时全国盛产战略型的商品策划家,西南也出了一些。我觉得老伍肯定会是其中一个。

然而没有。老伍好像又改行做起了其他经营。最有意思的是前不久利用网络平台,开辟自媒体公众号,在视频上全球直播,指点江山,时事评论,气度和风貌已非往昔,不知将当年小说中的"F讲师"甩了多少"迈尔"(mile,英里)。

起初我没老伍微信,通过朋友转发,才得见一些。点开观看,感到选题和讲述都很到位,就是普通话有点恼火,听来听去还是贵阳口音。

此刻,2022年3月的初春,岁月流逝,日光将尽。由"奥密克戎"变株引发的疫情仍在加剧,微信平台还时不时响起欧洲战场的枪炮声。我关上电脑,仿照远处"F讲师"的作息规律,与文字中的老伍做个暂别,企盼"在一个梦醒的夜里睡去"。

睡迷了,在梦中梦见做梦:老伍小说里"F讲师"忽然走下床来,对着老伍及其自媒体观众喃喃自语,复述的竟全是当年小说里的词句——

……这种美梦,读过两本书的人谁没做过,可是人人醒来都发现自己仍和睡前一样蠢。

附记:

老伍的近况其实不妙。自去年夏季查出肺癌以来,他就陷入了与病魔抗争的煎熬之中。不久,索性用微信公众号发文,直陈个人病变的真切心声,题名叫作《死亡日志》,看得人感同身受,一样折磨。我是在朋友转发的微信圈里看到首篇的,没读完就难受不已,止不住眼泪直流。

后来我和建三,还有马晓麟,一起用视频隔岸喊话，对着手机连连叫嚷，大声说老伍老伍，你娃不要赫我们！你要好好的哈，还有那么多开心事情等到起，等你回来，回贵阳，一起侃文学，再克吃豆腐果、牛肉粉、丝娃儿，整肠旺面！不准闪我们板哦……

还好，伴随《死亡日志》一篇篇连载下去，老伍的治疗似乎出现了起色。不久前他还与家人远足跋涉，到风景不错的大海边赢了运动赛，在阿拉斯加看了极光。前几天回微信斗嘴，骂我"你小子"。得知我要写他，先提出"留情"，估计无效，便说："随球你整！"

接下来又在个人公众号里连载他的极地体验，以令人羡慕嫉妒恨的笔调说：

> 最后一天居然在零下二十摄氏度的雪地中，连续拍照三个半小时，除了手脚有些冰凉，没有太冷的感觉。也许人在疯狂的时候，体感有些麻木。

文内还配了跳入热汤的裸图，赤膊上阵，勇猛无比。换作是我，下辈子也不敢。

但这就是老伍,仍是那位文采飞扬的顽命青年。一如既往,我再次被他的倔强鼓舞,纵有万语千言,心中业已放下。即兴完成此篇文稿,其实是想对我和对他再说一遍:

老伍,稳起。

那个向死而生的老伍

王芫　东扯西艺　2023-05-09　05:40

晓亚来电话，谈起老伍的病情，以及老伍写的《死亡日志》，一时间千言万语，不知从何说起。

我已经想不起是在何时何地与晓亚和老伍相识的。当年我在北京的时候有个朋友圈，这个朋友圈就像阿米巴那样擅长变换形态。阿米巴没有固定的形状或结构，可以突然迸发出能量，朝着自己欲望所指的方向延伸，优雅而轻松地捕捉猎物。我们的朋友圈就是这样不定型，今天进来一个人，明天又走掉一个人。我们这些被收入囊中的微不足道的分子，就在其中体验永无止境的适应和转化之舞。

后来北京城越来越大，朋友们搬到四面八方，有住城南丰台的，有住城北昌平的，聚会不易，往往一年才能聚上一次。没想到，等我搬到美国欧文之后，竟然发现晓亚和老伍也搬到欧文来了。我们相隔不到十分钟的车程。这在北京的概念里，就是妥妥的邻居。

晓亚决定搬到欧文是因为孩子在北京上学遇到了不愉快的事情。兵兵当时上的是北京一个名校，班上有个同学犯了个错误。具体是什么错误我现在想不起来了，只记得老师要求全班同学写周记，批评那个同学，兵兵不想写，老伍和晓亚也支持兵兵不写，对这种作风的反感，促使他们决定不等那学期结束，就让兵兵来美国上学了。

搬到美国上学说起来容易，但执行起来就难了。晓亚不能马上辞职全陪，只好由老伍牺牲——至于是不是牺牲，这得以老伍自己的感受为准。只是在我们外人看来，这应该不是容易做出的决定。不信你做个社会调查：陪读妈妈多，还是陪读爸爸多？答案显而易见。老伍做的决定，就算不是牺牲，也是逆流而上。

我是从这时才开始对老伍有所了解。主要信息来源都是老伍的朋友圈。兵兵来到美国的时候大概是五年级。两年后小学毕业，老伍在朋友圈晒兵兵的小学毕业成绩，感慨孩子来到美国后，从英语基本不会，到英语课能得个A，进步神速。但是兵兵进了初中以后，老伍就不怎么晒孩子的学习了，反而总是晒一些在华人家长看来不务正业的事情。

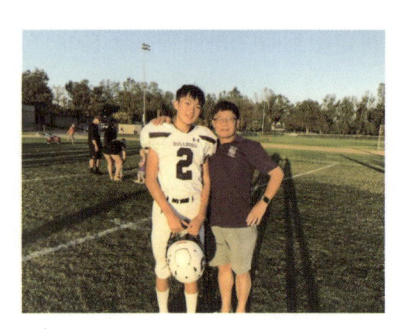

橄榄球场上的老伍父子

记得兵兵一进初中就练棒球,高中去打橄榄球,这很像老伍的风格,孩子玩呗,高兴就好。每次看老伍的朋友圈,都是他张罗比赛,张罗球队聚会,张罗季末烧烤Party。还有一次老伍在朋友圈里说,"今天早上家里的teenager忽发奇想要去看死亡谷,于是当天驱车来回三百多公里,带儿子去了一趟死亡谷"。话语里充满了对儿子的宠爱和对自己老夫聊发少年狂的得意。九宫格照片配的是兵兵双眼迷离地眺望各式地形地貌:一望无际的沙漠、绵延起伏的山丘、陡峭的山脉和峡谷、萧疏干枯的野生动植物、砂岩、页岩、石灰岩。我心下万分感慨:有爸爸陪着就是不一样啊!我们这些陪读妈妈,充其量就是带孩子去趟迪斯尼。

死亡谷也有生命

晓亚是热情好客的,每年过节都会请朋友去家里聚会。后来我搬到圣地亚哥,每年照例——有时是感恩节,有时是圣诞节,去享受一次晓亚和老伍联袂烹饪的大餐。聚会时,晓亚偶尔会表示焦虑,觉得老伍净带着孩子玩儿,每次老伍都是云淡风轻地表示:这就算玩儿?比我年轻的时候差远了。后来兵兵高中毕业,考上了伯克利大学。我们都彻底服气了。

2021年7月的某一天,突然看到老伍在公众号上宣布自己得了癌症。老伍的叙事方式用文学研究术语来说,就是"in medias res"——从中间说起。他不是按照时间顺序从头说起,而是说:嘿,你猜怎么着?我做完手术出院回家了。你想知道我做的什么手术?这要从几个月前说起……

我当时很震惊,震惊是因为老伍一直身体很好。

但也没有太震惊，因为癌症并非罕见。我自己就是癌症患者。我身边的朋友也颇有几个癌症患者，只是有人对外宣布，有人不喜欢对外宣布，偶尔聊起来才惊觉：原来你也是个卧底。

所以，我对癌症患者最感兴趣的，是他们对待周围人的方式。对，是他们对待周围人的方式，而不是周围人对待他们的方式。

癌症患者的朋友们听到消息，无一例外都会表示关心和慰问。但同时又会有顾忌。比如我想给老伍打电话，我会犹豫：他刚做完手术，有力气说话吗？现在是不是在休息？打电话会不会打扰他？说话时间太长是不是会影响到他的健康？我说什么好？要不要告诉他一个我道听途说的偏方？总之是既关切，又不知所措。所以，我一直都认为：得了癌症的人受到的是生死考验，癌症患者的朋友面对的是社交智慧的考验。

然而老伍就有办法能让大家摆脱焦虑。他的解决方式就是在自己的公众号上连载《死亡日志》。在这个系列的文章中，他记录自己的治疗过程，记录自己如何在治疗间隙游山玩水，有条不紊地实现愿望清单。有一段时间我如果见不到新文章，就会想：不知老伍最近怎么样了？刚一动念，老伍的新连载就出来了，叙事方式还是"in medias res"：

嘿，我刚去了趟夏威夷，有点累，不过还好，不虚此行。

老伍用公众号发表自己的治疗进程，实时记录与死亡贴身搏斗的战况，我觉得是一个很体贴朋友的做法。我们可以及时了解病情发展与治疗。看了文章想评论就评论，想怎么评论就怎么评论，不想评论就默默地当读者。老伍不愧是传播学博士，能灵活使用信息时代提供的便利，缓解朋友们在癌症患者面前常有的词不达意的焦虑。

我就是在老伍公众号经常发表评论的忠实读者。通过公众号与老伍交流是我觉得最自然的交流方式。这主要因为我也是个写作者，最希望别人欣赏的是自己的文字。我想老伍也是这样。人生在世，谁的肉体都有消亡的一天，但如果能留下文字，并且有人读，那就是留下了存在的痕迹。有一天我翻开一本弗吉尼亚·伍尔夫的传记，赫然看到伍尔夫于1922年在日记里写道："I meant to write about death, only life came breaking in as usual."。（我本打算写写死亡，生命却像往常一样悄然落至笔端。）

说实话，第一次看到《死亡日志》，我的直感是这题目太悲观了。看到伍尔夫的日记，我才明白老伍为自己的系列文章冠以"死亡"之名的深意。我又想到当年老伍带兵兵去死亡谷拍下的照片——

那鲜明而美丽的景观，由数百万年的地质过程和极端的自然力量塑造出来的雄浑地貌。生命即使在最恶劣的环境中也能具备韧性。我们每个人都是在向死而生。

我与伍哥及其家人的小故事

凯文　东扯西艺　2023-05-15　03:06

　　伍哥祥贵先生，也可以倒过来说，伍先生祥贵哥。颠来倒去关系都是地道的。伍哥和我同属马，他长我一轮，相识相交二十多年来，他待我如手足，时时处处对我好，非一奶但如同胞。认识伍哥时，我已步入中年。后来的岁月里，他极大地影响了我的思想和生活，使我从封闭走向开放，从理想变得现实，更多了些对自由的向往，非师徒却传道。用亦师亦友表述，太俗且分量不足，我只是平白地叫他老伍哥。

两对母子

2002年末至2003年初，我受派到洛杉矶加州理工州立大学（Cal Poly）短期学习，学程过半，我随同在领馆工作的一位中学师弟去伍家做客。进门时快开席了，满桌菜已上了大半，但见短发齐耳、面容姣好的女主人，操着遵义贵阳腔高声招呼我们，话说半句笑半句，挽手挽脚地来回于厨台和餐桌间，手脚不停话语不停，泼辣麻利，活脱一个阿庆嫂，也就是后来我的伍嫂。主客七八位，局面被一位姓戴名江鸿的仁兄把控了，或高谈阔论，或引吭高歌，没有我们说话的份。加上我有点认生，便溜下桌来四处转转，但见一婴儿光脚在地毯上爬，肤白眼大，一逗即笑，十分可爱，一下让我思念起国内一岁零八九个月的儿子，地上那娃就是我后来见面就逗他"冰不冰"的兵兵。至于这家男主人，我与他几乎没有说几句话，和我一样戴副厚厚的眼镜，远配不上女主人，比我配不上我老婆，差距更大。我对伍哥就没有其他印象了。不久，我就回国了，其后两三年我们没有太多联系。

左兵兵，右壮壮

　　把我们重新联系起来的，是我们两家的儿子。我要孩子晚，伍哥更是老年得子，两个男孩相差不到一岁。伍哥伍嫂在北京买房居住下来后，轮流在北京边带娃边工作，直到兵兵小学近毕业离开北京回美上学，两个男孩儿在一起度过了七八年的童年时光。我们两家人一起带着孩子逛动物园、上游乐场去混时间，一起去京郊爬野长城、玩水泡温泉，有年春节还去北国冰城赏灯玩雪。我儿壮壮人如其名，从小身高超过同龄人，行事率真，无拘无束，伍嫂说他像伍哥的儿子。伍哥也把壮壮当自己孩子，每当壮壮"欺负"兵兵时，伍哥都宽容他，换了别人是绝对不行的。

北国冰城两家人

　　有次兵兵过生日,点烛熄灯闭眼许愿之际,壮壮猛吹一口气,全场漆黑,兵兵号啕大哭,伍哥笑着安慰兵兵开灯重来。伍哥的呵护始终伴随壮壮成长,壮壮离家出去读书后,伍哥伍嫂在洛杉矶的家便成了他思乡的驿站。2021年秋,伍哥伍嫂去东部旅行,专程绕道到纳什维尔去看壮壮,这对于身处疫情孤寂中的他来说,真是一份特殊的亲情礼物。伍哥对壮壮的影响主要在英语学习和文化传递上。壮壮自幼喜欢学习英语,尤长于听、说,在他眼里,华人中英语讲得好的,第一是赖世雄,第二便是伍大大了,后来壮壮托福口语几近满分,多少得了伍大大的真传。至于文化上的传递和影响,时下不必细说了。但是,壮壮从初中就开始准备出去上大学,与我在洛杉矶认识伍家人及后来的密切交往有很大关系。两家人若不相识,壮壮也许就会走上高考之路。历史不能假设,但命运从此分岔。

壮壮那是真壮,一米九五的大块头

回头说说兵兵,从小文静好思,行事内敛,察言观色,伍嫂说他像我儿子。有天他住在我家,晨起时我即兴给两个孩子讲述魏巍的《谁是最可爱的人》,听到一位志愿军战士咬掉美国兵半只耳朵时,兵兵放声大哭。我在家小区旁边的淮阳餐馆请他吃过的无数葱油拌面配水晶虾仁,都打了水漂了。

我们两家关系的发展,不止于儿子,用外交辞令形容,是全面战略伙伴关系,其间的穿梭大使是穆岛小雅子(本名晓亚)。首先不得不说小雅子和我岳母的关系。我岳母是六十年代的大学生,中学退休语文老师,对美丽的追求胜过一切,心态永远比身体年轻。她和小雅子一见如故,以后见面互称老妖精小妖精。两人都是时尚达人,穿红戴绿,吹捧对方何等年轻漂亮,且都能信以为真,乐在其中;

两人还是恋爱婚姻分析大师,在一起总要研究鲜花是如何插到我和老伍这两坨牛粪上的。

老妖精和小妖精

小雅子与我老婆的姐妹情谊,不逊于伍哥和我的兄弟情。吾妻不妖,虽在大学时有班花系花之誉,但因遗传父性较多,中规中矩,其名霜,听上去就很冷,加之工科出身,本不应与妖精有缘。谁知伍嫂与她情投意合,聚在一起就聊得昏天黑地,分开时一通越洋电话能打几个小时。无论宗教信仰、社会思潮、投资理财都聊得来,我猜谈得最多的是相夫教子,基本不谈月圆月缺那些事。

图左：凯夫人，图右：小雅子

伍嫂小雅子怀揣浪漫主义和现实主义两面大旗，见什么人举什么旗，这是她广结人缘、通吃天下的法宝吧，也是妖精何以为妖、既妖又精的根本。在伍哥面前，她两面旗帜都举，所以把他治得服服帖帖。

我和伍哥最近一次对饮，是2019年11月9日。我家两口子带了菜去他在西三旗的家中做饭吃，他和侄女在家，主菜是我老婆做的酸菜炒海参。伍哥那天兴致高，大约喝了三两白酒。要知道那可能是我们兄弟间的收官之饮，我会劝他多喝几杯。

我和伍哥单独在一起喝酒的时候不多，要么是我参加他的饭局，要么是他参加我的饭局。他的饭局多在家里，高朋满座，皆为大知识分子或各路高人，数我文化程度最低，酒后总发誓要多读书多背单词，酒醒后又依然如故。我的饭局多在一些叫驻京办的地方，伍哥随意穿着而来，沉默寡言地坐着，头顶乌纱的人们以为他是我贵州毕节老家来的穷亲戚。酒过三巡，当我介绍这位是美国博士时，他们才肃然起敬，他们中有博士头衔的也知道，此博非彼博。席间有时会有自称搞文艺的唱歌助兴。麦克递到伍哥手上，一曲专业水准的英文歌唱下来，朋友们相信伍哥不是从毕节乡下来的，我说他家离好莱坞不远。

听起来好像可以发展一些更实际的关系。的确，那些年，伍哥是怀揣多份商业计划书来北京的，我的手上也管着一些钱。但伍哥真是涟漪不兴，倒不是我清流，是我实在胆小。而伍哥呢？他就没有这根筋，抑或，他不是不明白，只是不屑不值。我们就这样稀里糊涂、毫无目的地喝了几年傻酒。后来，我了解伍哥的高官朋友还真不少，都是君子之交，我想伍哥秉承了朋友之间贵在友而不朋，这也是他说的人畜无害吧。

伍哥不与朋友合谋挣钱，却很会引导朋友花钱。2012年春节，伍哥约了三四家人去迈阿密坐游轮，我们第一次见识了一个老少皆宜的极乐世界。孩子们问为什么不一辈子住在这里，我想这就是太平天国的生活。我们甚至把茅台、大红袍及茶具带到了船上，生生将美式流水席整成了私人会所。从此，我们的心变野，野得高墙关不住。以后，我们每年都要出去玩一次，伍哥就是长了脚的Google，有一年甚至把我们引导到基韦斯特（Key West），另一个叫天涯海角的地方。多年来，我们把不少银子洒在了旅行的路上，但也正是因为伍哥的引领，我们的生命变得更加丰沛。这是我们最该感恩于伍哥之处。

邮轮行：前排从左至右分别为伍哥、兵兵、壮壮、凯文

伍哥教给我们最深刻的道理是，人生不必急功近利。伍哥已经发表的三十五篇《死亡日志》，每篇我都认真读过，大约从第二十二篇起，他都要私信给我，我们也会有些简短的沟通交流。三十五篇日志对待生死的看法一以贯之，随遇而安，苦中作乐，其间并没有所谓的思想升华，如果非要说大彻大悟的话，在确诊前的梦中，伍哥早就大彻大悟了，为日志的写作定下了平实的基调。这可能就是日志吸引读者的地方。

我曾极力劝说伍哥把日志写成一个励志的故事。2021年8月1日，我写微信："伍哥，您的三集故事连载我都看了，感觉是在走老路。不如换条路，从美国西海岸，跑步到东海岸。买个跑步手推车，每天跑二三十公里，风雨无阻，遇店就住，饿了就吃。边跑边写边拍照。等您到了纽约一检查，啥事都没有了！"他只是简单地回我一句，"这个还是算了，怕苦怕累"。此人真没劲。我是相信跑步能治疗一切的，包括精神和身体。此后，我没有放弃劝他跑步，逮住机会就说。一年多来我参加了两次半马一次全马，赛前赛后我都会给伍哥发照片和感言，甚至在清晨去天安门起跑的地铁上，我都拍照激他。他总是笑眯眯地祝我取得好成绩，别无其他。伍哥有能力为自己写一个英雄的故事，但他就是不把自己摆进去，不把思想摆进去，不把行动摆进去。人生不必急功近利嘛。

不管"为什么是我""为什么不是我"了，如果没有这场病，以伍哥的身体素质，活到八九十岁没问题。以八十五岁计，伍哥目前正跑到人生马拉松的34～35公里处，这对一个马拉松跑者是最艰难的里程，有人会出现"撞墙"的感觉，一步都跑不动了，绝望和心有不甘随之而来，偶尔会看到停下来坐在路边哭泣的人。伍哥跑到自己的33公里处，莫名其妙地受伤了,他不能再跑了。他也心有不甘,但没有绝望,更没有坐在路边哭。他继续往前走,并从赛道两边的观赛人群中,竭力寻找自己的亲朋好友,向他们挥手致意,大声说出自己的伤痛和心情,要大家把想说的话告诉他,在他还听得到的时候。

这一赛段的关门时间所剩不多了,上帝派来的收容车就在不远处等着,伍哥大概率拿不到完赛奖牌了。这是一个多么残酷的真相。

我们每个人都是因为宇宙亿万分之一的巧合来跑人生这场马拉松的,多数人为跑而跑,只想跑得越远越好,不看路边的风景,也不用心体会跑步的快乐。伍哥大不一样,他是来玩来感受的,尽管前33公里,他从没想到自己可能不能完赛,但他似乎把每一公里都当成最后一公里来跑,该得的都得到了,该有的都有了。还在乎那枚完赛奖牌乎?!

我大约在伍哥24~25公里处才成为他的观众,伍哥又是一个不喜欢自吹的人,所以对他的前半程我知道不多,即使是和他相识后,我对他的了解也是有限的,像是在读一本偶然捡到的人物传记,缺章少页的,加之水平有限,不能像他的那些同学故交,写出立意高远、叙事宏大的读后感,只能拉拉杂杂写些两家人交往的小故事。

关门时间还没到，伍哥继续把日志写下去吧。但愿，上帝派来的不是一辆收容车，而是一辆救护车。

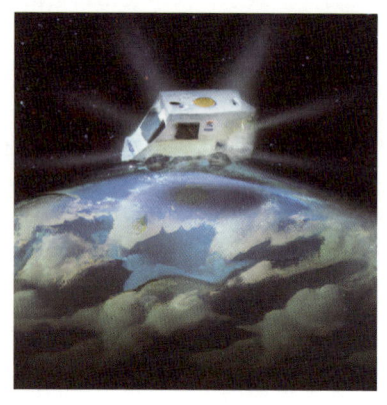

上帝的救护车

2023年5月9日于北京

伍叔

窦雅琪 东扯西艺 2023-05-22 13:04

看了这么多伍叔好友的帖子,我在想,我会不会是第一个以晚辈的身份来讲述他的故事的呢?

2002年的2月28日,我们全家去了美国。当时我还在英国读高中,正值高三的最后"冲刺阶段",突然家里的一纸通知,我把宿舍的书全部留在了学校,把自己在英国三年的小小家当,也尽数地变卖给学妹,精简、精简、再精简,打包好行囊,再次远渡重洋。

洛杉矶是陌生又"熟悉"的,从小看过的美国大片里,好莱坞早就深深地烙印在我们80后的记忆里,电影里的喧嚣繁华让我以为美国都是国际大都市,可没想到一到洛杉矶我就傻眼了,这难道不是一个"大农村"?没有便利的公共交通,人与人之间的距离动辄数十公里,甚至都没有超过十层楼的高楼大厦,第一次到美国,我感觉我被骗了……当然,后来伍叔带我们去过了洛杉矶市中心我才知道，原来电影里的高楼大厦，繁华都市还是有的，只不过只有市中心那一小块，用国内的词来形容就是CBD，甚至我们住的地方，地址都不是洛杉矶市，慢慢习惯了之后，也只得感叹，好家伙，美国真够大的！

我记得第二天，我们就去了伍叔家，看望还在坐月子的穆阿姨，以及襁褓中的小Aiden（伍秣兵的英文名）。妈妈给我介绍这是她的好朋友伍哥，我还在想妈妈什么时候多了一个美国好朋友？我以为会像妈妈以往给我介绍的那些叔叔阿姨一样，反正就是打个照面，客客气气，有礼有节，做个乖孩子就可以了，只是没想到伍叔和穆阿姨在之后的十多年，像亲人一样，在美国照顾着我们，直到我回国工作，离开美国。

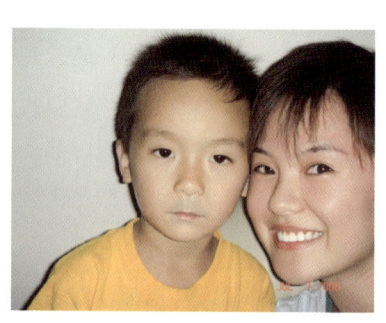

图左：Aiden，图右：本文作者窦雅琪

妈妈在美国，陪伴我们的日子是短暂的，把我们安顿好之后，大概半年，她就回国了，留下我和姐姐两个人"相依为命"。我们经常会去伍叔家打牙祭，穆阿姨做得一手好菜，伍叔也有自己的拿手绝活，那道秘制排骨，是我之后每次回美国到伍叔家，都要必点的菜。我不会做饭，所以虽然伍叔已经把秘方传授给了我，但是我仍然还没实践成功，实在惭愧。那些年的圣诞节，都是我最期待的节日，因为可以去伍叔家大吃一顿，虽然平时也经常去改善伙食，但是比起圣诞大餐，还是逊色不少。伍叔是一个很有仪式感的人，穆阿姨也很浪漫，家里总有很多小点缀，平时吃饭也要浅尝一点红酒来调节气氛。我记得有一次伍叔带我们去葡萄庄园品酒，不知怎的就说起了黄石公园，于是我和他在一个小时内，买了机票，订了酒店，租好了车，说走就走！那次，我才发现伍叔原来也是一个风风火火的人，我以前一直以为这个人应该是穆阿姨才对。

黄石公园

回国之后,我与伍叔见面的机会少了很多,但我们总能在网上见面,从一开始的微博到后来的朋友圈,总能相互评论。伍叔在生病前还义务帮我照看着我洛杉矶的房子,有一次家里院子里出现了大老蛇,甚至连花匠都不愿意去我家修剪绿植,我只好求助于伍叔。伍叔一开始还想自己去生擒了得,吃蛇肉,后来一查,原来洛杉矶对于这些野生动物管理非常严格,必须要动物管理处(animal control)的人来抓才行,而且,你还得付费。想想还是国内好,一通119,消防员叔叔就上门了。结果,伍叔约好动物管理处的人,上门捉蛇的那天,不知道是不是我们提前走漏了风声,大老蛇居然不见了!伍叔略带"遗憾"地给我发信息说,本想直播活捉响尾蛇的,可惜没能成功。

伍叔没有吃到蛇肉,动物管理人员也没有逮住响尾蛇

　　伍叔生病这几年,由于疫情关系,我也只在2021年9月回去过美国一次,那时候伍叔的身体状态尚可,但是他已经开始写自己的《死亡日志》。在我看来,人生最大的遗憾,就是没有好好说再见,而伍叔记录着他生活的点滴,用他的方式向我们告别,我们也不必等到斯人已逝,才开始无比怀念,而是现在就告诉他,伍叔,我们曾有过共同的美好回忆。

人生观的"哥白尼革命"

何光沪　东扯西艺　2023-05-25　05:42

1

祥贵写了好多期的《死亡日志》,在"朋友圈"流传,但是我没有看"朋友圈"的习惯,所以,直到最近几期,他开始给我单独发微信,我才读到。

当然,像大多数朋友一样,对于祥贵在用各种手段,对付绝症的同时,以这样一副极度虚弱的身体,竟然还能如此"精力充沛"、如此冷静客观、如此细致入微、如此准确无误、如此引人入胜、如此调侃幽默地描述自己的病情,以及检查、诊断、治疗……所有的过程,我是钦佩到了惊讶的地步。我曾对他说,这简直是个奇迹!

从左向右，依次为：高师宁、伍祥贵、何光沪、付锡明、朱正琳

他说我是过奖，其实，至少就他的身体状况来看，这真的是一个奇迹！另外，他在这种情况下，能够这样写作，能够写成这样，由此我们不难想象，如果他从身体很好的早年，就能够一直这样写，会是一个多么高产的作家！

2

也许与此相关，我还曾建议他把题目改为"求生日志"。

因为，求生是人的本能，也是人的真相。

因为，从死亡那一刻起，人就至少不是完整意义上的人了。死亡似乎是此世人生的终点，也许还是另一种生命的起点，但却不是此世人生的一个阶段或组成部分。

然而，面对人生层出不穷、花样翻新的难题，总会有无休无止的奋斗、无穷无尽的挣扎，只要活着，无人能免。这的确是人生必需的、必然的、自然而然的组成部分。

3

祥贵在这种情况下请一些朋友"写几句话"，我也在其中。说实话，老友还在人间，就要写他的去世，我总觉得不大对劲。

但是，读到他的"日志"最近一期后，我真觉得可以写几句话了。

我觉得，他从质问"为什么是我？"转向了暗忖"为什么不是我？"，这真的堪称一场人生观的"哥白尼革命"，对祥贵个人而言是如此，对千千万万有此转变的人来说，当然也如此——加一个"不"字，从疑问变反问，这是"我"在宇宙中位置的反转，犹如"地心说"变成"日心说"！

4

"为什么是我?"这是世上无数的人在面临自身的苦难时,都会提出的问题,正如祥贵在回顾自己的父母遗传、生活习惯、身体状况、为人处世等等的时候所做的那样。

其实,他的那位"缓和治疗师"巧妙的问题转换——"为什么不是我?"正是我在听到或读到地震、洪水、车祸、空难、瘟疫、战争或恐怖袭击之类新闻的时候,在为灾难受害者感到悲哀,对人祸制造者感到愤怒之后,常常会想到的问题。

因为,我实在没有任何理由认为,那些受难者比我更该受难;或者反过来说,我实在没有任何理由认为,我比那些受难者更该得到上帝的眷顾。

我不认识受难者,当然不了解他或她,即使认识某一位,也不敢说我完全、彻底、如实地了解他或她。若要比较,除了比较的对象信息缺失,比较的标准也难免主观、有限、片面,因此,同别人比较是荒谬而无意义的!

总之,如果我不能回答"为什么是我?",我更不能回答"为什么是他或她?"。

5

但是,比起了解别人来,我更了解自己。我知道在上帝的宇宙中,我不过是"有罪"的芸芸众生之一,不过是一粒微尘,"寄蜉蝣于天地,渺沧海之一粟!"

所以,我也不能回答"为什么不是我?",因为,没有理由不是我。

圣经里的《诗篇》说:"人算什么,你竟顾念他?世人算什么,你竟眷顾他?"我只能朝天感叹:"我算什么,你竟眷顾我?"

于是,我只能感恩!

6

当然,这个话题,还会触及对于世上的苦难、对于生命的意义、对于上帝的法则等等的追问或思考。这些,似乎是世上最大的"神秘"。对于这些"神秘",诗人和神秘家们常有追问,但却私密而难以言传;哲人和神学家们常有思考,而且公开而可以分享。

我现在想到的只是:森林里的蚂蚁,如何能明白食蚁兽以及冲毁蚁穴的暴雨的存在?

匠人手里的陶器，如何能明白匠人制作的艺术和法则？

当然，人不只是蚂蚁，不只是陶器。对于集体的人，我们从无数历史事实，似乎可以约略揣摩上帝的法则；但是，对于个体的人，比法则更重要的是恩典。

给同门伍祥贵

李琨　东扯西艺　2023-06-17　09:42

　　伍祥贵，今天你就要真正和我们告别，彻底地回归大地了。此时，我在北京，不能去送你最后一程，就以这篇小文作为礼物吧。

　　算起来，我和你的缘分有三十六年了吧，从1987年你来到美国俄勒冈大学读博，我和你就成了同门。

留学时的同学，从左向右依次为：伍祥贵、李琨、吕行、顾利程

　　我早你一年来到这里读博，我们都在这个大学的

"Speech Department"的电子传播（Telecommunication）专业。说是同门，前几年只能说是同专业，似乎没有在一起上过几门课，只有一门我记得好像是制作类的课，这门课要求学生以小组为单位制作一部录像短片，我向来对这类实操的课兴趣不大且不擅长，你和我就组成了一个小组，什么内容，什么主题，去哪儿录，似乎一切都是你策划的，放在现在我这就叫作"蹭"了。记得我们去了当地一家养老院，录的内容和教授给的评分我都不记得了，记得的只是这次采访录像，留给我的，对美国养老院的印象非常不好，也许是因为我们去的是一家很普通而不是高端的养老院？总之，虽然那里的硬件在当时的我看来很棒，与现在北京的中高档养老院差不多，但是整个氛围却是悲凉的，细节在这里无法详述。

你我同校、同系、同专业，前后一共五年。这五年里，其实我们之间的学术交流并不算多，原因主要是专业的兴趣不太一样，除了必修课以外，我们选修的课大多也不一样。只是到了最后一两年，课上完了，该开始论文写作了，这时，就要组建各自的博士答辩委员会。俄勒冈大学（或是我们系？）博士答辩委员会的组成规定是，必须有自己的导师，人数四人，本系三个，外系一个，可以由博士生提名再由教授同意即可（多么"民主"和"自由"，哈哈）。当然，我们首先会选与自己研究方向相近并熟悉的教授。我们这个专业教授不多，所以，我和你的答辩委员就有好几个教授交叉。

你的导师Dr. Wasko也是我的老师，我还给她做过一年的助教，我的导师Dr. Robinson也是你的老师，这样，你我的委员会里就有两个交叉了。我的委员会里还有一位Dr. Bybee，不知是否在你那边。

1992年夏季，我们都通过答辩毕业了。可是，比我晚一年来到美国的你却比我早毕业了两个月，你六月，我八月。用今天网上的词说，当时我就有点"凌乱"了，写论文那两年，我生了女儿，兼职工作挣钱，忙得不可开交。你呢，家有夫人持家，也没见你工作挣钱，好像号称为了搜集资料还回了趟国，怎么就比我还快完成了论文？那时忙于论文，没时间细想，要是现在，我一定得查一查你的论文是怎么攒出来的。

凌乱归凌乱，我们几个同窗、同门、邻居加朋友，都在那年夏天博士毕业了（我和先生马文谦、你，还有同系不同专业的吕行和先生顾利程），然后就是各奔前程。吕行最先离开了，然后我们一家，你之后去了哪里，我居然不知道，也就是说，此后我们失联了很长时间，直到我1997年回国后，不知怎么又和你联络上了。这是后话。

其实，说了这么多，都是前奏。我真正想对你说的是，我对你的整体评价，你是一个吃喝玩乐的高手！这话我每次和你聊天、聊微信时都说，你总是嘿嘿一笑，我的理解这就算是承认了吧，所以我就继续评论。

读书期间，大家都很辛苦加贫苦。读书，做助教工作，还利用各种机会打黑的或不黑的工。但是，大家还是能挤出时间吃喝玩乐，记得有一次：打扑克到深夜或凌晨，深夜开车两个多小时去海边捞螃蟹。夏天白天打工结束后，傍晚去山里的河沟里摸小河虾，那时都没钱，记忆里大家从未一起去过餐馆，馋了就在各家聚会，做一桌中国饭。啊，那时的物价多便宜啊。

毕业后，我们各自忙着立业。1997年我回国到北大教书。不久，你我又有了联系。你还介绍我去一个私人的媒体公司兼职，说是要引进西方儿童录像节目，我的任务是帮助搜集信息和分析评价，报酬颇高。我那时回国不久，本职工作非常忙，那家公司离家很远。一周去一两次，令我疲惫不堪。更重要的是，一段时间后，发现那个开放的办公室里，不知那么多人每天都在干什么，你那时也在那里工作，不记得是全职还是兼职了，至少你的职务是什么高级副总裁之类的，我们的办公桌相邻，经常可以聊聊天。可是我也没有问你离开学校后都去了哪里，只是觉得你一定没闲着，否则也不可能在国内的关系这么多。

我比较不习惯打听别人的经历和职务，听到就听到，不会主动问。所以，直到今天我才从你的《死亡日志》里，和你的其他故旧的文章里，知道你这几十年做了多少工作。一个朋友的文里的一句评论，形容你的经历的丰富我觉得很恰当，大意就是，"老伍有很多想法，就是跑得太快了"。真的，你的经历真是让我眼花缭乱。

眼花缭乱，不仅仅因为你的工作涉及的领域之多，地域之广，还在于你在频繁转换工作之余，还能吃喝玩乐，样样不落。据说，"乐"还包括了和女粉丝的交往，这我信。这几年有了微信之后，我们的交流更多了。你在朋友圈里发出的多是吃喝玩乐（吃大餐、品红酒、打高尔夫、环游地球，等等）。当然你的吃喝玩乐都是有知识含量的，都到达了我可望而不可即的水平，所以我每次调侃你吃喝玩乐，都没有贬义，这你当然知道，所以只回以呵呵。其他朋友说，只有我会这样说你。还说，你其实挺敬重我的，这我也信，至少，我是你的师姐吧？我还比你大一岁多呢。

你我同学之前，你的历史我知之不多。还是

那个原因，我从不主动打听别人的经历，尽管我们这一代人的大致经历差不太多。我是从你的公众号《东扯西艺》里，你以前的那无数的朋友、故旧的回忆中才更多地了解到你的过往，除了佩服还是佩服。你怎么能在吃喝玩乐之余还能读书呢？或者说，在读书之余还能吃喝玩乐呢？你哪来的精力和时间？难道是这样的生活透支了你的健康？

你我最后一次称得上合作的，是大约四年前我们都在北京时。你说要利用什么AI技术搞儿童英语学习视频软件。那时我刚做完腿部手术在家休养。有一天你背着一大包刚买的儿童英语教材来我家，给我洗脑，要我帮助编写这个项目里的内容部分，就是参考这些教材编写软件内容。过了些天，你还带我去你的公司看了看，给我演示了一下软件的雏形。我对技术一窍不通，但是编编教材还可以胜任。之后，还没等有什么实际进展，疫情就来了。这一大包书，一直就放在我北京的书柜里，好沉啊。直到那天听到了你走了的消息。

留学时的同学马文谦（右一，本文作者李琨的爱人），6月3日，从尤金赶来送别伍祥贵

之后两天，我原来的学生来看我。他们也都是四十啷当岁的中年人了。我忽然想到，这些你辛辛苦苦背来的书，应该有个好的用场。这些学生里有几个的孩子正好在小学高年级和初一，送给他们不好吗？果然，这些小家长非常高兴地把书带走了。我很欣慰我的这个想法，把你的愿景传承下去，给了我们的后代，应该是对你的最好的纪念吧。

这篇给你的东西，从你病重后就想写，看到了那么多其他朋友写的回忆，更是感到时不我待，应该让你在生前看到我是如何评价你的吃喝玩乐的。可是，因为其他各种事务，这事儿一拖再拖。今天，终于在你归入大地之前，一气呵成了。好在，你生前就知道我对你的评价了。

请笑纳。